# Contents

# 곰곰곰 베어 18

저자 쿠마나노
일러스트 029
옮긴이 김보라

## 스킬

**▶이세계 언어**
이세계의 언어가 일본어로 들린다.
이야기를 하면 이세계의 언어로 상대방에게 전달된다.

**▶이세계 문자**
이세계의 문자를 읽을 수 있다.
글자를 쓰면 이세계 문자가 된다.

**▶곰의 이차원 박스**
흰 곰의 입은 무한으로 벌어지는 공간이다.
어떤 물건이라도 넣을(먹을) 수 있다.
단, 살아 있는 것을 넣는(먹는) 건 안 됨.
들어가 있는 동안에는 시간이 멈춘다.
이차원 박스에 넣은 물건은 언제든 꺼낼 수 있다.

**▶곰 관찰안**
검은 흰 곰 옷의 후드에 달려있는 곰 눈을 통해서 무기나 도구의 효과를 볼 수 있다.
후드를 쓰지 않으면 효과는 발동되지 않는다.

**▶곰 탐지**
곰의 야생의 힘으로 마물이나 사람을 탐지할 수 있다.

**▶곰 소환수**
곰 장갑에서 곰이 소환된다.
검은 곰 장갑에서는 검은 곰이 소환된다.
흰 곰 장갑에서는 흰 곰이 소환된다.
소환수 꼬맹이화 : 소환수인 곰을 꼬맹이화 할 수 있다.

**▶곰 지도 ver.2.0**
곰의 눈이 본 장소를 지도로 만들 수 있다.

**▶곰 이동문**
문을 설치하여 서로의 문을 왔다 갔다 할 수 있게 된다.
3개 이상의 문을 설치할 경우는 행선지를 상상하는 것으로 이동할 곳을 정할 수 있다.
이 문은 곰 장갑을 사용하지 않으면 열리지 않는다.

**▶곰 폰**
먼 곳에 있는 사람과 대화할 수 있다.
곰 폰을 만든 후, 술자가 없앨 때까지 존재한다. 물리적으로 망가뜨릴 수 없다.
곰 폰을 건넨 상대를 상상하면 연결된다.
곰의 울음소리로 착신을 알린다. 소지자가 마력을 보내는 것으로 껐다 켤 수 있게 되어 통화가 가능하다.

**▶곰 수상 보행**
물 위를 이동하는 것이 가능해진다.
소환수는 물 위를 이동하는 것이 가능해진다.

**▶곰 텔레파시**
떨어져 있는 소환수를 불러들일 수 있다.

## 마법

**▶곰 라이트**
곰 장갑에 모은 마력으로 곰 형태의 빛을 생성한다.

**▶곰 신체 강화**
곰 장비에 마력을 보내는 것으로 신체강화를 실시할 수 있다.

**▶곰 불 속성 마법**
곰 장갑에 모은 마력으로 불 속성의 마법을 사용할 수 있다.
위력은 마력, 상상에 비례한다.
곰을 상상하면 위력이 더욱 올라간다.

**▶곰 물 속성 마법**
곰 장갑에 모은 마력으로 물 속성의 마법을 사용할 수 있다.
위력은 마력, 상상에 비례한다.
곰을 상상하면 위력이 더욱 올라간다.

**▶곰 바람 속성 마법**
곰 장갑에 모은 마력으로 바람 속성의 마법을 사용할 수 있다.
위력은 마력, 상상에 비례한다.
곰을 상상하면 위력이 더욱 올라간다.

**▶곰 땅 속성 마법**
곰 장갑에 모은 마력으로 땅 속성의 마법을 사용할 수 있다.
위력은 마력, 상상에 비례한다.
곰을 상상하면 위력이 더욱 올라간다.

**▶곰 전격 마법**
곰 장갑에 모은 마력으로 전격 마법을 사용할 수 있게 된다.
위력은 마력, 상상에 비례한다.
곰을 상상하면 위력이 더욱 올라간다.

**▶곰 치유 마법**
곰의 따뜻한 마음에 의해 치료가 가능해진다.

▶ 유나'S STATUS_

**이름 : 유나**
**연령 : 15세**
**성별 : 여자**

▶ CHARACTERS
Vol. 18

## 크리모니아

**피나**

유나가 이 세계에서 처음으로 만난 소녀, 10살. 유나가 어머니를 구해준 인연으로 유나가 무찌른 마물의 해체를 맡고 있다. 유나에게 이리저리 끌려다닌다.

## 엘프 마을

**루이밍**

왕도의 곰 하우스 앞에서 길을 가다 지쳐 쓰러져 있던 엘프 소녀. 언니인 사냐에게 엘프 마을의 위험을 알리기 위해 엘프 마을에서 왕도로 찾아왔다.

**무무르트**

루이밍과 사냐의 할아버지. 엘프 마을의 장로를 맡고 있다. 옛날엔 모험가로서 활동했다.

## 줄 거 리

세계 곳곳을 이동하는 섬 · 타르구이에 들린 유나는 바다 건너에 본 적 없는 육지를 발견!
그곳을 찾아가 보니 무려 『화의 나라』였다. 화의 나라에서 그리웠던 일본식 음식과 온천을 만끽하던 유나의 앞에 수수께끼의 닌자 소녀가 나타난다.
그렇게 유나는 머지않아 화의 나라가 중대한 위기에 빠지게 될 거라는 걸 알게 되는데…?!
처음으로 방문한 나라에서 유나의 새로운 모험이 막을 연다!!

## 464 곰 씨, 새로운 땅을 발견하다

나는 타르구이에 과일을 따러 왔다가, 저 멀리 육지와 배를 발견하고 그 육지로 향하기로 했다.

내가 올라탄 곰돌이는 파도치는 바다로 뛰어들었고 그 뒤를 곰순이가 따라왔다.

곰돌이와 곰순이는 타르구이 주변에 발생하는 소용돌이를 피하며 육지를 목표로 삼고 바다 위를 달려갔다. 뒤를 돌아보니 타르구이 섬은 점점 멀어졌다.

만약 곧바로 돌아갈 수 있는 곰 이동문이 없었더라면 무서워서 달려들지 못했을 것이다. 곰 이동문을 쓸 수 있다는 사실에는 늘 감사할 따름이다.

나는 바다에 떠 있는 배에 발각되지 않도록 주의하면서 육지로 향했다. 멀리 떨어져 있어서 발각될 일은 없겠지만, 존재를 들키면 귀찮아지니 배에는 다가가지 않았다. 서서히 육지가 가까워졌다. 항구가 있는 건지, 몇 척의 배가 정박해 있는 게 보였다. 그 너머에는 건물도 보였다.

오오, 역시 사람이 살고 있네.

어떤 나라일까. 조금 기대가 되는데, 곰 옷차림으로 걸으면 주

목을 받아서 귀찮아지겠지. 그 부분은 새로운 마을에 가면 항상 겪는 일이니 포기하기로 했다.

이대로 곰돌이를 타고 항구에 다가가면 사람들이 금세 내 존재를 눈치챌 테지. 시야와 탐지 스킬을 써서 사람이 없는 장소를 물색한 뒤, 발각되지 않도록 육지에 착지했다. 내가 상륙한 장소는 항구에서 조금 떨어져 있지만 마을 안인 것 같았다.

"곰돌이, 곰순이, 고마워."

나는 여기까지 태워준 곰돌이와 곰순이에게 고맙단 말을 하고 송환했다.

곰 옷차림도 눈에 띄는데 곰돌이와 곰순이가 함께 있으면 더욱 눈에 띄어버린다.

나는 혼자서 건물이 있는 방향을 향해 걷기 시작했다. 서서히 건물이 즐비한 게 보였다.

이건 혹시?

나는 조금 빠른 걸음으로 건물로 향했다.

언제나처럼 내가 걷자 시선이 모여들었다. 하지만 그 시선보다도 신경 쓰이는 것이 눈앞에 가득했다. 나는 집들과 건물, 걷고 있는 사람들을 바라봤다. 기와지붕이 있는 건물이 나란히 서 있고, 사람들은 일본식 옷에 가까운 옷을 입고 있었다.

혹시, 화의 나라?

사람들 중에는 피나나 다른 아이들처럼 익숙한 옷차림도 있었

지만, 일본식 옷이 많았다.

으~음, 문화가 섞여 있는 걸까?

미릴러 마을이 교역해서 쌀과 된장, 간장을 얻을 수 있었다던 화의 나라일 가능성이 크다.

그럼, 이제부터, 어쩐담?

상업 길드 같은 게 있으려나? 모험가 길드가 존재할지도 궁금했다. 마물은 같을까. 아니면 다르려나? 궁금한 것들이 여러 가지였다.

이 마을의 탐색을 하고 싶지만, 그 전에 오늘 밤 묵을 숙소를 찾아두고 싶었다. 그 다음엔 천천히 곰 이동문을 설치할 장소를 물색해야지.

그런 생각을 하며 주위를 둘러보는데 언제나처럼의 목소리가 들려온다.

「곰?」, 「곰?」, 「곰?」, 「베어?」 여러 작은 목소리로 속삭이거나 신기한 걸 보는 듯한 시선을 받았지만, 무시하면서 걸었다.

주위를 둘러보면서 걷고 있는데 목조 기와지붕이 굉장히 인상적인 건물을 발견했다. 건물은 울타리로 둘러싸여 있었다. 입구의 간판을 보니 츠바키 여관이라고 적혀 있었다.

오오, 숙소 발견!

여관이라고 적혀 있는 것만으로 일본풍의 느낌이 든다.

정말이지, 이건 머물다 가라는 말이나 다름없잖아. 며칠 머물면서 마을을 탐색하는 것도 좋을 것 같았다. 곰 이동문을 설치할 장소는 천천히 찾아도 나쁘지 않겠지.

나는 묵을 수 있는지 확인하기 위해 여관 입구로 향했다.

문을 드르륵 옆으로 밀며 여관 안으로 들어선다.

"어서 오십시오."

여관 안으로 들어가자 나와 또래 정도 나이의 여자아이가 다가왔다. 복장은 여관의 종업원과 같은 일본식 복장이다. 머리에는 비녀가 꽂혀있었다.

귀엽네.

여자아이는 내 옷차림을 보더니 놀란 표정을 보인다.

"곰?!"

여자아이는 나를 지긋이 쳐다보았다. 당황한 눈치였다.

"저기, 혼자인데, 오늘 묵을 수 있을까?"

"앗, 네, 괜찮습니다."

내가 말을 걸자 여자아이는 정신을 차린다.

우선 방은 비어있는 모양이었다. 이제 방 상태만 좋다면 며칠 동안 머물고 싶었다.

"그전에 몇 가지 확인해도 될까요?"

"뭔데? 이 옷차림에 관한 질문이라면, 대답하지 않을 거야."

"아뇨, 그것도 궁금하긴 하지만."

역시, 궁금하군.

"손님은 외국 분이신가요?"

"혹시, 이 나라 사람이 아니면 못 묵는 거야?"

"아뇨, 그렇지는 않지만, 사전에 확인을 받아야 하는 부분이 있거든요. 이 여관에는 침대가 없습니다. 외국 분 중에는 바닥에서 자는 걸 싫어하시는 분이 계셔서요. 그럴 땐 거절하고 다른 여관을 소개해드리고 있습니다."

침대가 없다는 건, 예상되는 건 하나.

"설마, 다다미[#1]에 이불?"

일본식 여관이라면, 바닥은 다다미일 터다.

"네, 아시네요. 이 여관에서는 다다미 위에 이불을 깔고 주무시게끔 되어있습니다. 그걸 모르신 상태에서 숙박하시고 화를 내시는 분이 있으셔서 확인하는 거죠."

"응, 괜찮아."

내 맨션에도 화실(和室)은 있었다. 그때는 아무것도 못 느꼈는데, 다다미라는 말을 듣고 기뻐지는 건 일본인이기 때문일까.

내 말에 안심하는 여자아이.

손님에게 숙박을 권하고 싶지만, 트러블은 피하고 싶은 거겠지.

"그럼, 어느 방이 좋으신가요?"

"어떤 방이 있지?"

**#1 다다미** 일본의 정통식 바닥재.

"목욕탕이 딸린 방 등이 있습니다."

"혹시, 목욕탕이라는 건 온천이야?!"

"네, 커다란 대중목욕탕도 있습니다만, 개인적으로 천천히 입욕하시고 싶어 하시는 고객님도 계셔서 온천이 딸린 방도 있습니다."

"그 목욕탕이 같이 있는 방으로 부탁할게."

온천이 있다면 들어가고 싶다. 하지만 대중목욕탕은 피하고 싶다. 그러니 온천이 딸린 방이 있다면 그곳이 제격이다.

"그런데, 그 방은 넓어서 가격이 비싸지는데요……."

여자아이는 말하기 껄끄러운 듯 내 표정을 살피며 말한다.

아무래도 내가 돈을 가지고 있을지 걱정이 되는 모양이다.

뭐, 보통은 이런 곰 옷차림을 한 여자아이가 큰돈을 가지고 있을 거라곤 생각하지 않겠지.

"문제없어. 아 참, 그렇지. 이 돈을 쓸 수 있니?"

여기는 다른 나라다. 내가 가진 돈을 쓸 수 없을 가능성도 있다. 나는 돈을 보여줬다.

"네, 괜찮습니다."

사용할 수 있는 모양이었다. 다행이다.

나는 우선 3일 치 요금을 냈다. 그 금액에는 조식과 저녁도 포함되어 있었다. 식사가 필요 없다면 조금 저렴해진다고 했지만, 나는 식사를 부탁했다.

"저는 이 여관의 딸인 코노하라고 합니다. 무슨 일이 있으시면

편히 말씀해주세요."

"나는 유나. 이 옷차림에 대해선 아무런 말도 해줄 수 없어. 잘 부탁해."

다시 한 번, 곰 옷차림에 대해 못을 박아둔다.

"아, 네."

코노하는 뭔가 말하고 싶어 했지만, 입을 다물었다.

설마, 물을 생각이었던 건가?

나는 코노하의 안내를 받으며 방으로 향한다.

"저기, 한 가지 물어보고 싶은데, 이 나라의 이름은 뭐야?"

내 질문에 코노하는 놀란 표정을 짓는다.

그렇겠지. 다른 나라에서 왔더라도 보통 여기가 어딘지 정도는 알고 있을 것이다.

하지만, 코노하는 알려줬다.

"여기는 화의 나라라고 불립니다."

역시, 그랬군.

"그런데, 유나 님은 어디서 오신 건가요?"

"으~음, 미릴러 마을이라고 알아?"

나는 화의 나라와 연결점이 있는 마을의 이름을 전했다.

"네, 알아요. 바다에 커다란 마물이 나타나서 한동안 가지 못하게 되었다는 걸 들은 적이 있죠."

아아, 크라켄 말이구나.

그런 적도 있었지.

"이야기에 따르면 모험가가 무찔렀다고 하던데요. 바다에 있는 커다란 마물을 쓰러뜨리다니, 미릴러 마을에는 엄청난 모험가가 있나 봐요."

"그러게."

크라켄을 무찌른 건 나지만, 다른 사람의 일인 양 대답했다.

"유나 님은 어떤 사람이 무찔렀는지 아시나요?"

지금, 대화하는 사람(곰)이 그런 거야, 라는 말은 할 수 없고, 말한다 해도 믿어주지 않겠지. 그러니 내 대답은 정해져 있다.

"글쎄, 모르겠네."

"그렇군요. 그런 강한 모험가가 우리 여관에 머물러 준다면 어떻게 무찔렀는지 들을 수 있을 텐데, 아쉬워요."

그 인물이 이제부터 머물 거야.

여자아이에게 괜한 거짓말을 하는 것 같아서 죄책감이 들었다.

# 465 곰 씨, 온천에 들어가다

츠바키 여관에 머물게 되어 코노하가 방까지 안내해줬다.

여관은 넓었다. 내가 머물 방은 제법 떨어진 장소에 있었다.

“이 방은 다른 손님이 다니지 않아서 조용히 머무를 수 있습니다.”

너무너무 나에게 어울리는 방이었다.

문을 열자 코노하가 말한 대로 널찍한 방이었다. 혼자서 머물 법한 방이 아니라는 건 틀림없었다. 뭐, 나도 혼자가 아니다. 곰돌이와 곰순이가 있다.

방을 보니 다다미가 바닥에 깔린, 오랜만에 보는 일본식 방이었다. 인간은 잃고 나서야 그 소중함을 알게 된다고 하던데, 진짜네.

곧바로 다다미 위로 오르려고 했다.

“죄송하지만, 방에 들어설 땐 신발은 벗어주시겠어요.”

곰 신발을 신은 채 들어가려 했더니 저지당했다.

내 곰 신발은 진흙에도 더럽혀지진 않는다. 그래서 침대 위를 걷는다고 해도 아무렇지 않다. 하지만, 지금 설명하기 귀찮으니 방에 들어가기 전에 곰 신발을 벗었다.

오오, 맨발로 다다미 위를 걸으니까 기분 좋네. 오랜만에 느끼는 감촉에 그리움이 사무쳤다.

원래 세계에서는 내 맨션에 일본식 방이 있어도 그리 신경 쓰지

는 않았다.

쌀, 된장, 간장도 그랬지만, 가까이에 있었던 게 사라지고 나서야 비로소 그 고마움을 알아차리곤 한다.

이렇게 다른 나라에서 마주하게 되니 참 기뻤다.

"유나 님, 기쁘신 것 같네요."

"조금, 오랜만이라."

"오랜만이신가요?"

"응, 예전에 경험한 적이 있었거든."

"그래서 다다미 위에서 자는 것도 괜찮으신 거군요."

내가 다다미의 감촉을 느끼고 있으려니 코노하가 옆방으로 걸어가기 시작했다. 나도 따라갔다.

"이쪽이 온천입니다. 언제든지 입욕하실 수 있으니 자유롭게 이용해 주세요."

문을 열자 탈의실이 있었고, 조금 더 앞의 문을 열자 온기가 올라오는 편백나무 탕이 있었다. 가족 단위로 들어갈 수 있을 만한 넓이였다. 곰돌이와 곰순이도 꼬맹이화 시킨다면 같이 들어갈 수 있을 것 같았다.

이후로는 식사 시간과 외출할 때는 언질을 부탁한다는 식의 방 이용 수칙에 대한 설명을 들었다.

"식사는 시간이 되면 방까지 옮겨 드리는데, 오늘은 외출하실 건가요?"

흠, 어떻게 하지. 오늘은 이제 곧 해가 저문다. 하지만 나가고 싶은 마음도 있었다.

으~음, 어쩌지.

나는 생각한 끝에 마을 탐색은 내일 아침부터 하기로 하고 우선은 화실과 온천을 만끽하기로 했다. 게다가 피나에게 연락도 해야 했다.

“오늘은 온천에 들어가서 쉴래.”

“알겠습니다. 그러면 식사는 빵과 밥, 어느 것으로 하시겠습니까?”

“고를 수 있어?”

“네, 다른 나라 분도 머무시거든요.”

“그럼, 밥으로 부탁할게.”

역시, 화의 나라에 왔으니 화의 나라의 요리를 먹고 싶었다.

설마, 메뚜기나 잎벌레 같은 벌레 요리는 안 나오겠지?

“그런데, 못 드시는 게 나오더라도 교환은 불가능한데요.”

“설마, 벌레 같은 거?”

먹은 적은 없지만, 벌레를 싫어하는 나에게는 저항감이 있었다. 조리되어 있다고 해도 감히 입에 넣을 용기가 없었다. 먹어보지도 않고 싫어한다며 잔소리하는 사람이 있을지 모르겠지만 벌레만큼은 어쩔 수 없었다.

“아뇨, 쌀에, 된장을 사용한 국. 채소 조림, 해산물 요리 등입니다.”

다행이다.

해산물 요리구나. 기대된다.

"괜찮나요?"

"응, 괜찮아."

"그러면 식사 시간이 되면 옮겨 드리겠습니다."

코노하는 머리를 숙이더니 방에서 나갔다.

미릴러 마을에서도 해산물 요리는 먹었지만, 이곳은 이곳대로 기대가 된다.

안즈에게는 미안하지만, 이쪽이 일본식 요리의 본고장일 것이라는 느낌이다. 결코 안즈의 요리가 맛없다는 뜻은 아니다.

코노하가 방에서 나가자 나는 꼬맹이화 시킨 곰돌이와 곰순이를 소환한다.

"곰돌이, 곰순이, 다다미야."

""크~응.""

곰돌이와 곰순이는 다다미 위를 걷기 시작하더니 그 촉감이 재미있는지 다다미 위를 뛰어 돌아다니기 시작했다.

"다다미는 상처 입으면 안 되니까 발톱으로 긁지 않도록 둘 다 조심해줘. 그리고 사람이 오면 알려주고. 그땐 들키지 않게 숨어야 하니까."

""크~응.""

나는 얼추 주의 사항을 전달했다.

곰이 방에 있으면 놀라기도 할 테고, 펫을 숨기고 데리고 들어

온 것과 다를 바 없는 상황이기도 했다. 일단 나쁜 짓을 하고 있다는 자각은 있어서 조심해서 이용하기로 했다.

내 이야기를 들은 곰돌이와 곰순이는 다다미 위에서 몸을 뒹굴뒹굴하기 시작했다.

나는 그런 모습을 보며 곰 폰을 꺼내 들어 피나에게 연락했다.

「유나 언니?」

"응, 나야."

「무슨 일 있으세요?」

"그게, 당분간 크리모니아에는 없을 것 같아서 연락을 한 거야."

「어디 가세요?」

"간다고 해야 할까, 왔다고 해야 할까."

나는 타르구이에서 보였던 다른 나라에 와있다는 사실을 전했다.

「괜찮아요? 위험하진 않아요?」

"괜찮아. 아무래도 화의 나라인 것 같거든."

「화의 나라요? 분명, 쌀과 된장, 간장을 만든다던—.」

"잘 기억하고 있네."

「가게나 집에서도 쓰고 있거든요. 그래도, 그렇게 멀리라뇨.」

어느 정도로 먼지는 모르겠지만, 간단하게 오갈 수 있을 만큼 가깝지는 않을 거다.

"그래서 당분간 이쪽에 있을 테니까 무슨 일 있으면 연락해줘."

「……알겠어요.」

“……피나도 올래?”

조금 섭섭한 목소리였기에 물었다.

사삭, 곰 이동문을 설치하면 금방 올 수가 있다.

「가고 싶지만, 집을 너무 자주 비우면 아버지가 슬퍼하셔서요.」

……겐츠 씨.

뭐, 드워프 마을에 갔을 때 피나와 떨어져 있었으니까.

그러고 난 뒤 그다지 많이 지나지 않았다.

“만약 허락받으면 언제든지 연락해줘.”

「네, 유나 언니도 조심하세요.」

곰 폰을 끊은 나는 저녁 식사 때까지 온천을 즐기기로 했다.

“곰돌이, 곰순이도 이리 와. 온천에 들어가자.”

내가 부르자 다다미 위에서 몸을 뒹굴던 곰돌이와 곰순이가 다가왔다. 아무래도 저 둘도 다다미가 마음에 든 모양이었다. 곰 하우스의 방 하나를 일본식 방으로 해도 괜찮을지 모르겠네. 이 마을이라면 어딘가에 다다미를 팔고 있으려나?

내일은 다다미를 찾아보는 것도 좋을 것 같다.

나는 곰돌이와 곰순이를 데리고 탈의실로 이동했다.

탈의실에서 곰 인형 옷을 벗고 온천으로 돌입했다.

뜨거운 김이 대단했다. 대나무 통 같은 것에서 온천이 나오고 있었다.

나는 편백나무 탕에 손을 넣어 온도를 확인한다.

"뜨거워!"

온도가 꽤 높았다.

하지만 곰돌이와 곰순이는 아무렇지 않게 온천에 들어간다.

과연 추위에도 더위에도 강한 둘이다.

나는 물을 조금 끼얹은 뒤 조심스럽게 발부터 들어갔다.

뜨겁지만, 천천히 들어가면 괜찮을 것 같다.

천천히 어깨까지 담갔다.

"하아~."

기분 좋아.

바깥 풍경이 보고 싶지만, 노천 온천이 아니니 볼 수는 없었다.

어딘가에 노천 온천도 있으려나?

크리모니아의 욕실에도 온천이 필요한데. 그래도 크리모니아에서 온천이 나오지는 않겠지.

하지만 도쿄에도 온천은 있었는데. 파면 나오려나?

그 부분에 대한 지식은 없으니 모르겠다. 적당히 구멍을 판다고 나오는 게 아니라는 것 정도는 알고 있다. 지금은 이 온천을 즐기기로 했다.

"하아, 기분 좋아."

""크~응.""

곰돌이와 곰순이는 편백나무 탕 끝에 고개를 올리고 기분 좋은 표정을 짓고 있었다.

온천은 최고의 사치지.
역시, 피나도 데리고 와주고 싶어.

온천을 즐긴 나는 방으로 돌아왔다.
곰돌이와 곰순이의 몸을 닦고 드라이어로 말려줬다.
흰 곰으로 갈아입은 나는 여유만끽 모드다.
느긋하게 지내면서 곰돌이와 곰순이의 털을 빗질해주고 있는데 곰돌이와 곰순이가 「「크~응」」하고 울며 문 쪽을 바라본다.
사람이 온 모양이다.
누군가 문을 두드린다.
나는 곰돌이와 곰순이에게 숨으라고 말하고 문을 연다. 그곳에는 조금 전 방을 안내해줬던 코노하가 있었다.
"식사를 가지고 왔습니다……."
내 옷차림을 본 순간, 코노하의 동작이 멈춘다.
검은 곰에서 흰 곰으로 바뀌어 있어서 놀란 모양이다.
"고마워."
내가 감사 인사를 하자 가만히 내 쪽을 보고 있던 코노하가 정신을 차린다.
"흰 곰이네요."
"참고로 이 복장에 대해서도 노코멘트니까."
내가 선수를 치자 코노하는 곰 옷에 대해선 아무것도 물어오지

앉았다.

코노하는 요리를 테이블 위에 나열해간다.

테이블에는 밥에 된장국, 채소 조림, 삶은 게 등, 호화로운 요리가 즐비했다.

으으, 맛있겠다.

"온천은 어떠셨나요?"

코노하가 요리를 두면서 묻는다.

"기분 좋았어."

"그건 다행이네요."

내 대답에 코노하는 기뻐한다.

여관이 칭찬받아서 기쁜 눈치다.

"유나 님은 혼자서 화의 나라까지 오신 건가요?"

"응, 혼자야."

내 말에 코노하는 놀란다.

"나는 이래 보여도 모험가거든. 약간 위험한 정도는 괜찮아."

"모험가……?"

코노하는 손을 멈추고 나를 본다.

그 눈빛, 믿지 않는 모양이네.

뭐, 믿으면 그건 그거대로 반응하기 곤란하지만.

"설마, 마법 같은 걸 쓸 수 있어요?"

"뭐, 조금은."

"대단하네요. 그래서 여자 혼자서 다른 나라까지 올 수가 있었군요."

아무래도 마법사라면 혼자서 올 수도 있겠다 싶어서 믿는 모양이다.

"그러고 보니 이 마을에도 모험가 길드는 있어?"

"네, 있어요."

아마 있을 거라 생각했지만, 정말로 있을 줄이야.

화의 나라의 모험가 길드라, 내일이라도 들러볼까.

무기는 일본도 같은 거려나? 마법사는 어떤 느낌일까?

내일 이것저것 탐색할 생각에 기대가 된다.

코노하가 방에서 나간 것을 확인하고 숨어있던 곰돌이와 곰순이를 불렀다.

"같이 먹을까."

""크~응.""

"잘 먹겠습니다!"

나는 밥그릇과 젓가락을 들고, 곰돌이와 곰순이와 함께 요리를 먹었다.

# 466 곰 씨, 다다미를 사다

다음 날, 나는 다다미 위에 깔린 이불 위에서 눈을 떴다.

벌써, 아침?

어제는 식사를 마친 후, 한 번 더 온천에 들어갔고, 몸이 따끈따끈한 동안에 잠자리에 들었다.

흰 곰 옷과의 상승효과로 굉장히 기분 좋게 눈이 떠졌다.

내가 몸을 일으키자 이불 속에서 양옆으로 몸을 둥글게 틀고 자고 있던 곰돌이와 곰순이가 몸을 일으켰다.

"둘 다 좋은 아침이야."

""크~응.""

이불을 정리하고 검은 곰으로 갈아입은 뒤 오늘의 예정을 생각했다.

다다미를 판다면 구입하고, 모험가 길드도 구경하고 싶다. 그리고 피나와 다른 사람들의 기념품이 될 법한 물건이 있다면 사다 주고 싶다. 곰 이동문의 설치 장소를 물색해야 한다.

오늘 예정을 생각하고 있는데 곰돌이와 곰순이가 문을 보며 「「크~응」」하고 운다.

누군가 온 모양이다.

나는 곰돌이와 곰순이에게 숨으라고 했다. 곰돌이와 곰순이가

터벅터벅 옆방으로 숨었다.

그 타이밍에 누군가 문을 두드렸다.

문을 열자 코노하의 모습이 보였다.

"좋은 아침입니다. 아침 식사를 가지고 왔어요."

"고마워."

"잘, 주무셨나요?"

"응, 잘 잤어."

"그건 다행이네요."

코노하는 기뻐하더니 테이블 위에 아침 식사를 나열했다.

아침 식사는 밥에 생선구이, 된장국, 김, 절임 반찬으로 구성된 간소한 식단이었다.

그러고 보니 점심 식사는 밖에서 먹는데, 맛있는 걸 찾는 것도 기대되었다.

아침 식사를 마친 나는 곰돌이와 곰순이를 돌려보내곤 방을 나섰다. 그리고 여관의 현관 근처로 가자 코노하의 모습이 있었다.

"외출하시나요?"

"응. 묻고 싶은 게 있는데, 다다미를 파는 가게는 있니?"

"다다미 말인가요?"

"응, 마음에 들어서 사서 돌아갈까 싶거든."

"마음에 드셨다니 기쁘네요."

코노하는 자신이 칭찬받은 것처럼 미소를 지었다.

"여관을 나가서 오른쪽으로 난 길을 한동안 걸으면 다다미를 파는 가게가 있어요. 간판에 다다미 그림이 그려져 있어서 바로 아실 겁니다. 그래도 부피가 제법 될 텐데, 가지고 돌아가실 수 있겠어요?"

"아이템 봉투가 있어서 괜찮아."

나에게는 신님에게 받은 곰 아이템 봉투, 곰 박스가 있다.

다다미 정도는 얼마든지 넣을 수 있다.

그리고 코노하에게 상업 길드, 모험가 길드, 마을의 볼만한 장소도 묻고 종이에 메모해뒀다.

"고마워."

나는 감사 인사를 하고 여관을 나섰다.

우선은 다다미 가게로 향했다.

내가 마을의 건물들을 보면서 걷고 있는데 어제와 똑같이 목소리가 들려왔다.

"곰?", "뭐지?", "곰?", "어느 나라 복장이야."

어디를 가도 곰 인형 옷차림은 눈에 띈다.

나는 곰 후드를 깊게 쓰고 얼굴을 가렸다.

몇 명의 아이들이 근처까지 다가와선 「곰이다~」, 「이상한 옷이야~」라며 내 주위를 빙 돌기 시작한다.

내가 「왁」하고 커다란 소리를 내자 아이들은 놀라서 소리를 내

며 떠나간다.

교육이 덜 돼 있네. 고아원 아이들과 피나 자매를 본받으면 좋을 텐데.

마을에는 일본식 집들이 세워져 있었다. 지붕이 기와라는 것만으로도 인상이 바뀐다. 아마도 기와가 없었다면 일반적인 목조 건축으로밖에 안 보였을지도 모른다.

이 나라에도 성이라는 게 있나?

있다면 역시 일본에 있는 것 같은 성이려나?

있다면 보고 싶군. 여관으로 돌아가면 코노하에게 물어볼까.

나는 길을 지나가는 사람들에게 「곰」, 「곰」, 「곰」이라며 몇 번이나 손가락질을 당하면서 목적지 근처까지 다다랐다.

"분명, 이 근처일 텐데."

코노하에게 들은 것을 적어뒀던 종이를 보며 주변을 둘러보고 있는데 다다미 그림이 그려진 간판이 있었다.

여기다.

"실례합니다~."

가게 안으로 들어가 말을 건넸다.

"네~."

앞치마를 두른 여자가 종종걸음으로 다가온다.

"기다리셨습니다. ……곰?"

여자가 나를 보더니 굳었다.

뭐, 항상 있는 일이니 곰이라는 단어는 무시하고 말을 걸었다.

"다다미를 사고 싶은데요."

"음, 다다미?"

다다미 가게에서 다다미 이외에 뭐를 판다는 거지?

"여기서 살 수 있다고 들었거든요."

"앗, 네. 다다미 말씀이죠. 구매 가능하세요."

여자는 내 옷차림이 신경 쓰이는 모양이지만, 고객이라고 판단이 서자 장사 모드로 전환했다.

"그래서 아가씨, 다다미는 몇 장 필요하죠? 집은 어디고? 교체 작업은 어떻게 할까요? 급하신가요?"

여자가 이것저것 물어왔다.

뭐, 다다미 교체를 요청한다고 생각하는 모양이다.

다다미를 가지고 돌아가는 사람은 잘 없을 것 같긴 하다.

"집은 이 마을이 아니라서 괜찮아요."

"그래요? 아가씨, 혼자서 왔어요?"

"혼잔데요."

어린애 취급은 안 했으면 좋겠는데. 처음 보는 옷차림이겠지. 항상 생각하는 거지만, 이 곰 옷차림은 어린애처럼 보이나?

"그러니까, 아가씨, 보면 알겠지만, 다다미는 크고, 무거워요.

아가씨 혼자선 들고 갈 수는……."

여자는 가게 안에 있는 다다미로 시선을 보낸다.

다다미 한 장도 크고 무거워 보였다. 곰 장비가 없는 나였다면 다다미 한 장조차 들어 올릴 수도 없을 거다.

"아니면, 마차로 왔나요?"

여자는 흘깃 바깥쪽으로 시선을 옮긴다.

"아이템 봉투가 있어서 괜찮아요."

"아이템 봉투? 그거라면 괜찮으려나? 그래서 몇 장이 필요한데요?"

여자는 상황을 이해한 모양인지 이야기를 진행했다.

새삼 장수를 물어오는데, 몇 장을 사지?

4장 반? 6장? 8장?

6장이면 되려나?

크리모니아 방만이 아니라 왕도 곰 하우스와 미릴러 마을의 곰 빌딩의 2층 방, 여행용 곰 하우스의 방을 하나 바꾸는 것도 좋겠다.

그리고 고아원 아이들은 바닥에서 뒹굴뒹굴하는 걸 종종 봤다. 그렇다면 양탄자보다 다다미 쪽이 좋을지 모른다.

나는 간단하게 계산을 하고는 여자에게 대답했다.

"60장 정도?"

가게 안을 보니 다다미가 쌓아 올려져 있었다. 그 정도는 있겠지?

"……저기, 아가씨, 다다미가 싸진 않아요. 게다가 양이 많지 않

아요? 제대로 부모님께 확인을 받는 편이 좋을 거예요."

여자는 친절하게 확인하듯 말한다.

나 같은 여자아이가 다다미를 60장이나 원한다고 하면 보통은 이런 반응이 되려나?

"돈은 괜찮아요."

"게다가 아무리 아이템 봉투가 있다고 해도 그렇게 많이는 안 들어가잖아요?"

여자는 자신을 위해서인지, 나를 위해서인지, 여러 가지로 걱정을 해줬다.

뭐, 양쪽 모두겠지.

설명이 귀찮기에 다다미 60장 몫의 가격을 묻고 그만큼의 돈을 꺼냈다.

돈을 본 순간, 여자의 안색이 바뀌고 다시 장사꾼의 얼굴이 됐다.

역시, 돈이라는 게 좋든 나쁘든 사람을 바꾸네.

"그래서, 어떤 다다미를 원하는 건가요?"

아쉽게도 내 머릿속에는 다다미의 종류와 좋고 나쁨에 대한 지식은 들어있지 않다.

그래서 질이 좋은 다다미를 내 방에 쓸 용으로 사고 나머지는 일반적인 다다미를 구매했다.

대량 구매이기 때문에 가격은 조금 깎아 줬다.

내가 구매한 대량의 다다미는 곰 박스에 담았다.

"고, 고맙습니다."

여자는 놀란 표정을 지었지만, 가게를 뒤로하는 나에게 머리를 숙였다.

이제 집으로 돌아가면 일본식 방을 만들 수 있다. 조금, 기대된다.

무사히 다다미를 구매한 나는 옷장 등의 일본식 가구를 찾아서 구매했다.

쓸지 어쩔지도 모르면서 갖고 싶으면 사버리는 건 내 안 좋은 습관이다.

만일 피나가 안다면 분명 돈 낭비라며 화를 내겠지.

피나의 기분을 풀기 위해 비녀와 손거울도 구매했다. 역효과일까. 그렇게 생각하면서도 달리 기분을 풀 방법이 떠오르지 않아서 어쩔 수 없었다.

아니면 음식을 사는 게 좋았으려나?

나는 점심 대신 당고[#2]를 먹으면서 그런 생각을 했다.

그렇게 이쪽저쪽에서 빙빙 돌며 쇼핑하다가 모험가 길드에 찾아왔다.

길드도 기와지붕이 올라간 멋진 건물이었다.

안으로 들어서자 일반적인 모험가들부터 사무라이 같은 모습의

**#2 당고** 떡에 달콤한 간장 소스가 뿌려진 일본식 후식.

모험가도 있다.

카오스야.

그런 생각을 하며 길드 안을 보자 언제나처럼 주목을 받았다.

"곰?", "곰?", "곰?", "블러디 베어!"

마지막에 뭐지?

잘못 들었나?

누가 「블러디 베어!」라고 말했는지 내부를 둘러보는데, 나를 보고 덜덜 떠는 모험가가 한 명 있었다.

내 옷차림은 결단코 두려움에 떨게 할 법한 외관이 아니다. 스스로 말하기도 뭐하지만, 귀여운 복장이다.

설마, 나에 대해 아나?

그렇다 해도, 어째서 떨고 있는 거지?

남을 떨게끔 할 법한 일을 한 기억은 없는데.

일단은 말을 걸어오거나 하진 않기에 무시하기로 했다.

다른 모험가도 나를 보고 있기만 할 뿐, 말을 걸어오는 자는 아무도 없었다.

나는 건물 내부를 훑어보고 접수대를 발견했다.

접수대에는 일본식 옷의 20살 전후의 여자가 앉아있었다. 여자의 머리는 비녀로 정리되어 있었다.

접수대 아가씨는 가만히 내 쪽을 바라보았다.

나는 접수대에 다가가 접수대 아가씨에게 말을 걸었다.

"저기, 묻고 싶은 게 있는데요."

"아, 네, 뭔가요?"

접수대 아가씨는 나를 관찰하는 듯 바라본다.

나에 대해 궁금한 눈치였다. 나는 길드에 관해 묻기로 했다.

"모험가 길드는 다른 나라의 길드 카드도 쓸 수 있나요?"

"아, 그건 괜찮지만, 아가씨는 모험가신가요?"

접수대 아가씨는 놀란 얼굴로 나를 본다.

"그런데요."

내가 모험가라고 말하자 건물 안이 술렁인다.

내가 모험가들 쪽을 보자 접수대 아가씨가 몸을 일으켜 술렁이는 모험가들을 향해 입을 연다.

"여러분, 일하지 않으실 거면 돌아가주세요. 여긴 시간을 허비하는 곳이 아닙니다."

"우리는 정보 교환을 하는 것뿐이라고. 안 그런가."

"그래, 맞아."

"정보 교환은 중요하잖아."

"매일 그런 말씀들이잖아요. 조금쯤은 일을 해주세요."

접수대 아가씨는 어이없어 했다.

모험가 길드 어딜 가도 이런 부류의 모험가는 있는 법인가.

그래도 길드 카드는 어느 나라든 쓸 수 있다고 듣긴 했는데, 정말이었구나.

이상한 카드다.

접수대 아가씨에게 모험가 길드 카드를 쓸 수 있다는 것을 확인한 내가 의뢰 보드를 확인하려고 접수대 아가씨에게서 떨어지려 한 순간, 일본풍 옷을 입은 남자가 안으로 들어와 접수대 아가씨가 있는 곳에 다가왔다.

"어제, 의뢰를 한 사람인데, 누군가 받아준 사람이 있었나?"

"이츠키 씨셨죠. 아직 의뢰는 받아들여지지 않았습니다."

"곤란한데. 소가 당하고 있다고. 어서 토벌해줘. 사활이 걸린 문제야."

"의뢰를 받을지 받지 않을지는 모험가 개인의 자유입니다. 모험가에게 직접 부탁도 할 수 있지만, 카마이타치[#3]라면……."

접수대 아가씨는 흘깃 남아있는 모험가들을 본다.

모험가들은 시선을 피한다.

"**실력 있는** 모험가가 아니면 무찌를 수는 없거든요. 곧바로는……."

접수대 아가씨는 다시 한 번 「실력 있는」이라는 부분을 강조하며 남자 쪽을 본다.

아무래도 이곳에 남아있는 모험가들은 랭크가 낮은 모양이다.

"어떻게든 부탁할게. 마을이 위기야."

남자는 고개를 숙이며 접수대 위에 머리를 붙인다.

---

**#3 카마이타치** 손이 낫처럼 이루어진 일본 요괴.

"이츠키 씨, 고개 들어주세요."
"부탁하네."
남자는 고개를 올리지 않는다.
카마이타치라는 거, 바람의 칼날을 던지는 요괴겠지.
이 세계에서는 요괴가 아니라 마물이 되려나?
"그 의뢰. 제가 받을까요?"
카마이타치에 대해서 궁금해져서 나는 남자에게 말을 걸었다.

## 467 곰 씨, 화의 나라에서 의뢰를 받다

내 말에 남자는 고개를 들어, 내 쪽을 봤다.

"곰?"

아무래도 내 존재에 대해선 알아차리지 못했던 모양이다.

"제가 그 의뢰를 받을까요?"

"아가씨, 장난하는 건가?"

남자는 주먹을 강하게 쥐며 화를 냈다.

곰 인형 옷을 입은 여자아이가 마물 토벌 의뢰를 받겠다는 말을 꺼내면 그런 반응을 보이겠지.

뭐, 항상 있는 일이라 신경 쓰지 않기로 했다.

"그래도 달리 가줄 모험가는 없는 거잖아요?"

나는 길드 안에 있는 모험가들을 본다.

모두, 모르는 척을 하고 있다.

"저기, 아가씨, 카마이타치는 움직임이 빠르고, 게다가 멀리서 바람의 칼날을 던져오는 까다로운 마물이라 토벌하기 힘들 거예요. 이츠키 씨의 얘기에 따르면 카마이타치는 몇 마리나 있다고 하니 초보자용 의뢰로는……."

접수대 아가씨가 아무것도 모르는 아이에게 말하듯 나에게 카마이타치에 대한 설명을 해준다.

아무래도 나를 초보 모험가라고 생각했던 모양이다.

“그리고 상대가 강하다는 걸 알면 곧바로 근처 숲으로 몸을 숨겨버려서 간단하게는 무찌를 수 없다고.”

남자가 화가 난 듯 접수대 아가씨 말에 덧붙인다.

속도라면 밀리지 않는다. 숨는다고 해도 마물이라면 곰 탐지 스킬로 찾아낼 수가 있다.

“곤란해 보여서 말을 걸었을 뿐이니까 무리하게 의뢰를 받을 생각은 없어요.”

카마이타치가 궁금했고 남자가 곤란해하는 것 같아서 말을 했을 뿐이다. 억지로 의뢰를 받을 생각은 없었다.

남자는 나를 보곤 생각에 잠겼다.

“확인해두는데, 정말로 아가씨는 모험가인가?”

“모험가예요.”

귀찮아서 길드 카드를 보여준다.

“……랭크 C.”

길드 카드를 본 남자는 놀랐고, 그 말을 들은 접수대 아가씨도 놀란다.

“카마이타치를 무찌를 수 있겠나?”

“겨뤄본 적이 없어서 장담은 못 해요.”

이쪽 세계에는 절대라는 건 없다. 만일 카마이타치가 이상 발생해서 몇만, 몇십만이나 있다면 과연 무리일 거다.

내 말에 남자는 흘깃 나를 보면서 생각한다.

길드 카드를 보고 모험가 랭크 C라는 것을 알고도 반신반의인 모양이다.

뭐, 옷차림이 곰이기도 하니, 어쩔 수 없겠지.

"그러면 저도 같이 갈까요?"

어디선가 누군가가 말을 걸어왔다.

"시노부 씨?!"

접수대 아가씨가 놀라서 소리쳤다. 나타난 건 나와 그다지 나이 차이가 나지 않아 보이는 여자아이였다. 그 아이의 시선을 끄는 것은 복장이었다. 여자아이는 짙은 녹색과 보라색이 들어간 닌자 차림으로 보이는 복장을 하고 있었다. 밤에 몰래 숨어들어야 해서 짙은 색인 걸까 하는 상상이 들었다.

"그렇게 곰 님의 실력이 불안하면 제가 같이 갈게요."

"시노부 씨가 함께라면 괜찮겠네요."

접수대 아가씨가 안심한 듯 말한다.

"이츠키 씨, 그녀라면 문제없이 카마이타치를 무찌를 수 있을 거예요. 그녀의 실력은 길드가 보장하죠."

"정말인가?"

남자는 나를 보던 것과 똑같은 시선으로 나타난 여자아이를 바라봤다.

"그녀는 우수한 모험가예요. 이츠키 씨, 서두르고 계신 거죠?

그녀에게 의뢰하지 않으면 언제가 될지 장담 못 해요."

접수대 아가씨가 남자에게 물었다.

남자는 고민하면서 시노부라고 불린 여자아이를 보았다.

"그쪽 아가씨라면 정말로 무찌를 수 있는 거겠지."

"네, 그녀는 이전에도 카마이타치를 토벌했었거든요."

남자가 닌자 같은 여자아이를 보며 묻자 접수대 아가씨는 수긍한다.

"그럼, 부탁하네."

아무래도 나는 필요 없어진 모양이었다.

카마이타치를 볼 수 없게 된 건 아쉽지만, 이 나라에 있으면 만날 기회가 있겠다.

"그럼, 저는 필요 없는 거네요."

그녀가 의뢰를 받는 거라면 나는 필요 없다.

"그건 안 되죠. 저는 어디까지나 돕겠다는 의미로 따라가겠다는 거예요. 그러니 곰 님이 받지 않으면 저도 받지 않을 거예요."

시노부라고 불린 여자아이가 길드에서 나가려는 나를 붙잡는다.

"당신이 의뢰를 받는 거면 나는 필요 없잖아요?"

"그건, 의미가 없어요."

의미를 모르겠네. 그녀가 모험가이고, 카마이타치를 무찌를 수 있는 실력이 있다면 나는 필요 없을 텐데. 나와 함께 일을 받으면 보수도 절반이 된다.

"어째서요?"

"그게, 이대로라면 제가 의뢰를 가로챈 느낌이 되잖아요."

"딱히 저는 상관없는데요."

의뢰를 뺏겼다고 해서 그녀를 원망하거나 화를 낼 생각은 없었다.

"곰 님은 괜찮아도 주위의 시선이 그렇게 보질 않아요. 제가 의뢰를 가로챈 것처럼 보일 거예요. 그러니까 곰 님이랑 같이 하는 게 아니면 안 돼요."

말하는 건 이해가 간다.

의뢰를 가로챈 사람이라고 손가락질을 당할지도 모른다.

"나는 두 사람이 같이해도 좋아. 그쪽의 아가씨는 곰 아가씨가 같이하는 거면 받아들여 주는 거겠지?"

남자는 시노부라고 불린 여자아이에게 확인한다.

"곰 님이랑 같이하는 거라면, 좋아요."

"알았네. 그럼 두 사람에게 부탁하지. 카마이타치를 토벌해주게."

남자는 한시라도 빨리 카마이타치를 토벌해주길 바라는지 우리에게 고개를 숙였다.

이거, 거절할 수 없는 건가?

"그럼, 두 분이 의뢰를 받는 것으로 처리하겠습니다."

역시, 나도 참가하게 된 모양이다.

하지만 내가 같이하는 게 아니면 받아들일 수 없다니, 뭐지?

"길드 카드를 주시겠어요?"

나와 시노부라 불린 여자아이는 길드 카드를 접수대 아가씨 앞에 꺼낸다. 내 길드 카드를 본 접수대 아가씨는 놀란 표정을 짓는다.

"……정말로 시노부 씨와 같은 랭크 C."

내가 옆에 꺼내진 시노부의 길드 카드를 보자 똑같이 랭크 C라고 적혀 있었다.

나와 그다지 다르지 않은 나이에 랭크 C라니. 카마이타치를 무찌를 수 있다는 것도 이해가 간다.

그녀는 정말 뭐하는 사람이지?

"유나 씨라고 하는군요. 저는 시노부라고 해요. 잘 부탁해요. 저는 유나라고 부를 테니까 저도 시노부라고 해주세요."

시노부는 새삼 자기 소개를 한다.

그건 그렇고 허물이 없네. 내가 어려워하는, 그다지 가까이 하고 싶지 않은 타입이다.

"그런데, 랭크 C라니, 강하네요."

"그쪽도 랭크 C잖아요."

"저는 운이 좋은 거죠."

싱긋 웃으며 부정한다.

수상해.

남말할 처지는 아니지만, 어쩐지 수상쩍은 여자아이였다.

"그렇게 수상해하지 않아도 괜찮아요. 이츠키 씨라고 했나요. 준비도 필요하니 출발은 내일 아침 일찍 해도 될까요?"

지금 시간은 점심 지날 무렵, 간식 시간에 가깝다.

"가능하다면 지금 당장 마을에 와주면 좋겠지만, 알았네. 나는 마을에 먼저 돌아가서 촌장님께 보고를 해두지."

뭐, 확실히 지금부터 출발해서 그 마을에 머물게 되는 것보다 내일 아침인 편이 좋긴 했다. 여관 숙박비를 이미 지불하기도 했고, 당일치기로 다녀와서 온천에 들어가고 싶기도 했다.

"마을의 위치는 아나?"

"음, 이쪽이에요."

접수대 아가씨가 의뢰서를 시노부에게 내밀었다.

"가깝네요."

시노부의 말로는 남자가 사는 마을은 마차로 반나절 정도라고 한다.

곰돌이와 곰순이라면 1시간도 되지 않아 도착할 것 같다.

의뢰를 받은 나는 당초 목적이었던 어떤 의뢰가 있는지 보는 것도 관두고 모험가 길드를 나왔다.

"어째서 따라오는 거지?"

내 뒤를 수상쩍은 닌자 시노부가 따라왔다.

"같은 숙소에 머무는 편이 좋을 것 같아서요."

"같은 숙소에 머문다고?"

이 수상쩍은 닌자와?

"유나의 이야기도 듣고 싶기도 하고요."

“할 말 없는데.”

“매정하시네요.”

어쩌면 성가신 사람과 엮여버린 걸지도 모르겠다.

혼자서 일을 받거나 거절해야 했던 걸지도 모른다.

나는 시노부를 데리고 츠바키 여관으로 돌아왔다. 멋대로 따라왔다고도 할 수 있다.

“좋은 곳에 머무네요.”

시노부는 눈앞의 커다란 여관을 쳐다보았다.

역시, 좋은 여관인 모양이다.

여관에 들어서자 코노하의 모습이 눈에 들어왔다.

“어서 오세요.”

귀여운 여자아이가 일본식 차림으로 맞아주는 건 좋네.

만일 이쪽 세계에서 최초로 방문했던 게 이 마을이었다면 온천도 있으니 이 여관에 기생하고 있었을지도 모른다.

“저기, 그쪽 분은?”

코노하는 내 뒤에 있는 시노부를 보았다.

“남이야. 나는 방으로 돌아갈 테니까 시간 되면 식사를 부탁해.”

“으으, 남이라니. 같이 일하러 갈 동료예요.”

“미리 말해두겠는데, 방에 오면 쫓아낼 거야.”

“유나는 심술쟁이네요. 그럼, 내일 아침에 여관 입구에서 만나기로 해요.”

나는 코노하와 대화를 시작하는 시노부를 두고 방으로 돌아갔다.

정말로 뭐지?

싱긋싱긋 웃는 얼굴이지만 본성을 모르겠다.

게다가 모험가 랭크도 신경 쓰였다. 이런 말을 하기 뭐하지만, 그 나이에 나와 같은 랭크 C. 심지어 혼자 행동하는 것처럼 보이던데. 내 경우엔 곰 장비 덕분이지만, 그녀는 혼자만의 힘으로 랭크 C라면 꽤나 실력자라는 게 된다.

그리고, 언행이 수상하다.

혼자서 토벌할 수 있다면 나와 같이 일을 받을 필요는 없었다. 내가 의뢰를 거절하려고 했더니 자신만 하는 거라면 의미가 없다는 말을 꺼내며 뭔가 이유를 붙여 나를 끼어들게 하려고 했다.

우선 시노부에 대해선 경계하기로 하자.

그 때문에 꼬맹이화 시킨 곰돌이와 곰순이를 소환하여 방에 사람이 오면 알려달라고 부탁했다.

그 뒤, 시노부의 습격 없이 코노하가 식사를 옮겨다 주는 시간이 되었다.

"저기, 나랑 같이 있던 여자아이는?"

"네, 머물고 계세요."

정말로 묵는구나.

"혹시 나에 대해서 물어도 아무런 대답 안 해도 돼."

“네, 걱정 마세요. 저희는 손님에 관해 걸 물어도 얘기하지 않습니다.”

제대로 교육받은 모양이라 안심이다.

이 여관을 골라서 정말로 다행이다.

“고마워.”

“아뇨, 그럼, 이따 그릇을 치우러 올 테니 천천히 식사를 즐겨주세요.”

나는 그 말을 따라 식사를 대접받았다.

그리고 식사를 마치고 느긋하게 있는데 곰돌이와 곰순이가 문 쪽을 보며 「크~응」하고 울었다.

탐지 스킬을 쓰자 방 근처에 사람의 반응이 다가왔다. 그리고 반응은 문 앞에서 멈추고 움직이지 않았다. 코노하라면 문 앞에서 멈추거나 하지 않을 것이다. 게다가 조금 전에 식사를 마친 그릇을 막 정리한 상태였다.

나는 곰돌이와 곰순이에게 숨도록 시키고 발소리를 내지 않고 천천히 문을 열었다.

“우왁.”

문 앞에 있던 건 시노부였다.

“뭐지?”

“저기, 내일 일에 대한 상담을 할까 해서요.”

시노부는 웃으면서 대답한다.

어떻게 봐도 어물쩍 넘기려고 하고 있네.

“상담할 것도 뭐도 없지. 시노부는 혼자서도 무찌를 수 있다며? 여차하면 맡길 테니까.”

“저에게 맡긴다고요?”

“그야, 강하잖아?”

“아뇨, 아뇨, 그렇지 않아요. 스미레 씨가 과장되게 말한 것뿐이에요. 저는 약한걸요.”

스미레라는 건, 접수대 아가씨를 말하는 건가?

조금 더 접수대 아가씨에게 시노부에 대해 물어 봐두면 좋았을 텐데.

“어떻게 제가 왔다는 걸 알고 계셨어요?”

“발소리가 컸던 게 아닐까?”

나는 적당한 말을 한다.

“발소리요?”

사실을 말할 생각은 없다.

“그건 있을 수 없는 일이에요…….”

시노부는 작은 목소리로 중얼거린다.

“무슨 말 했어?”

“아뇨, 혼잣말이니까, 신경쓰지 마세요.”

수상하다.

"참고로, 유나는 혼자세요?"

"그런데."

무언가를 확인하듯 방 안을 확인하려고 했지만, 곰돌이와 곰순이는 숨어있었다.

"그럼, 내일 아침, 늦지 않게 와주세요."

시노부는 손을 흔들며 방에서 멀어져간다.

정말로 뭐 하러 온 거였지?

그런 뒤, 시노부가 신경 쓰여서 온천에 들어갈 때와 잘 때도 곰돌이와 곰순이에게는 방에 다가오는 사람이 있다면 알려달라고 부탁했다.

# 468 곰 씨, 마을로 향하다

아침이 되자 알람 시계인 곰돌이와 곰순이가 깨워줬다. 심야에 곰돌이와 곰순이가 깨우지 않았으니 아무도 오지 않았던 모양이다.

괜히 지나치게 신경을 썼던 걸까?

나는 몸을 일으키고 곰돌이와 곰순이에게 고맙단 말을 한 뒤 아침 식사 때까지 온천에 들어갔다.

그리고 아침 식사를 하고, 현관으로 향하자 코노하와 시노부의 모습이 있었다.

"나가시나요?"

"돌아올 예정이긴 한데, 저녁때까지 돌아오지 않으면 식사는 필요 없어."

비용은 3일 치 몫을 지급했다. 그 비용에는 아침 식사와 저녁 식사도 포함되어 있다. 그렇다고 해서 먹지도 않을 걸 준비 시키고 언제 돌아올지도 모르는 걸 기다리게 할 수는 없었다. 전달해 두는 게 예의다.

"네, 알겠습니다."

"그래서, 두 사람은 무슨 얘기를 나누고 있었어?"

"잡담이요. 곰 옷차림을 한 여자아이가 귀엽다던가, 그런 얘기 말이죠."

즉, 내 얘기를 하고 있었다는 거네.

"그럼, 유나도 왔으니 갈게요."

나와 시노부는 여관을 나선다.

"그래서 시노부는 어떻게 마을까지 갈 생각인 거야? 마차라도 준비했어?"

"그건 마을을 나갈 때까지 비밀입니다."

시노부는 어린아이가 장난칠 거리를 떠올린 듯한 얼굴로 말한다.

뭐를 숨기고 있는 걸까?

"그건 그렇고 유나의 곰 옷차림은 귀여운데, 움직이기 어려울 것 같아요. 정말로 그 차림으로 카마이타치 토벌하러 가는 거예요?"

"만일 내가 불안한 거면, 혼자서 가도 좋아. 나, 마을에서 기다리고 있을 테니까. 물론 보수도 시노부가 혼자서 받아도 돼."

그러는 편이 편하기도 하고.

"그런 말 말고 같이 가요."

시노부는 허물없이 내게 안겨들기에 떼어냈다.

이런 누구에게나 허물없는 태도를 보이는 유형은 대하기 어렵다.

노아도 비슷한 타입이지만, 뭔가가 다르다.

나이 탓인가?

"앞으로 내 옷차림에 관해서 묻거나 안겨들면 돌아갈 거야."

"아, 알겠어요. 더는 말 안 할게요. 안겨들지도 않고요."

그렇게 약속하고 우리는 마을 밖으로 나섰다.

마을을 나올 때 문지기에게 수상쩍다는 듯한 시선을 받고 저지를 당해버렸다. 하지만, 시노부가 말을 해준 덕에 무사히 마을 밖으로 나갈 수가 있었다.

"고마워."

"아뇨, 도움이 되어서 다행이에요."

"그래서, 마을 밖에 왔는데, 어떻게 할 거야?"

어딘가에서 말이라도 빌려오는 건가 생각했는데, 시노부는 곧바로 마을 바깥에 나와 버렸다.

설마, 걸어가는 건 아니겠지?

아니면 닌자니까, 뛰는 건가?

"그건……."

시노부는 손가락과 손가락을 맞대면서 인을 맺는 듯한 손동작을 했다. 그러자 손에 마력이 모여들고 눈앞에 말이 나타났다.

"……소환?"

"하야테마루라고 해요. 제 파트너죠."

그렇게 말하고 시노부는 말의 목을 쓰다듬는다.

곰돌이와 곰순이, 사냐 씨의 소환 새 이외에 소환하는 모습을 보는 건 처음이다.

다만, 시노부에게 한 가지 말하고 싶다.

"그래도, 개구리나 뱀이나 민달팽이는 아니네."

"뭐죠, 그건? 그런 걸 소환해서 어디에 쓰는데요? 이동에 큰 도

움은 안 될 걸요."

뭐, 실제로는 그렇겠지. 닌자의 소환수 중 개구리, 뱀, 민달팽이가 유명했을 뿐이다.

탈것으로 커다란 개구리에 커다란 뱀, 커다란 민달팽이. 상상하는 것만으로도 기분이 나빠진다.

그런 생각을 하니 나는 곰돌이와 곰순이라 다행이다.

"그럼, 곧바로 탈까요?"

시노부가 내 옷차림을 본 뒤 말을 본다.

"그 옷차림으론 타기 어려울 것 같네요."

"괜찮아."

귀찮으니 나는 오른팔을 뻗어 곰돌이를 소환한다.

"곰이에요. 곰이 나타났어요. 소환한 거예요?"

시노부는 조금 놀란 듯하지만, 경악은 하지 않는다.

"어쩐지, 강해 보이기보다는 귀여운 곰이네요."

"크~응."

곰돌이는 시노부의 말에 얼굴을 가다듬는다.

아무래도 곰돌이는 강해 보이고 싶은 모양이다.

하지만, 오히려 귀엽게 보이는 건 기분 탓일까?

"이름은 뭐죠?"

"곰돌이야."

"곰돌이군요. 귀여운 이름이네요. 만져도 돼요?"

내가 허락하기 전에 시노부는 곰돌이를 만지기 시작한다.

"우와아, 뭐예요, 이 부드러움은. 폭신폭신해요. 타도 돼요? 타보고 싶어요."

"하야테마루가 슬퍼하는 것 같은데, 괜찮겠어?"

내가 말 쪽을 보자 하야테마루가 슬픈 듯 고개를 숙이고 있다.

"으아아아아, 하야테마루, 미안. 하야테마루가 제일이야."

시노부는 하야테마루의 모습을 보더니 곰돌이에게서 떨어져 하야테마루에게 사과한다.

모두 똑같구나. 주인이 다른 말(곰)을 타면 쓸쓸해 하는 모양이다.

"곰돌이를 못 타는 건 아쉽지만, 가볼까요."

시노부는 하야테마루에게 뛰어 올라탔고, 나도 곰돌이에게 올라탄다.

그리고 카마이타치가 나타난 마을로 향했다.

시노부의 하야테마루와 내 곰돌이는 나란히 하듯 달렸다.

"그래서, 카마이타치라는 건 바람의 마법을 쓰는 마물이라는 거지?"

"맞아요. 위력에 따라선 팔을 잘라내기도 하니까 조심해야 해요. 그렇다고 해서 철 방어구로 단단하게 감싸면 이번엔 카마이타치의 움직임에 따라가지 못하게 될 거예요."

카마이타치의 바람은 철을 잘라내지는 못하는 모양이다. 하지만 무거운 철제 방어구를 너무 많이 착용하면 움직임이 빠른 카

마이타치를 따라가지 못하게 되어 무찌르지 못하게 된다.

가벼운 장비로 카마이타치의 움직임에 맞추는 실력이 없으면 토벌할 수 없다는 설명이다.

"그럼, 마법으로 무찌르는 게 제일 좋다는 건가?"

"그것도 마법사의 실력 나름이죠. 마법사는 기본적으로 가벼운 장비예요. 그러니 원거리에서의 공격하게 되죠. 명중의 정확성, 위력이 필요해요. 그리고 마법사는 거리가 좁혀지면 근접전에 익숙하지 않으면 쉽게 당하게 돼요."

확실히, 마법사는 검사와 근접전이 되면 몸을 지키는 수단을 갖춰두지 않았다면 손쉽게 당해버린다.

내 경우엔 근접전도 어느 정도는 싸울 수 있다.

"게다가 가장 성가신 건, 숲속에 생식하고 있다는 거예요. 풀숲에 몸을 숨기면 찾아내기도 힘들고, 기습을 당하기도 하죠."

갑자기 풀숲에서 바람의 칼날이 날아든다면 귀찮아진다.

시노부의 설명을 들으니 확실히 카마이타치의 토벌은 초보자에게는 힘들겠다 싶었다.

그래서 모험가 길드에 있던 모험가들은 눈을 피했던 거였군.

"그래서 유나는 어떻게 카마이타치를 무찌를 건가요?"

"평범하게 싸울 뿐이지."

탐지 스킬이 있으니 카마이타치의 있는 곳은 알 수 있다.

나머진 마법을 날리기만 할 뿐이다.

평범하게 전투가 이루어져도 싸울 방법은 얼마든지 있다.

뭐, 그것도 곰 장비가 있어서 할 수 있는 거지만 말이다.

“그렇게 말하는 시노부는 어떻게 무찌를 건데?”

“유나와 똑같아요. 평범하게 싸울 뿐이죠.”

싱긋싱긋 미소를 지으며 대답한다. 정말로 본심을 알 수 없는 여자아이다.

우리는 쉬는 일 없이 마을에 도착했다.

“곰돌이는 빠르네요.”

“하야테마루도 빨랐어.”

마을을 나와 1시간 정도 만에 마을에 도착했다.

마을 입구에는 어제 모험가 길드에 왔던 남자가 서 있었다.

“이츠키 씨네요. 아무래도 우리를 기다려주고 있었던 모양이에요.”

우리는 이츠키 씨가 있는 곳으로 간다.

“뭐지, 그 곰은?!”

이츠키 씨는 내가 타고 있는 곰돌이에 놀란다.

“그 곰은 그녀의 곰이니까 안전해요.”

내가 설명하기 전에 시노부가 설명해준다.

“그런가?”

“공격하지 않으면 아무것도 안 할 거예요.”

“정말이겠지.”

이츠키 씨는 곰돌이를 가만히 본다. 곰돌이는 「안 무서워」라는

느낌으로 「크~응」하고 운다.

이츠키 씨는 나와 곰돌이를 번갈아 보고 무언가를 이해한 듯한 느낌을 보인다.

"알았네. 우선 와줘서 고맙네."

이츠키 씨는 마을 안으로 들여보내주었다. 나와 시노부 씨는 곰돌이와 하야테마루에서 내리고 마을 안으로 들어갔다.

마을은 나무로 만들어진 집이 많았다. 기와지붕의 집도 있었다. 마을 사람의 복장도 옛 일본 영화에서 볼 법한 재질이었다. 곰돌이를 보고 놀랐지만, 이츠키 씨가 괜찮다는 것을 마을 사람에게 설명해줬다.

다른 마을 주민은 멀리서 보기만 할 뿐 다가오지 않았다. 설마, 곰돌이가 무서운 걸까?

"그래서 상황은, 어떤가요?"

"어제, 돌아왔을 때는 새롭게 소 2마리가 당한 상태였어. 그나마 다행인 건 마을 사람들이 다치지 않았다는 점이지. 정말로 아가씨들이 카마이타치를 무찌를 수 있겠나? 이 이상의 피해는 나오지 않았으면 해."

이츠키 씨가 다시 한 번 확인했다.

다른 모험가에게 부탁해도 며칠이 걸릴 테고 그만큼 피해가 늘어날 것이다.

즉, 우리가 토벌하지 못하면 마을도 많이 곤란해진다.

"무찌르는 건 가능할 텐데, 문제는 몇 마리냐죠. 얼마나 있는지 아세요?"

"미안하네. 카마이타치가 나타나면 도망쳐서 몸을 숨기고 있어. 그래서 정확한 수는 파악해 놓지 못했네."

확실히 힘이 없는 사람이 맞서는 건 무모하다. 소와 똑같이 베어지기만 할 뿐이다.

살아남으려면 도망쳐서 몸을 숨기는 것이 제일 좋은 방법이다. 그러니 이츠키 씨에게 책임을 추궁할 생각은 없었다.

우리는 이츠키 씨의 안내로 목장으로 보이는 위치까지 다다랐다. 광대한 초원이 펼쳐져 있고, 그 안에서 소가 목초를 먹고 있다.

이곳에 카마이타치가 나타난다고 한다.

"그럼, 유나, 어떻게 할까요? 적당히 경계를 서고 있을까요?"

"시노부의 생각은?"

"저요? 나타나면 쓰러뜨린다, 랄까요."

혹시, 몸만 좋고 머리는 나쁜가?

"어느 부근에서 나타나는데요?"

나는 시노부를 믿을 수 없어 이츠키 씨에게 물었다.

"카마이타치는 저 숲에서 오네."

이츠키 씨는 목장 너머에 보이는 숲을 가리켰다.

"그렇다면 저쪽에 있는 소가 위험하지 않나요."

숲 근처에 소가 한 마리 있다.

내 말에 이츠키 씨는 말하기 껄끄러워했다.

"그게, 저 소는 다른 소와 내가 도망치기 위한 희생양이 되도록 한 거야."

한곳에 모여 있으면 모든 소가 죽임을 당해버린다.

그래서 가장 위험한 곳에 한 마리의 소를 두고 그 소가 희생될 동안에 도망친다는 것이다.

10중에 9를 지키기 위해 1을 희생한다. 싫은 사고방식이지만, 어쩔 수 없는 걸지도 모르겠다.

"그럼 저 숲속에 가면 카마이타치가 있겠네요."

그렇다면 공격을 당하기 전에 토벌하면 된다.

"설마, 숲속에서 싸울 생각인가요?"

"그런 건 죽으러 가는 거나 마찬가지잖아."

시노부와 이츠키 씨가 내 말에 놀란다.

아무래도 사각이 많은 숲속에서는 어디서랄 것도 없이 바람의 칼날이 날아올 테니 보통은 그런 곳에서는 싸우지 않는다고 한다.

하지만, 마물이 오는 걸 기다리는 건 성격에 맞지 않았다.

게다가 나에게는 탐지 스킬이 있다.

"괜찮아요. 마물이 다가오면 이 아이가 알려줄 테니까. 샤, 무찌르고 돌아올게요."

나는 옆에 있는 곰돌이의 머리를 쓰다듬었다.

“게다가 얼른 여관으로 돌아가서 온천에 들어가고 싶기도 하니까요. 시노부는 여기서 남아있어도 돼. 나랑 곰돌이가 숲속에 들어가서 카마이타치를 토벌해 올 테니까.”

성가신 건 재빠르게 끝내자.

“저도 갈게요.”

“무리하지 않아도 돼.”

“저는 유나의 보좌니까 돕는 것 정도는 할게요.”

그다지 싸우는 장면은 보이고 싶지 않은데. 그래도 시노부의 싸우는 방식도 궁금하다.

그때 곰돌이가 「크~응」하고 울며 숲 쪽을 봤다.

나는 곰돌이의 반응의 의미를 곧장 이해했다. 탐지 스킬을 쓰자 카마이타치의 반응이 있었다. 그것도 한 마리가 아니었다. 카마이타치의 반응은 굉장한 속도로 이동하고 있었다.

“카마이타치가 오고 있어요!”

“정말인가?!”

“어디죠?”

“곰돌이는 여기서 이츠키 씨를 지켜줘.”

나는 곰돌이에게 지시를 내리고 카마이타치를 향해 달려갔다.

# 469 곰 씨, 카마이타치와 싸우다 1

소까지는 거리가 있었다.

나는 달렸지만, 소가 요동치기 시작하며 무언가로부터 도망쳤다. 하지만, 소는 쓰러졌다.

늦었다.

소의 희생을 헛되이 해선 안 된다.

소 근처에서 무언가가 지면을 빠른 움직임으로 이동하고 있었다.

저게 카마이타치?

움직임이 빨라서 확실하게 인식할 수 없지만, 족제비 같은 작은 동물이라는 건 틀림없는 것 같았다.

수는 3, 4……5마리 이상이다.

나는 달리면서 얼음 화살을 날렸다. 명중률 보정이 있는데도 불구하고 카마이타치가 피했다.

빠르다.

카마이타치가 낫 같은 팔을 휘두르자 바람의 칼날이 목초를 가르며 날아왔다. 나는 마법으로 흙벽을 몇 장 만들어 내 카마이타치의 공격의 위력을 확인했다.

카마이타치의 바람의 칼날은 내가 마법으로 만든 흙벽을 한 장도 무너뜨리지 못했다.

그렇다면 흙벽은 한 장으로 충분하다는 뜻이었다.

나는 흙벽의 옆을 빠져나가 카마이타치를 향해 공격을 가하려고 하자, 카마이타치가 좌우로 흩어졌다.

“오른쪽은 제가 갈게요!”

내가 순간적으로 고민하자 시노부가 뒤에서 말하고 오른쪽으로 움직이는 느낌이 들었다.

나는 왼쪽으로 달렸다. 카마이타치의 바람의 칼날이 날아들었다.

흙벽으로 막을 수 있지만, 흙벽은 블라인드가 되기에 한순간 카마이타치를 놓치게 된다는 단점이 있었다.

귀찮네!

나는 곰 발톱을 연상하며 곰 발톱의 바람 마법을 날렸다. 세 개의 발톱 칼날은 카마이타치의 바람을 가로질러 그대로 카마이타치를 베어냈다.

우선은 한 마리.

다음 카마이타치에게 공격을 가하려는 순간, 카마이타치는 굉장한 속도로 지면을 차며 숲 쪽으로 도망쳤다.

시노부에게 들은 대로 위험을 감지하면 숲으로 도망가는 모양이었다.

쫓을까 했지만, 깊이 쫓지 않기로 했다.

생각했던 것보다도 성가신 상대일지도 모르겠다. 공격해 온다면 되받아치기만 하면 되는데. 움직임이 빠르고, 도망칠 땐 도망친다.

생각했던 것보다 싸우기 껄끄럽다.

"도망쳤네요."

시노부 쪽을 보니 지면에 쓰러져 있는 카마이타치에 쿠나이[#4]로 보이는 물건이 세 자루 꽂혀 있었다. 시노부 쪽도 한 마리 무찌른 모양이다.

시노부는 카마이타치에 꽂힌 쿠나이를 빼내 천으로 닦더니 호주머니 안에 넣었다.

정말로 닌자 같네.

참고로 가슴은 크지 않아서 그 부분만큼은 친근감을 가질 수 있었다.

"유나는 움직임도 빠르고, 마법의 위력도 대단하네요."

내가 곰 마법을 썼던 탓에 지면에 그 흔적이 남아있었다. 방어보다는 공격이라고 생각했기 때문이었다. 곰 마법은 상대의 공격을 막고, 나아가 상대를 공격할 수 있다. 일거양득이다.

원래라면 그대로 공격을 가해서 카마이타치를 전부 무찌르고 싶었다.

우리의 싸움이 끝난 것을 보고 이츠키 씨가 다가왔다.

"무찔렀나?"

"저랑 유나가 한 마리씩이요. 나머진 숲으로 도망쳤어요."

시노부가 지면에 쓰러져 있는 카마이타치로 시선을 옮기며 설명

**#4 쿠나이** 닌자들이 쓰는 무기. 손바닥만한 길이의 단검.

했다.

"그렇군. 그래도 고맙네. 만약 두 사람이 없었다면 피해가 더 생겼을 거야."

이츠키 씨는 쓰러져 있는 소에게로 시선을 보냈다.

"그건 그렇고 잘도 카마이타치가 왔다는 걸 알았네요."

"그건, 이 아이가 알려줬거든."

나는 이츠키 씨와 함께 다가온 곰돌이의 머리를 쓰다듬었다.

"곰돌이는 그런 것까지 알아요?"

"마물이 근처에 오면 알려주지."

"혹시, 사람의 인기척 같은 것도 아나요?"

"일단은."

내 말에 시노부가 뭔가를 이해한 표정을 지었다. 너무 떠벌린 걸지도 모르겠다.

"그럼, 여관의 방에서도 소환했던 거예요?"

"글쎄."

코노하가 알게 되면 곤란하므로 나는 어물쩍 넘겼다.

"드디어 후련해졌네요."

시노부는 뭔가 이해한 듯 응응, 하더니 혼자서 고개를 끄덕였다.

우선 내가 무찌른 카마이타치를 곰 박스에 담았다.

"이제 어떻게 할 거예요?"

"이대로 숲속으로 들어가서 남은 카마이타치도 무찌르고 올 거야."

"역시, 가는 건가요?"

시노부가 확인했다.

"여기에서 기다리는 건 시간을 허투루 보내는 거잖아."

언제 나타날지 알고 있다면 기다릴 수 있다. 하지만, 언제 올지도 모르는 걸 기다리는 건 시간 낭비다.

나는 지키는 것보다 공격하는 타입이다.

게다가 무모한 짓은 아니다. 나에게는 탐지 스킬이 있어서 사각에서 공격을 당할 일도 없고, 준비태세도 갖출 수 있다. 게다가 지금이라면 숲으로 막 들어간 참이다. 카마이타치도 그다지 멀리는 가지 않았을지 모른다.

"시노부는 마을에 남아있어. 만약 내가 없는 동안에 카마이타치가 마을에 오면 그땐 부탁할게."

"아뇨, 같이 갈래요. 의뢰를 받았으니 따라가야죠."

"같이 하는 건 곰돌이가 있으니까 괜찮아."

나는 곰돌이에게로 시선을 보낸다.

화의 나라에서 곰이 같이 따라간다고 하니 큰 도끼를 짊어진 킨타로[#5]를 떠올리게 돼버린다. 그렇게 생각하니 내가 킨타로 역할이다. 스스로 상상해놓고 조금 그렇지만, 킨타로 역할은 하고 싶지 않다.

내가 이상한 상상을 하고 있으려니 곰돌이가 뭐지? 라는 표정

---

**#5 킨타로** 일본 전래 동화의 주인공. 곰과 씨름을 하는 괴력으로도 유명하다.

으로 나를 쳐다봤다.

나는 곰돌이의 머리를 쓰다듬으며 「아무것도 아니야」라고 말하고 적당히 넘겼다.

결국 시노부도 따라오게 되어 나와 곰돌이, 시노부는 숲속으로 들어섰다.

이츠키 씨는 걱정되는 눈치였지만, 「부탁하네」라고 말했다.

참고로 하야테마루는 송환되어서 없었다.

"곰돌이, 마물이 있으면 알려줘."

"크~응."

탐지 스킬로 알 수 있지만, 시노부가 있어서 곰돌이에게 부탁했다.

"한 가지, 확인하는데요."

"뭔데?"

"유나는 곰돌이가 말하는 걸 이해해요?"

"전달하고 싶어 하는 건 뭔지 알아."

"굉장하네요."

"긴 시간을 같이 하고 있으니까."

곰돌이와 곰순이와는 아직 만난 지 몇 개월이지만, 몇 년이나 함께 있는 것 같은 감각이었다. 지금은 곰돌이와 곰순이가 없는 생활은 생각할 수가 없다.

곰돌이와 곰순이는 소중한 가족이다.

숲속을 걸었다. 선두엔 나, 그 뒤를 곰돌이. 마지막에 시노부가 위치했다.

“유나의 뒤쪽은 제가 지킬게요.”

“곰돌이가 지킬 테니까 괜찮아.”

“크~응.”

곰돌이가 맡겨줘, 라며 대답했다.

“으으, 너무 하시네. 그럴 땐「맡길게」라고 말해줘요.”

이제 막 만난 사람에게 등 뒤를 맡길 수 있을 리가 없다.

게다가 수상하기 짝이 없는 닌자 같은 사람이다. 닌자는 주인을 위해 최선을 다하지만, 만난 지 며칠밖에 안 된 나를 위해 목숨을 걸어줄 거라곤 생각되지 않았다. 애초에 시노부의 실력을 알지 못하니 맡길 수가 없다.

내 뒤를 맡긴다면 곰돌이와 곰순이 밖에 없다.

탐지 스킬로 확인하자 카마이타치의 반응이 있었다.

아무래도 숲 구석까지는 도망치지 않은 모양이었다.

그 이동 속도로 쭉 도망쳤다면 간단히 탐지 스킬 범위 밖으로 나가 있었겠지. 숲속에 들어와 안심하고 있나?

곰돌이가 작게「크~응」하고 울었다.

“설마, 근처에 있나요?”

곰돌이가 울자 시노부가 작은 목소리로 물어온다.

"있어."

탐지 스킬로 확인하면서 천천히 카마이타치와의 거리를 좁혔다.

근처에 두 마리 있었다.

조금 앞에 있는 초목이 자란 위치였다.

나는 탐지 스킬로 거리와 방향을 확인하고 카마이타치의 반응이 있는 쪽으로 얼음 화살을 두 개 날렸다. 그러자 탐지 스킬에서 카마이타치의 반응이 사라졌다.

무사히 명중한 모양이다. 도망치지 않았다면, 명중이다.

"혹시, 무찌른 거예요?"

"두 마리뿐이었어. 그래도 아직 있는 모양이니까 알아차리지 않도록 갈 거야. 그러니까 소리는 내지 않도록 해."

그 빠른 움직임으로 숲속을 돌아다닌다면 여러 가지로 성가셔진다. 돌아다니기 전에 무찌르는 게 제일이다.

"조용히 이동하는 건 전문이니까 걱정 마세요."

발소리를 죽이며 걷는 게 전문이라니, 스토커였다면 무서운데. 그래도 닌자라는 건 정보 수집이 일이니까 일종의 스토커 같은 것일지도 모르겠다.

천장에서 훔쳐보거나, 벽 뒤에서 보고 있거나, 나무 위에서 훔쳐보고 있거나, 때론 침대 밑에 숨어있거나 할 수도 있다. 원래 세계였다면 완전히 아웃이다.

"유나, 이상한 생각하고 있는 거 아니에요?"

날카롭군. 설마, 내 마음을 읽었나?

이것도 닌자의 기술?

“아무 생각도 안 하고 있는데.”

일단은 슬쩍 넘겼다.

얼음 화살로 무찌른 카마이타치를 회수하고 다음 카마이타치가 있는 곳으로 향했다.

그럴 적마다 곰돌이가 나를 안내하듯 「크~응」하고 작게 울었다.

이것이야말로 이심전심이네.

“세 마리째.”

“네 마리째.”

나는 풀숲에 숨어있는 카마이타치를 잡았다.

카마이타치를 무찌르며 숲속을 나아갔다. 이미 10마리 정도 잡았다.

“제가 나설 차례가 없네요.”

시노부의 실력도 보고 싶었지만, 카마이타치에게 들켜서 놓치기라도 한다면 곤란하다.

순조롭게 카마이타치를 한 마리 잡고 다음 카마이타치를 향해 얼음 화살을 날렸다. 그러자 초목이 움직이고 카마이타치가 움직였다.

처음으로 도망쳤네!

풀숲에서 나온 카마이타치는 털의 색이 달랐다.

"은색?"

풀숲에서 튀어 오른 건 두 마리의 은색 털 카마이타치였다.

두 마리의 은색 카마이타치는 한순간 풀숲에서 튀어나오더니 곧바로 풀숲 안으로 사라져갔다.

탐지 스킬로 확인하자 움직임이 빨랐다. 눈 깜짝할 사이에 우리에게서 멀어져간다. 심지어 좌우로 나뉘었다.

"은색의 카마이타치예요? 심지어 두 마리라니. 성가신 녀석들이네요."

시노부가 조금 귀찮은 듯한 표정을 짓는다.

"무슨 말이야?"

"터무니없이 강하다고 생각해주세요. 움직임도 빠르고, 감각도 예리해서 공격이 좀처럼 명중하지 않죠. 그리고 그 은색의 카마이타치의 공격은 저렴한 철 갑옷 정도는 뚫어내요."

그거, 꽤 심각한 거 아냐.

그래도 탐지 스킬에는 카마이타치라고만 표시되어 있었다. 그러면 카마이타치 아종이나 카마이타치 실버 같은 건 아니라는 거려나?

"한 마리 맡겨도 돼?"

조금은 시노부도 일을 시키기로 했다. 만일 거절하거나 도망치려 해도 상관없다. 그런 사람이었다는 뜻이니까.

"거절하고 싶지만, 안 되겠죠?"

"날 도와주는 거지?"

"……알았어요."

시노부는 떨떠름하게 받아들였다.

"곰돌이가 한 마리는 저 나무 부근에 있대."

탐지 스킬로 도망친 방향을 확인하고 알려줬다.

"곰돌이는 돌아갈래?"

나는 곰 인형 장갑을 보였다.

곰돌이는 「크~응」하고 울며 고개를 저었다.

"그럼, 다른 카마이타치를 부탁해도 될까?"

조금 떨어진 곳에도 카마이타치의 반응이 있었다.

은색 카마이타치와 싸우는 와중에 나타나면 번거로워진다.

곰돌이는 내 부탁에 「크~응」하고 울며 기뻐했다. 아무래도 내게 부탁을 받은 게 기쁜 모양이었다.

하지만 혼자선 걱정되기에 곰순이도 소환하기로 했다.

시노부가 있어서 소환하고 싶지 않았지만, 곰돌이의 위험도를 낮추기 위함이었다.

나는 왼손의 흰 곰 인형 장갑에서 곰순이를 소환한다.

"흰 곰이네요."

"곰순이, 곰돌이랑 같이 주위에 있는 카마이타치를 부탁할게. 하지만, 은색 카마이타치가 있으면 내가 쓰러뜨릴 거니까 도망쳐야 해."

곰돌이와 곰순이가 다치는 것을 보고 싶지 않다.

"크~응."

곰순이는 곰돌이와 같이 「맡겨줘」라는 표정으로 운다.

"그럼, 같이 가자."

"저는 무시하나요……."

시노부가 조금 전부터 곰순이에 관해 물어보고 싶은 표정을 짓고 있었다. 하지만 지금 설명할 시간은 없다.

내가 움직이기 시작하자 동시에 전원이 움직이기 시작했다.

# 470 곰 씨, 카마이타치와 싸우다 2

나는 풀숲에 숨은 은색 카마이타치를 향해 얼음 화살을 날렸다. 하지만 은색 카마이타치는 몸을 뒤집으며 얼음 화살을 회피했다.

은색 카마이타치는 재빠른 움직임으로 초목 그늘에 몸을 숨기며 이동했다. 내가 확인을 위해 탐지 스킬로 눈을 돌린 순간, 오른쪽 풀이 흔들리며 바람의 칼날이 날아들었다.

나는 곧바로 흙벽을 만들어 막았다. 하지만 흙벽이 잘려나갔다!

나는 재빨리 흰 곰 인형 장갑을 앞으로 뻗어 바람의 칼날을 막았다.

위력이 강하네.

신님에게 받은 곰 인형 장갑이 아니었다면 위험했어.

시노부가 말한 대로였다. 철도 베어낸다는 건 거짓이 아닌 모양이다.

나는 초목을 가르는 소리가 나는 쪽으로 바람의 칼날을 날렸다. 풀을 베어내며 은색 카마이타치를 공격했지만, 빗나가버렸다.

시노부가 말했던, 감각이 날카로워 공격이 맞지 않는다는 말이 이해가 갔다.

작고 움직임이 빠르니 이렇게나 성가시군.

게다가 싸우는 장소도 번거롭다. 풀숲도 방해지만, 나무가 가장 짜증이 난다.

이동하는 것에도 방해가 되고, 베어 버리면 카마이타치가 숨을 곳을 늘리는 꼴이 된다. 실제로 이미 몇 그루의 나무가 쓰러졌고 카마이타치는 쓰러진 나무를 이용해서 몸을 숨기며 이동하고 있었다.

지형은 완전히 상대에게 유리했다.

시야가 탁 트인 곳이었다면 싸울 방도가 있겠지만, 내가 이렇게 하자고 말을 꺼냈다.

애초에 카마이타치의 상위종이 있다는 얘기는 듣지 못했다.

은색 카마이타치는 시노부가 말했던 것처럼 지금까지 쓰러뜨린 카마이타치보다 움직임의 빠르기도 공격력도 몇 단계 위였다. 무엇보다 껄끄러운 건 감각이 예민하다는 점이었다.

틀림없이 상위종이다.

은색 카마이타치는 풀숲 안을 돌아다니며 바람의 칼날을 날려댔다. 나는 곰의 바람의 칼날로 막아냈다.

바람의 칼날과 바람의 칼날이 맞부딪치자 회오리바람이 몰아쳤고 풀과 이파리가 흩날려 올라가 시야가 가려졌다.

짜증 나!

흘깃 탐지 스킬로 눈을 보내 은색 카마이타치가 있는 곳을 확인하여 바람의 칼날을 날렸다. 나무가 쓰러졌다.

이대로라면 삼림 파괴가 심해져 버릴 거다.

화염으로 태울 수도 없고.

나는 심호흡을 하고 생각했다.

……그걸 사용해볼까.

상대가 작다면 이쪽도 작은 거로 승부를 보면 된다.

나는 새끼강아지 정도 크기의 곰 흙 골렘을 만들어 냈다. 10마리 이상의 꼬마 곰들이 지면에 나란히 섰다. 나는 꼬마 곰 골렘에 마력을 담아 은색 카마이타치를 추적시켰다.

"꼬마 곰들, 가라!"

내가 팔을 휘두르자 꼬마 곰들이 움직이기 시작한다.

새롭게 고안한 마법, 꼬마 곰 군단이다.

몸이 작아서 공격력은 약하지만, 마력의 소비가 적기 때문에 많이 만들 수 있다.

꼬마 곰들은 지면을 달려 은색 카마이타치를 향했다. 은색 카마이타치는 도망치지만, 꼬마 곰들이 맹견처럼 쫓아갔다.

은색 카마이타치는 꼬마 곰을 향해 바람의 칼날을 날려 꼬마 곰을 베어냈다. 하지만 꼬마 곰은 수가 많았다. 쓰러져도 다음 꼬마 곰이 은색 카마이타치에게 공격을 가했다.

카마이타치는 풀숲을 가로질렀고 그 주위를 꼬마 곰들이 둘러싸듯 쫓아갔다. 카마이타치가 나무에 오르며 도망갔다. 그곳에 꼬마 곰 중 한 마리가 날아들어 엉겨 붙었다.

잡았다!

꼬마 곰 골렘의 무게로 은색 카마이타치의 움직임이 둔해졌다. 움직임이 둔해진 은색 카마이타치에게 다른 꼬마 곰이 날아들어 엉겨 붙더니 나무에서 떨어져 차례차례로 꼬마 곰들이 덮쳐 눌렀다. 곧 은색 카마이타치는 움직이지 못하게 되었다. 꼬마 곰이 은색 카마이타치를 완전하게 제압했다.

나는 다가가 움직임이 막힌 은색 카마이타치에게 최후의 일격을 꽂았다.

"후우."

생각했던 것보다 애먹었네.

곰돌이와 곰순이는? 그리고 시노부는?

주위를 보자 떨어진 위치에서 소리가 났다. 나는 탐지 스킬을 써서 있는 곳을 확인했다.

꽤 떨어진 곳에 곰돌이, 곰순이의 반응이 있었다. 시노부도 신경 쓰이지만, 나는 곰돌이와 곰순이가 있는 곳을 향해 달려갔다.

나는 달렸다. 그리고 그 주위의 참혹한 상황에 놀랐다.

초목이 잘려지고 나무들이 쓰러져있었다.

무슨 일이 있었던 거니?

설마, 은색 카마이타치?

내가 곰돌이와 곰순이가 있는 곳으로 뛰어 다가가자 곰돌이와 곰순이가 은색 카마이타치와 싸우고 있는 모습이 있었다.

어째서 저 녀석과 싸우고 있는 거야?

은색 카마이타치가 바람의 칼날을 날려 곰돌이를 공격했다. 곰돌이는 날렵한 움직임으로 피했다. 카마이타치가 연속으로 칼날을 날려왔다. 곰돌이는 팔을 휘둘러 바람의 칼날을 베어냈다.

정령석, 곰모나이트에 의해 쓸 수 있게 된 마법으로 싸우고 있었다.

곰돌이는 발톱에서 나오는 바람 마법을 써서 은색 카마이타치를 막다른 곳에 몰아넣었다. 은색 카마이타치는 도망쳤지만, 그곳에는 기다리고 있던 곰순이가 있었다.

곰순이의 발톱이 은색 카마이타치를 공격했다. 도망갈 곳을 막힌 은색 카마이타치는 곰순이의 공격을 당하고 지면을 나뒹굴었다. 하지만 치명상을 입지 않았는지 은색 카마이타치는 다시 도망치려 했다. 그러나 넘어진 곳 너머에는 곰돌이가 있었고, 기어이 숨통이 끊겼다.

싸움을 마친 나는 곰돌이와 곰순이에게 다가간다.

"곰돌이, 곰순이, 어째서 은색 카마이타치랑 싸우고 있던 거야?"

""크~응.""

조금 강하게 꾸짖었더니 곰돌이와 곰순이는 고개를 아래로 떨군다.

하지만 위험한 행동을 했을 땐 확실하게 혼을 내야 한다.

만일 곰돌이와 곰순이에게 무슨 일이 생긴 다음에는 후회해도 소용없다.

"어째서 이렇게 무모한 짓을 한 거야? 내가, 말했잖아. 은색 카마이타치는 나에게 맡기고 곰돌이와 곰순이는 일반 카마이타치를 무찔러 달라고 말이야."

""크~응.""

곰돌이와 곰순이는 슬프게 운다.

"그건 말이죠. 다른 은색 카마이타치가 유나에게 다가가고 있었기 때문이에요."

곰돌이와 곰순이 대신에 어느샌가 다가온 시노부가 대답했다.

"곰돌이네는 유나에게서 은색 카마이타치를 떨어뜨리려고 공격을 가한 거죠."

"그래?"

나는 시노부의 말에 곰돌이와 곰순이에게 확인한다.

""크~응.""

곰돌이와 곰순이는 작게 고개를 끄덕인다.

내 명령을 따르지 않고 나를 지키려고 하는 소환수. 나는 그런

둘의 마음이 기쁘기도 하다.

이유를 알자 강하게 꾸짖을 수는 없었다.

"하아."

나는 한숨을 내쉬고 곰돌이와 곰순이의 머리를 부드럽게 쓰다듬었다.

"고마워, 그래도 위험한 짓은 하지 말아줘."

""크~응.""

곰돌이와 곰순이는 기쁘게 운다.

그런데 둘의 움직임이 평소보다 빨랐던 기분이 드는데, 이것도 곰모나이트 덕분인가?

곰돌이와 곰순이의 리본을 본다.

곰돌이와 곰순이가 얼마나 강화되어 있는지 알 수 없지만, 곰돌이와 곰순이를 지키는 힘이 늘어난 거라면 다행이다.

"그래서, 시노부 쪽은?"

"무찔렀어요."

시노부가 미소로 대답한다.

시노부를 자세히 보니 옷 일부가 잘려져 있다.

"옷이 찢어졌는데, 다친 거야?"

"아아, 괜찮아요. 아슬아슬하게 피했어요."

시노부는 옷이 찢긴 부분을 펼치며 보여줬다. 정말로 피부에 상처는 없었다. 이것이야말로 정말 종이 한 장 차이로 피했다고 하

는 걸지도 모르겠다.

“그래도 옷을 못 쓰게 됐네요. 추가 의뢰비를 청구하고 싶어요. 뭐, 은색 카마이타치를 무찔렀으니 괜찮지만 말이에요.”

은색 카마이타치는 가치가 높은 모양이다.

그래도 곰돌이와 곰순이에 대해 알고 있었다는 건 시노부는 은색 카마이타치와 싸우면서 우리를 보고 있었다는 게 된다.

어떻게 곰돌이와 곰순이의 행동에 대해 알고 있었냐 물어보자 「어쩌다가요」라며 얼버무린다.

웬만히 여유가 있는 게 아니라면 곁눈질 같은 건 할 수 없다.

정말로 시노부는 뭐 하는 사람이지.

“이것으로 카마이타치는 전부일까요?”

내가 시노부에 대해 생각하고 있는데 물어왔다.

“곰돌이, 곰순이?”

나는 곰돌이와 곰순이에게 묻는 척을 하고 탐지 스킬로 주위를 확인한다.

없다. 아무래도 일반 카마이타치는 곰돌이와 곰순이가 무찌른 모양이다.

곰돌이와 곰순이는 나에게 알려주듯 「「크~응」」하고 울었다.

“주위엔 없는 것 같아.”

“그렇군요. 다행이네요. 역시 은색 카마이타치는 번거로우니까요. 유나랑 곰돌이랑 흰곰이 있어서 다행이었어요.”

"크~응."

곰순이가 시노부에게 항의의 목소리를 높이며 몸을 시노부에게 맞춘다.

"뭐죠?"

"곰순이만 이름을 안 불러줘서 화난 거야."

"그건, 미안해요. 저기, 곰순이라고 했죠?"

"크~응."

곰순이는 이름이 불리자 기뻐한다.

"곰순이도 귀여운 이름이네요."

이름을 칭찬받아 곰순이는 더욱 기뻐한다.

그다지 깊게 생각하지 않고 붙인 이름인데, 마음에 들어 해주는 것 같아 나도 기쁘다.

그런 뒤 우리는 무찌른 카마이타치를 회수한 후 숲을 나왔다.

숲이 조금 심각한 상태가 되었지만, 괜찮으려나?

# 471 곰 씨, 와규를 먹다

갑자기 곰순이를 데리고 돌아가면 소동이 일어날지도 모르기에 나는 마을로 돌아가기 전에 곰순이를 송환하기로 했다.

"곰순이, 미안해. 돌아가면 같이 있어 줄게."

"크~응."

곰순이는 조금 쓸쓸한 눈치지만, 머리를 쓰다듬어준 뒤 송환했다.

"가엾네요. 곰순이, 슬퍼하고 있었어요."

"그래도 곰이 늘어나면 놀랄 거야."

"그렇긴 하죠."

게다가 설명이 귀찮기도 하고. 아주 잠깐일 뿐이다.

"그러니까 빨리 보고하고 돌아가자."

얼른 여관으로 돌아가 곰순이랑 함께 온천에 들어가고 밤에도 같이 자줘야지.

우리가 마을로 돌아오자 몇 명의 남자가 기다리고 있었다.

"다행이다. 무사히 돌아왔어."

"정말로 곰 옷차림을 하고 있네."

"곰을 데리고 있어."

"이 곰 옷차림을 한 여자아이가 카마이타치를 무찌르러 왔다고?"

남자들의 시선이 곰 복장을 한 나와 곰돌이에게로 쏠렸다.

뭐, 어디서나 반응은 똑같군.

내 옆에서는 「저도 있어요」라고 시노부가 작은 목소리로 중얼거린다.

"그래서, 아가씨들. 카마이타치는?"

"해치우고 왔어요."

나 대신 시노부가 대답했다. 우리는 각자의 아이템 봉투에서 토벌해온 카마이타치를 꺼냈다.

카마이타치를 본 남자들은 놀란 듯 우리를 봤다.

시노부도 그렇지만, 나 같은 여자아이가 무찌를 줄은 몰랐을지도 모르겠다.

"정말로 카마이타치가 토벌됐네."

"이제 안심하고 지낼 수 있겠어."

"대단한 아가씨들이야."

"그러니까, 카마이타치를 무찌르는 걸 봤으니 걱정말라고 하지 않았나."

이츠키 씨가 조금 으스대듯 다른 남자들에게 말했다.

"무슨 말을 하는 거야. 너도 어제 이상한 곰 옷차림을 한 여자아이에게 부탁을 해버렸다는 말하지 않았어."

"그거야 여자아이를 한 명만 소개받아서 불안해하고 있었던 거지."

역시, 여자 모험가는 불안한 걸까?

나이 탓도 있을지도. 나도 시노부도 다른 모험가에 비해 젊다.

조금 더 나이가 들었다면 달랐을지도 모른다.

남자 중 한 명이 카마이타치를 보더니, 표정이 변했다.

"이건 은색 카마이타치?"

"정말이네, 세 마리나 있어."

남자들은 놀란 듯이 은색 카마이타치를 봤다.

"무찌르는데 고생했어요. 움직임은 빠르지, 옷도 찢어졌지."

시노부는 찢긴 옷의 부분을 보여줬다. 잘린 옷 부분은 팔 부분과 배 부분이었다. 복부는 가리고 있었다. 조금 전에 보니 내 몸과 달리 탄탄했다.

나도 운동하는 편이 나으려나. 항상 생각은 하지만, 귀찮아서 안 하게 된다.

"상처는?!"

이츠키 씨가 걱정스럽게 묻는다.

"괜찮아요. 옷만이에요. 추가 요금 같은 건 괜찮아요."

아니, 그건 요구한 거나 다름없는 거지.

시노부는 잘린 옷과 남자들을 본다.

"……추가 의뢰비를 지급하지."

이츠키 씨의 말에 시노부는 기뻐한다.

뭐, 모험가라면 그게 보통이려나?

예정보다 강력한 마물을 쓰러뜨렸다. 그에 합당한 추가 보수를 받아도 이상하지 않다.

"그래도 이것으로 소나 동물들이 공격을 당하진 않겠네."

마을 사람들은 기뻐하고 있었다.

그래도 나는 말해야 했다.

"기뻐하시는데 죄송하지만요. 무찌른 건 마을 주변에 있는 카마이타치 뿐이에요. 숲속 안쪽에서 또 올지도 모르죠."

게임 같이 나타난 마물을 토벌하고 끝나는 게 아니다. 아직 숲속에 남아있을 가능성이 있고, 나머지 카마이타치가 마을을 공격할지도 모른다.

그 점을 시노부가 부정했다.

"그럴 일은 경험상 없어요. 카마이타치는 무리로 움직여요. 이만큼 뭉쳐있었으니 전부 무찔렀다고 생각해도 문제없어요. 게다가 주위엔 곰돌이가 확인해줬잖아요?"

시노부가 확인하듯 나와 곰돌이를 봤다.

"응, 그 주위엔 한 마리도 없었어."

내가 곰돌이를 대신해서 대답했다.

"곰돌이가 보장해주었네요. 더욱더 괜찮다는 뜻이죠."

아무래도 우리가 돌아간 뒤의 일은 걱정하지 않아도 되는 모양이다.

"한 가지 더, 그리고 은색 카마이타치랑 싸웠던 탓에 숲속의 나무가 쓰러져버렸는데요."

나는 나중에 불만을 들으면 곤란하니 몇 그루의 나무를 쓰러뜨

려 버렸다는 사실을 전달했다.

"그거라면 마을에서 사용할 테니 괜찮네."

다행히 목재에는 여러 쓰임새가 있어서 쓰러뜨린 나무는 낭비될 일은 없는 것 같다.

"그래서, 마물과 싸워서 피곤하지. 방도 준비했으니까 쉬고 있어 주게."

"그래요? 그럼, 감사히 쉬도록 할게요."

시노부는 이츠키 씨의 호의를 받았다.

"그럼, 나는 먼저 돌아갈게."

"앗, 쉬었다 가지 않을 거예요?"

내 말에 시노부는 놀란 표정을 짓는다.

"지치지 않아서."

게다가 쉰다면 온천 딸린 여관 쪽이 좋다. 다다미 위에서 곰돌이와 곰순이와 함께 뒹굴고 싶다.

"그런 말 하지 말고, 점심도 준비했는데."

"이 마을은 소고기가 맛있어요."

혹시, 화의 나라니까, 와규?!

내 마음이 요동친다.

크리모니아에서도 소고기는 먹을 수 있다. 하지만, 맛있는 고기라 들으면 먹고 싶어지는 게 인지상정이다.

먹고는 싶은데, 살아있는 소를 본 뒤에 먹기엔……이라고 생각

했지만, 늦었다.

울프 고기도 먹었고, 고아원에서 기르는 새도 먹고 있고, 피나가 고기를 처리하는 장면 또한 보고 있다. 예전의 나라면 거절했을지 모르지만, 이세계로 오고 마음도 강해진 모양이다. 뭐, 아직까지 해체는 불가능하지만 말이다.

여러 가지 생각 끝에 대접을 받기로 했다.

우리는 한 채의 집으로 안내받았다.

시노부가 선두로 걷고, 나, 곰돌이 순으로 이어졌다.

집 입구에 다다르자 안내해준 남자가 잠시 말하기 어려워하며 입을 열었다.

"저기, 그 곰은……."

"크~응?"

어느 쪽의 곰인가 했더니, 곰돌이를 보고 있었다.

곰돌이가 「뭔데?」라는 느낌으로 고개를 살며시 갸웃거렸다.

"가능하다면 밖에 있어줬으면 좋겠는데."

동물이고, 곰이고, 어쩔 수 없겠지만, 곰돌이가 슬퍼하는 표정으로 나를 바라봤다.

"안 돼요?"

남자에게 물었다.

"너무 커서."

바깥에 기다리던지 곰순이처럼 송환시켜야 하는 걸까. 아니면 역시 거절하고 돌아갈까. 내가 고민하고 있자 옆에 있던 시노부가 입을 열었다.

"그 곰도 카마이타치를 무찌르는 데 공헌했어요. 카마이타치를 놓치지 않고 모두 무찌를 수 있었던 것도, 은색 카마이타치를 무찌른 것도 곰돌이 덕분인걸요. 그런데 곰돌이만 밖에 있으라고 하는 거예요?"

남자는 시노부의 말에 곰돌이를 보며 생각하고 끙끙거리더니 「알았네, 그 곰도 같이 들어오게」라고 입을 열었다.

"곰돌이, 다행이네요. 같이 고기 먹어요."

시노부는 곰돌이의 머리를 쓰다듬었다.

"크~응."

곰돌이는 기뻐했다.

곰돌이가 시노부를 따르기 시작했다.

설마, 닌자의 기술? 여자 닌자는 미인계로 정보를 빼낸다는 얘기를 들은 적이 있었다.

곰돌이에게서 정보를 빼내려는 속셈인가? 그런 바보 같은 생각을 했지만, 곰돌이의 말을 이해할 리가 없다. 평범하게 곰돌이가 마음에 든 것뿐인 모양이다. 곰돌이를 쓰다듬는 표정이 행복해 보였다.

나는 곰돌이와 함께 집 안으로 들어갔다.

"그럼, 잠시 기다려주게."

남자는 방에서 나갔다.

"기대되네요."

"크~응."

곰돌이도 기뻐한다.

나는 시노부와 둘만 남겨져 있어서 묻고 싶었던 걸 묻기로 한다.

"그래서, 시노부는 어째서 이번 의뢰에 따라온 거야?"

"그건, 유나만 간다고 하면 거절당할 것 같았거든요."

"딱히 내가 거절당해도 시노부하고는 관계없잖아?"

일이란 그런 것이다. 그러면 나 대신 다른 누군가가 일을 받아들였겠지.

나도 그 정도는 알고 있다.

원래의 세계에서 사회 경험은 없지만, 이쪽 세계에서는 경험했다.

"……그건."

"그건?"

"귀, 귀여운 곰 님이 곤란해하고 있었으니까요. 귀여운 여자아이가 곤란해하는데 말을 건네지 않는 여자는, 없어요."

시노부는 은근슬쩍 넘기려는 듯 웃으면서 말했다.

"그건 남자가 할 말이잖아."

더욱이 지금까지 남자가 말을 걸었던 적 같은 건 없지만.

"아뇨, 여자도 귀여운 여자에게는 말 걸어요."

나는 의심의 눈초리로 시노부를 봤다.

"그런 눈으로 보지 마세요. 아아, 고기가 왔네요. 먹죠."

시노부가 화제를 넘어가려는 듯 문을 보자 남자가 숯과 고기를 가지고 돌아왔다.

"기다렸지."

남자는 숯에 불을 붙였다. 조금 더 시노부에게 물어보고 싶었지만, 타이밍이 안 좋아서 관뒀다.

좋은 느낌으로 숯 온도가 올라오자 불판 위에 고기가 올라왔다.

고기가 칙칙 소리를 내며 구워진다.

맛있겠다.

간장 같은 양념이 있었고, 그걸 찍어 먹으니 굉장히 맛있었다.

기념품으로 사서 돌아갈까.

많이 사서 곰 박스에 남아두는 것도 좋겠다. 그러면 언제든지 와규를 먹을 수 있을 거다.

"크~응."

곰돌이가 먹고 싶은 듯 보고 있었다.

나는 구워진 고기를 곰돌이의 입안에 넣어줬다.

새끼 곰이 아니라 입이 컸다. 그래도 곰돌이는 맛있게 먹었다.

"곰돌이, 제 고기도 먹을래요?"

시노부가 자신이 구운 고기를 곰돌이의 입에 넣어줬다.

"큰 고기가 있으면 좋겠네요."

시노부가 말하자 남자는 곰돌이용으로 커다란 고기를 가지고 왔다.

이것도 꽤 금액이 될 것 같았기에 나는 의뢰의 추가 요금 건은 거절했다. 그러자 시노부도 함께 거절했다.

"카마이타치를 팔 거니까 괜찮아요."

그렇다고 한다.

나는 혼자만 먹지 못한 곰순이를 위해 고기를 구매했다.

나중에 소환하면 삐질 곰순이가 쉽게 그려졌다. 기분을 풀 재료는 조금이라도 많은 편이 좋겠지.

참고로 마을 사람들은 보답으로 주겠다고 했지만, 정중하게 거절했다.

## 472 곰 씨, 시노부의 이야기를 듣다

식사를 마친 우리는 감사 인사를 하고 돌아가기로 했다. 동네를 떠날 적엔 꽤 많은 사람이 배웅을 해줬다.

나를 태운 곰돌이가 마을을 향해 달렸다. 그 옆을 시노부가 탄 하야테마루가 달렸다.

"유나, 마을로 돌아가면 상담할 게 있어요."

"상담?"

"제 얘기를 들어줬으면 좋겠어요."

"혹시, 이번 의뢰에 따라온 것과 연관된 거야?"

"뭐, 있긴 하죠."

아까는 어물쩍 넘어가더니 무슨 일이지.

아니면, 아까 그 장소에선 말할 수 없었던 걸까?

"귀찮은 일이라면 거절하고 싶은데."

지금의 나는 관광으로 와있는 거다. 성가신 일은 사절이었다.

"으으, 그런 말을 하지 말아주세요."

"그렇다는 건, 귀찮은 일이라는 거야?"

"……귀찮은 일이에요."

시노부는 순순히 대답했다.

"그럼 더더욱 듣고 싶지 않아지는데."

"그런 말 하지 마시고 들어주세요. 부탁이에요."

"그럼, 나한테 숨기는 것 없이 전부 말해준다면, 얘기 정도는 들어줄게."

시노부가 나에게 엉겨 붙는 이유가 알고 싶다.

시노부가 이번 의뢰를 받은 이유를 모르겠다. 나와 함께하는 게 아니면 의미가 없다는 듯한 말도 했었다. 시노부의 행동과 말의 진의를 아직도 모르겠다.

애매한 상대로 두는 것도 싫다.

만약 이야기를 듣고 성가신 일이라면 안 들은 셈 치면 그만이다.

"알겠어요. 마을로 돌아가면 얘기할게요."

나와 시노부는 마을로 돌아와서 의뢰를 마쳤다는 사실을 보고하기 위해 모험가 길드로 향했다.

"다녀왔어요."

시노부는 집에 돌아온 듯한 뉘앙스로 모험가 길드 안으로 들어섰다. 시노부가 안으로 들어가자 시선이 집중되었다. 하지만 시노부는 신경 쓰는 기색도 없이 접수대로 향했다.

"의뢰, 마쳤어요."

시노부는 의뢰서와 길드 카드를 꺼냈고, 나도 길드 카드를 함께 건넸다.

접수대 아가씨는 의뢰서를 확인한다. 의뢰서에는 의뢰를 달성

한 사실을 증명하는 이츠키 씨의 서명이 있다.

"수고하셨어요. 그래서, 카마이타치는 어떻게 하실 건가요? 파실 건가요?"

"부탁할게요. 카마이타치 때문에 옷이 찢어져서 말이에요."

시노부는 잘린 부분을 접수대 아가씨에게 보인다.

"이런, 시노부 씨가 웬일로."

"그게, 은색 카마이타치가 있었거든요. 그것도 세 마리씩이나요."

"그랬나요? 그럼, 시노부 씨가—."

"저는 한 마리만. 그리고 유나가 두 마리요."

"유나 씨라면……."

접수대 아가씨는 내게로 시선을 옮긴다.

"정말인가요?"

믿을 수 없다는 듯 나를 바라본다.

"진짜예요. 게다가 카마이타치의 대부분을 유나가 혼자서 무찔렀어요."

뭐, 실제론 곰돌이와 곰순이가 무찔러줬지만.

"유나는 카마이타치는 어떻게 할 거예요?"

어쩌지. 파는 편이 나으려나?

아니면, 피나에게 부탁할까?

해체 작업은 하지 않아도 되지만, 미스릴 나이프도 사줬으니.

나는 결정했다.

피나에게 부탁하자. 만약 안 될 것 같으면 겐츠 씨에게 부탁하면 된다.

"나는 됐어. 내가 가져갈래."

"상할걸요."

"내 아이템 봉투는 특별해서 괜찮아."

그렇게 말하고 곰 인형 장갑을 뻐끔뻐끔 했다.

"그러면 의뢰비를 전달할 테니 두 분이 나눠 가지세요."

그렇게 말하고 접수대 아가씨는 돈을 테이블 위에 올려뒀다. 그러자 시노부는 10% 정도의 돈을 집었다.

"제 몫은 이 정도예요."

"반으로 나눠도 돼."

"그건 못하죠. 제가 잡은 건 조금 뿐이니까. 그러니 나머진 유나의 몫이에요."

"괜찮겠어?"

확실히 무찌른 수로는 그렇긴 하지만, 시노부는 카마이타치의 정보를 알려줬다. 정보에도 그만한 돈의 가치는 충분히 있다.

"정당한 배분이죠. 고민할 필요 없어요. 그 대신 유나는 이야기를 들어주세요."

"설마, 돈을 주고 거절하지 못하도록 할 속셈?"

공짜보다 비싼 것은 없다는 말도 있고 말이다.

"그런 얄팍한 짓은 안 해요."

나는 고민한 끝에 받아들이기로 했다. 뭣하면 돌려주면 된다.

“그럼, 고맙게 받도록 하지.”

나는 곰 박스 안에 돈을 담았다.

길드 카드도 돌려받고 의뢰 보고도 마쳤으니 이젠 여관으로 돌아가 느긋하게 시간을 보내고 싶었지만, 시노부의 이야기를 들어야 했다.

“그래서, 이야기는 어디서 듣는데?”

“아무도 안 들었으면 좋겠으니 유나가 머무는 방에서 해도 돼요?”

“괜찮긴 하지만.”

시노부의 이야기는 여관의 내 방에서 듣게 되었다.

그런 이유로 우리는 여관으로 돌아왔다.

“유나 님, 시노부 님, 다녀오셨나요.”

코노하가 맞아줬다.

“다녀왔어. 시간이 되면 저녁 식사를 부탁할게.”

“그리고 저도 묵을 테니까 방을 부탁해요.”

“네, 고맙습니다.”

시노부가 숙박 수속을 마치고 우리는 내가 머무는 방으로 이동했다.

“좋은 방이네요.”

시노부는 이리저리 방을 둘러봤다.

나는 방에 있던 방석에 앉았다.

"그래서, 이야기란 게 뭐야?"

시노부도 테이블을 사이에 낀 채 반대쪽 방석에 앉았다.

"실은 이 남자를 찾고 있어요."

시노부는 품속에서 무언가를 꺼냈다. 꺼낸 것은 한 장의 종이였다. 네 번 접힌 종이를 펼치자 인상이 나빠 보이는 남자의 초상화가 그려져 있었다. 눈매는 매섭고 왼쪽 눈에는 안대가 끼어져있었다.

마치 지명수배서 같았다.

"이 험상궂게 악당같이 그려진 남자는?"

절대로 엮이고 싶지 않은 타입이다.

"제 부모의 원수예요."

"……."

침묵이 흐른다.

갑자기 무거운 말이 나왔다.

들은 걸 후회하기 시작했다. 만화나 소설에서는 복수 이야기는 해피 엔딩으로 끝나는 일이 적다. 대부분이 자신도 불행해지는 일이 많다.

"설마, 곰돌이에게 사람을 찾아달라고 부탁할 셈이야? 그런 거라면 불가능해."

곰돌이가 할 수 있는 거라곤 어디까지나 탐지 스킬과 같은 정도다. 그리고 나와 피나와 같은 안면이 있는 인물에 대해선 알 수

있는 것 같았다. 그러니 이런 만난 적도 없는 인물을 찾는 것은 불가능했다.

“아뇨, 아니에요. 물론 찾는 게 가능하다면 좋겠지만, 이 마을에 있는 모양이거든요.”

이 마을이라고 해도 범위가 넓다. 사람 하나를 찾는 건 간단한 일이 아니었다.

“그럼, 나에게 부탁하고 싶은 게 뭔데?”

“유나는 저보다 강하잖아요?”

“시노부 쪽이 강할지도.”

“그렇지 않아요. 유나가 강해요.”

설마, 나의 강함을 확인하기 위해 나에게 붙어왔던 거야?

그래도 처음 만난 시점에서는 내가 강할 거라곤 생각하지 않을 텐데. 이상한 옷차림을 한 여자아이 정도로만 여겨질 거다.

말하는 것과 하는 행동의 순서가 뒤죽박죽인 기분이 들었다.

“그럼, 나에게 그 남자를 무찔러 달라는 말이야?”

“만일의 경우엔 부탁할게요.”

“만일의 경우라니?”

틀림없이 원수를 잡는 걸 도와달라는 거라고 생각했는데 아닌 모양이었다.

“이 남자는 제가 잡을 거예요. 유나는 만약 제가 쓰러지면 뒤를 부탁하고 싶어요. 그러니까 제가 쓰러질 때까지 지켜봐 줬으면 좋

겠어요. 물론 공짜로 해달라는 건 아니에요. 돈은 낼게요."

시노부는 그렇게 말하더니 아이템 봉투에서 돈주머니를 꺼낸다. 그 돈주머니를 펼치자 돈이 들어 있었다.

꽤 되는 금액이다. 아마도 작은 집이라면 살 수 있을 정도였다.

"전 재산이에요. 제가 죽으면 대신 그 남자를 잡아주세요."

진지한 표정으로 나를 봤다.

"죽으면, 돈 따위 가지고 있어봤자 소용없잖아요. 그러니까 유나에게 줄게요. 아아, 그래도 제가 남자를 붙잡으면 돈은 돌려주셔야 해요."

시노부는 미소를 보이며 그런 말을 했다.

"돈을 가지고 도망칠지도 모르는데."

"이번 이틀 동안 유나를 보고 있었어요. 그런 짓은 안 할 것 같아서 말한 거예요. 유나는 곤란해하는 이츠키 씨에게 말을 걸었잖아요."

그건 카마이타치를 보고 싶었을 뿐이었다.

"소가 습격을 받았을 때 누구보다도 빠르게 움직였어요."

토벌하러 왔으니까 움직이는 건 당연했다.

"마을 사람이 곤란해하자 위험한 숲속으로 들어가기까지 해서 카마이타치를 토벌하러 갔잖아요."

시간이 걸리는 게 성가셨기 때문이었다.

"은색 카마이타치를 무찔렀으면서 자랑하는 일도, 의뢰비를 올

릴 교섭도 하지 않았죠."

그건 시노부가 교섭이라고 해야 할지, 그런 비슷한 걸 먼저 말했잖아.

"심지어 식사를 대접받았다고 추가 의뢰비를 거절했어요."

그건 곰돌이가 고기를 너무 많이 먹어서 거절한 것뿐이었다.

"설마, 그래서 이번 의뢰비도 안 받은 거야?"

"그건 정당한 배분이에요."

"그래도 어째서 나인 거지? 나 이외에도 강한 모험가는 있잖아? 그걸 이제 막 만난 나에게 부탁하는 건 이상하지 않아?"

일반적으로 생각하면 곰 인형 옷 같은 걸 입은 나에게 부탁할 것 같진 않다.

"여자의 감이에요. 처음 봤을 때 궁금해서 눈을 뗄 수 없었죠."

그거, 내 곰 옷차림이 신경 쓰여서 눈을 뗄 수 없었던 게 아닐까.

"그래서 이번 의뢰에서 유나의 실력을 알고 부탁하려고 했던 거예요."

으~음, 거짓말하고 있는 것 같진 않지만, 진의는 숨겨져 있는 것처럼 느껴졌다.

어쩐지 수상쩍은 느낌?

"그 남자가 그렇게 강해?"

시노부는 랭크 C의 모험가다. 모험가 길드에서도 신뢰를 받고 있었다. 싸우는 모습도 봤지만, 이름뿐인 랭크가 아니다. 게다가

내가 애를 먹은 은색 카마이타치도 토벌했다.

“강해요. 아마, 아슬아슬한 싸움이 될 거예요. 질 생각은 없지만, 절대로 이길 수 있다고는 할 수 없죠. 그러니 만일의 경우엔 유나에게 부탁하고 싶어요.”

시노부가 고개를 숙였다.

이야기를 듣지 않았더라면 좋았을 것이라고까지는 생각하진 않지만, 미묘한 이야기였다.

“확인해두는 건데, 죽이는 게 아니라 잡는 거지?”

“원래는 죽이고 싶어요. 하지만 그 외에도 죄를 저지르고 있는 모양이에요. 저 같은 사람이 있을지 몰라서 붙잡아 죄를 묻게 하고 싶어요.”

상대가 강하면 강할수록 붙잡는 건 어렵다. 실력이 비슷할수록 어렵다. 한 번 실수하면 자신이 죽을지도 모른다.

……그러니 시노부는 만일의 경우엔 나에게 부탁한다고 하는 거다.

“그런 거라면 그런 걸 담당하는 곳에 말해서 붙잡아 달라고 하면 되지 않나?”

잘은 모르지만, 경찰이나 관청 같은 곳?

“증거가 없어요. 그래서 말해봤자 소용이 없죠.”

남에게 상처를 입힌 적은 있지만, 죽인 적은 없었다. 그러니 죽여 달라는 얘기였다면 고민할 것도 없이 거절했을 거다.

"하아."

한숨밖에 안 나왔다.

시노부와는 어찌어찌 함께 의뢰를 받아 같이 마물과 싸우고 한솥밥을 먹은 사이다.

만약 내가 거절해서 모르는 곳에서 시노부가 죽기라도 한다면 최악의 기분이 들 거란 건 어렵잖게 상상이 된다.

만약 내가 있다면 죽지 않았을지도 모른다며 후회할 거다.

자만일지도 모르지만, 나에게는 신님에게 받은 곰 장비가 있다.

나는 다시 한 번 한숨을 내쉰다.

"알았어. 받아들일게. 대신, 조건이 하나 있어."

"뭐죠? 설마, 몸을 요구하는 건가요. 유나라면……."

시노부는 어깨에서부터 옷을 벗으려고 했다.

"틀렸어. 그런 건 필요 없거든."

"너무하네요. 제 몸을 그런 거라니."

시노부는 훌쩍훌쩍 우는 흉내를 냈다.

죽을지도 모른다고 말하는 것에 비해 여유가 있네.

어쩌면 시노부는 어두워진 이곳의 분위기를 깨고 싶었던 걸지도 모르겠다.

"만약 시노부가 위험하다고 생각되면 관여할 거야."

"그렇다는 건, 원수를 잡는 걸 방해하겠다는 건가요?"

시노부가 조금 화난 표정을 지었다.

“아니, 시노부가 당할 것 같은 시점에서 시노부는 진 것과 다름 없지. 그때가 되면 관여한다는 거야. 시노부가 죽은 뒤의 일은 약속하지 않을래.”

이것만큼은 양보할 수 없다. 내 앞에서 죽거나 크게 다친다면 트라우마로 남을 거다.

“그런 진지한 눈으로 보면 거절 못 하겠잖아요. 그 부분의 판단은 유나에게 맡길게요.”

나는 시노부의 의뢰를 받기로 했다.

## 473 곰 씨, 곰순이의 기분을 풀어주다

“그래서, 이 남자의 이름은?”

“뺨에 십자 모양의 상처가 있죠.”

초상화를 보자 오른쪽 뺨에 십자가로 상처가 있다.

“핸드사인으로 10은 손가락을 크로스 시키죠. 그래서 쥬베이라고 불러요.”

시노부가 손가락으로 엑스자를 만들어 보인다.

핸드사인이라는 건 멀리 떨어진 사람에게 알려주는 신호를 말하는 거지. 점점 더 닌자 같네.

그래도 십자로 된 상처라 쥬베이라. 안대를 하고 있어서 쥬베이[#6]가 아니라 다행이야.

뭐, 그런 이유로 붙여졌다면 그건 그거대로 곤란하겠지만 말이다.

“그래서, 이 남자를 찾을 방법은 있어? 오랫동안 따라다닐 순 없어.”

시노부에게 같이 하겠다고 했지만, 긴 시간은 무리다. 나에게도 사정이 있다. 화의 나라를 돌아보고 싶다. 다른 장소에도 가보고 싶다. 그리고 언젠가는 크리모니아로 돌아가야 한다.

“일단 그렇게 보이는 인물이 최근 발견된 장소는 알고 있으니까

---

**#6 쥬베이** 일본에서 안대를 한 인물 중 대표적 인물. 야규 쥬베이와 같은 이름.

그 부근을 찾아볼 생각이에요. 그러니 유나에겐 3일 동안만 동행해주길 원해요. 그렇게 했는데 못 찾는다면 이번엔 포기해야죠."

가능하다면 그 3일 안에 결판을 내고 싶었다. 다음에 화의 나라에 왔을 때 시노부가 죽어 있는 일 따위 일어나지 않았으면 했다.

"아아, 그땐 돈을 돌려줘야 해요."

돈은 돌려줄 작정이지만, 그런 말을 들으니 돌려주고 싶지 않아진단 말이지. 뭐, 계속 들러붙기라도 한다면 곤란하니 확실하게 갚을 거지만 말이다.

"그래도 3일 치의 동행 비용은 받을게."

그 정도는 받아도 될 거다.

시노부와 돈 이야기를 나누고 있는데 누군가 문을 두드렸고, 방 안으로 코노하가 들어왔다. 아무래도 저녁 식사를 운반하러 와준 모양이었다.

벌써 그런 시간이구나. 꽤 이야기에 빠져들어 있나 보다.

시노부는 테이블 위에 있는 초상화가 그려진 종이를 접고선 품속에 넣었다.

말끔하게 치워진 테이블에 코노하가 요리를 나열해갔다.

그 모습을 보고 있자니 이상한 것이 눈에 들어왔다.

"어째서 2인분이야?"

테이블에는 2인분의 요리가 나열되어 있었다.

"그건 유나와 같이 먹을 거니까 그렇죠."

"나, 못 들었는데."

"그거야, 이야기가 언제 끝날지 몰라서 부탁했거든요."

그건 그렇지만.

한마디 정도 해줘도 됐을 것 같은데.

"설마, 방도 같이 쓸 건 아니겠지."

"혹시, 같이 쓰고 싶었어요? 아쉽지만, 방은 따로따로예요. 원래는 같은 이불에서 잠들고 싶었는데."

의뢰는 받겠다고 했지만, 수상한 닌자와 한 방에서 잠들 순 없다.

"만약에라도 같이 쓸 거라고 했다면 쫓아냈을 거야."

"그건 그거대로 쓸쓸하네요."

그런 이야기를 나누는 동안 코노하는 요리를 늘어놓았다.

그런데 놓인 요리가 이상했다.

시노부도 그것을 알아차린 모양이다.

"뭔가, 다르지 않아요?"

내 앞에 놓인 요리와 시노부 앞에 놓인 요리 사이에는 확연한 차이가 있었다. 내 앞에 놓인 요리는 호화로웠다. 게와 새우, 고급 요리라는 느낌이다. 그런데 시노부 앞에 놓인 건 생선구이, 채소 조림과 같은 일반적인 요리였다.

"유나 님이 머무시는 이 방은 일반 방보다 요금이 비쌉니다. 그래서 요리도 특별한 거죠."

시노부의 의문에 코노하가 대답했다.

과연, 그래서 요리도 호화로웠군. 다소 비싸긴 해도 좋은 방에 머물길 잘했다. 방에 온천도 있고, 동떨어져 있어서 조용하고, 요리도 맛있었다.

그리고 방 이야기를 들으니 떠올랐다.

"아 참, 맞다. 당분간 이 방에 머물고 싶은데, 괜찮아?"

시노부와 동행하게 되어 당분간 이 마을에 있게 되었다. 하지만 숙박비는 3일 치만 냈다.

만일 이 방을 예약한 사람이 있다면 나가야 한다.

하지만, 내 말에 코노하는 기뻐한다.

"네, 괜찮습니다. 그러면 얼마나 머무시는 건가요?"

묵을 수 있는 모양이다. 다행이었다.

"그럼 3일 연장으로 부탁할게."

"유나는 부자네요. 이렇게 넓은 방에 머물다니."

"아까 임시 수입이 있었거든."

나는 돈이 든 천 봉투를 보인다.

"그건, 제 돈이잖아요."

뭐, 돌려줄 생각이긴 하지만. 지금은 나에게 있다.

"그러고 보니 시노부의 숙박비는?"

"괜찮아요. 이미 다 냈어요."

시노부의 돈은 내가 가지고 있다. 아무리 그래도 가진 돈을 전부 줬을 거라곤 생각하진 않았지만, 과연 여관비는 완납한 모양

이다.

그리고 추가 숙박비를 내고 우리는 격차가 있는 요리를 먹었다.

시노부가 먹고 싶어 했지만, 나눠주지 않을 거다.

"그래서 그 쥬베이라는 남자는 얼마나 센데?"

나는 시노부의 시선은 무시하고 게를 먹으면서 물었다.

역시, 게는 맛있어. 이 채소랑 같이 지어진 밥도 맛있고. 튀김도 맛있어.

"으으, 그렇죠. 검술에 관해선 일류예요."

시노부는 생선구이를 먹으며 얘기하기 시작한다.

뭐, 초상화의 그 풍채로 봤을 때 그런 느낌이었지.

100% 무사라는 느낌이다.

"그리고 마법을 써요."

"마법?"

"검 끝에서 바람의 칼날을 날리죠. 카마이타치보다 위험해요."

마법 이야기가 나오고 단번에 시대극에서 판타지가 되었다.

뭐, 마법이 있는 세계니 어쩔 수 없지만. 무사와 사무라이가 마법이라니, 위화감이 있네.

그래도 이쪽 세계의 주민도 곰 인형 옷을 입은 나에게 그런 말을 듣고 싶진 않겠지.

"그건 그렇고 그 남자에 대해서 꽤 자세히 아는데, 싸워본 적이 있는 거야?"

"아버지와 싸우는 모습을 본 적이 있어요."

"그랬구나……."

그건, 부친이 살해당하는 모습을 봤다는 건가?

그런 말을 들으니 이야기가 이 이상 묻기 어려워졌다.

"그래도 마법을 쓴다는 건 귀찮겠네."

"근접전으로 끌고가서 못쓰게 할 거예요."

시노부가 알고 있는 남자의 이야기를 듣고 식사를 마쳤다.

"다 먹었어요. 결국, 유나는 안 나눠줬네요."

"그야, 내 식사니까."

맛있었다. 다음엔 피나도 데리고 와주고 싶네. 식사랑 온천만으로도 머물 가치가 있었다.

"그럼, 저는 돌아갈게요."

분명 「온천도 들어갈래요」라고 말할 거라고 생각했다.

"원래는 유나랑 같이 온천에 들어가고 싶었는데 오늘은 쉴래요."

시노부는 순순히 방에서 나갔다.

그리고 시노부와 엇갈려 코노하가 식사를 정리하러 왔고, 이불을 깔아줬다.

아무도 없게 된 방에서 나는 꼬맹이화 된 곰돌이와 곰순이를 소환했다.

얼른 곰순이의 기분을 풀어주지 않으면 토라져 버릴 거다.

하지만…… 늦었다.

곰순이가 등을 보였다. 그 등에서 슬픔이 뿜어져 나오고 있었다.

이건 상당히 좋지 않은 상황이다. 곰순이가 완전히 토라져 있었다.

“곰순이? 곰순이 씨?”

“크~응.”

뒤를 보인 상태 그대로 운다.

우와아아아, 이건 정말이지 큰일 난 상황이다.

“곰순이, 미안해. 딱히 뒷전이었던 건 아니었어.”

나는 뒤에서 곰순이를 끌어안았다.

오늘은 곰돌이 메인으로 소환했다. 게다가 카마이타치가 공격했던 마을에서는 곰순이 이외에 전원이 고기를 먹었다. 하지만, 곰순이를 위해 고기는 사 왔다.

“그렇지, 그래도 고기는 있는데, 방에서 구워도 될까? 안 되겠지.”

내 말에 곰순이는 더욱 슬프게 울었다.

어쨌든 여관이다. 멋대로 불을 지펴가며 고기를 구울 수는 없었다.

우와아아아, 어쩌지, 나. 생각하자, 나.

“목욕탕에 같이 들어가 줄 테니까, 같이 자줄 테니까, 응?”

그래도 곰순이는 이쪽을 봐주지 않는다.

“그렇게 고기가 먹고 싶었어?”

곰순이가 고개를 작게 젓는다.

그럼, 왜 그래?

내가 고민하는데 곰돌이가 곰순이 앞으로 다가와 「크~응」, 「크응」, 「크~응」, 「크응」하고 대화 같은 걸 하기 시작한다.

그리고 대화를 마치고 곰돌이는 걷더니 방구석에서 몸을 둥글게 튼다.

음, 뭐 하는 거지?

내가 이해를 못 하고 있자 곰순이가 이쪽을 바라봤다. 그리고 응석을 부리듯 내게 몸을 기댔다.

설마, 곰돌이가 곰순이에게 양보해준 거야?

"곰돌이?"

방구석에 있는 곰돌이에게 말을 걸지만, 반응이 없었다. 아무래도 맞는 것 같다.

자신은 됐으니 곰순이와 함께 있어달라는 의미인 모양이다.

그런 곰돌이의 호의를 받아주기로 했다.

"그럼, 곰순이, 둘이서 목욕할까?"

"크~응."

곰순이는 기쁘게 울었다.

이건 곰돌이에게 고마워해야겠네.

나는 곰순이를 데리고 욕실로 들어가 점심으로 먹었던 고기를 곰순이와 함께 먹기 위해 곰 이동문을 방에 설치했다. 방에서 먹을 수 없다면 다른 곳에서 먹으면 된다.

"곰순이, 그럼, 둘이서 고기를 먹을까?"

저녁을 막 먹긴 했지만, 다 곰순이를 위해서다.

타르구이 섬으로 향해 문을 열자 곰순이가 곰돌이 쪽을 향해 「크~응」하고 운다. 그러자 가만히 몸을 웅크리고 있던 곰돌이가 움직인다.

"크~응."

"크~응."

그리고 또다시 수수께끼의 대화가 시작되더니 곰돌이와 곰순이가 함께 걸어 곰 이동문이 있는 곳으로 다가온다.

아무래도 이번엔 곰순이가 곰돌이에게 권유한 모양이다.

정말로 사이가 좋은 둘이다.

그리고 타르구이의 곰 하우스로 이동한 나는 저녁을 먹은 직후지만, 곰순이와 곰돌이와 함께 마을에서 샀던 고기를 구워 먹었다.

곰순이가 같이 먹고 싶어 했으니까 어쩔 수 없는걸.

그래도 함께 먹으니 곰순이의 기분은 풀렸지만, 그 대신에 내 배가 희생되었다. 나는 봉긋 부푼 배를 문질렀다.

더는, 못 먹겠어.

그리고 배가 빵빵해진 나는 여관으로 돌아와 그대로 이불 위로 쓰러졌다.

"이제, 못 움직여."

그리고 곰순이를 안으며 잠이 들었다.

## 474 곰 씨, 남자를 찾다. 장어덮밥을 먹다. 설탕 공예를 사다

다음 날, 곰순이가 다정하게 깨워줬다. 곰순이의 기분도 완전히 풀린 모양이다.

다행이다, 다행이야.

참고로 이번엔 곰순이를 신경 쓴 건지 곰돌이는 내 발밑에서 몸을 틀고 있었다.

그런 곰돌이에게도 고맙다고 말하며 쓰다듬어줬다. 곰순이의 기분이 풀어진 것도 곰돌이 덕분이다.

"곰돌이, 고마워."

"크~응."

참고로 내 봉긋하게 솟은 배는 무사히 원래대로 돌아가 있었다.

그리고 아침 식사를 마친 나는 안내를 하고 볼에 상처가 난 남자를 찾기 위해 시노부와 마을을 걸었다.

"쳐다보고 있네요."

"그러게."

"손가락질도 하고 있어요."

"그러게."

"뭔가, 속닥거리고 있는데요."

"그러게."

"곰이란 말이 들려요."

"그러게."

어제는 이른 아침이라 아직 사람도 적은 시간대에 출발해서 이 정도로 주목은 받지 않았다.

그래도 오늘은 볼에 상처 난 쥬베이라는 남자를 찾아야 하니 통행이 잦은 시간에 걷고 있었다.

나는 주위를 무시하듯 걷고 있지만, 시노부는 신경이 쓰이는 모양이다.

뭐, 닌자는 눈에 띄지 않게 행동하는 게 일이라 신경이 쓰이려나?

"이렇게 쳐다보니 창피하네요. 유나는 옷 안 갈아입어요?"

"안 갈아입어. 내 단벌옷에 불만 있어?"

조금 강한 어조로 물었다.

이 곰 인형 옷은 내 평상복이며, 단 하나뿐인 옷이기도 하다.

"아뇨, 없긴 한데. 창피하지 않나 싶어서요."

당연히 창피하다. 그래도 벗을 수 없으니 어쩔 수 없었다. 더욱이 이제부터 범죄자를 잡으러 가는 길이다. 곰 장비를 벗을 수는 없었다.

"같이 있는 게 싫으면 이번 얘기는 없던 일로 할까?"

"……참을게요."

시노부는 체념하고 걷기 시작했다.

사람은 체념할 때를 잘 아는 게 중요하지.

우리는 시선을 받으면서 시노부의 정보를 토대로 남자를 찾았다.

"으~음, 간단하게는 못 찾겠어."

"그렇게 쉽게 찾으면 고생은 하지 않겠죠."

뭐, 그건 그렇다.

손쉽게 찾는다면 나도 이렇게 시선을 받을 일은 없었겠지.

"슬슬, 배도 고프네요. 유나는 뭔가 먹고 싶은 게 있어요? 제 돈으로 내도 되니까, 대접할게요."

"괜찮아?"

"그 정도쯤, 괜찮아요."

"그럼, 대접 받아볼까."

시노부의 말에 힘입어 궁금했던 가게로 향했다.

"여긴?"

가게 앞에서 맛있는 냄새가 뿜어져 나왔다.

"장어예요?"

맞다, 남자를 찾다가 발견한 곳이다. 장어다. 장어 덮밥이다. 앞으로 싸울지도 모르니 영양을 섭취하는 건 중요하니까 말이다.

"여긴 비싸요."

시노부는 도무지 들어가고 싶지 않은 눈치였다.

확실히 가게의 외관부터 고급스러운 느낌이다. 비쌀 것 같다.

그래도 지금의 나는 장어 기분이다. 가게에 들어가지 않는다는

선택지는 존재하지 않았다.

“돈이라면 문제없어.”

나는 돈이 든 천 봉투를 보였다. 시노부의 돈이다.

“유나는 잔인한 사람이네요.”

그런 연유로 돈에 대해 신경 쓰지 않아도 되니 가게 안으로 들어섰다.

“어서 오세…… 곰?”

여자 점원이 나를 보고 굳었다.

평상시의 반응이다. 나는 그런 여자 점원에게 말을 걸었다.

“두 사람인데요.”

“앗, 네. 두 분이시네요. 이쪽 자리에 앉으세요.”

여자 점원은 신기한 걸 보는 듯 흘깃 나를 봤다.

물론 그런 시선은 무시다.

그건 그렇고 좋은 냄새가 풍겼다.

얼른 먹고 싶다.

우리는 자리로 안내받아 메뉴를 봤다.

“유나는 어느 메뉴로 할 거예요?”

궁금했던 게 있었다.

황금의 특상 장어덮밥.

심지어 가격이 가장 비싸다.

“황금의 특상 장어 덮밥.”

남이 사는 거라면 가장 비싼 걸 주문하는 건 기본이지.

"황금의 특상 장어 덮밥이요? 조금 더 저렴한 게 있어요."

시노부는 일반 장어 덮밥을 가리킨다.

"황금의 특상 장어 덮밥."

하지만 나는 같은 말을 반복했다.

"으으, 그럼, 황금의 특상 장어 덮밥이랑 여기 일반 장어 덮밥을 주세요."

시노부가 점원에게 부탁했다.

점원은 미묘한 표정으로 「알겠습니다」라고 말하며 주문을 받았다.

"그런데 황금의 특상 장어 덮밥이란 게 뭐야?"

"모르면서 주문한 거예요? 일반 장어 덮밥이랑 달리 빛에 반사되면 금색으로 보인다고 황금의 장어라고 불려요. 맛도 일반 장어랑 다르게 살도 올라서 맛있어요."

그렇게 맛있다면 더욱 먹어봐야겠네.

"하지만 수가 적어서 가격이 비싸죠."

"돈 걱정이라면 괜찮아."

나는 시노부에게 받은 돈이 든 천 봉투를 꺼낸다.

"그건, 제 돈이라고요."

"이 돈으로 점심 먹어도 되는 거잖아?"

"그렇게 말하긴 했지만, 상식을 지켜주세요."

그런 건 존재하지 않았다. 먹고 싶은 걸 먹는 게 내 좌우명이다.

그리고 잠시 기다리자 황금의 특상 장어 덮밥이 나왔다.

오오, 맛있어 보이네.

확실히 시노부 앞에 있는 장어 덮밥과는 다르다.

나는 젓가락을 손에 들고 장어 덮밥을 먹기 시작했다. 부드러워. 젓가락으로 장어를 자르고, 밥과 함께 입안으로 넣었다.

"맛있어."

양념도 맛있다.

"그거야 그렇겠죠. 황금의 특상 장어 덮밥이니까요."

그렇게 말하며 시노부도 장어 덮밥을 먹기 시작했다.

"유나는 어느 집안 아가씨세요? 비싼 방에 묵고 있고, 비싼 걸 아무렇지 않게 주문하고 말이에요."

"일반적인 모험가인데."

"일반적인 모험가는 혼자서 그런 비싼 여관에 머물거나 황금의 특상 장어 덮밥을 주문하진 않는다고요."

"그래? 시노부도 돈 벌잖아. 돈은 써야 하는 거야."

"저는 저축하는 게 좋아요."

돈을 저축하는 것도 중요하지만, 돈을 번다면 써야 한다. 모두가 돈을 모으기만 한다면 경제가 돌아가지 않게 될 거다.

뭐, 시노부에 대한 것보다도 장어 덮밥이다.

아무튼, 맛있다. 이 장어 덮밥도 못 가지고 돌아가나?

피나에게도 먹여주고 싶다. 젤레프 씨에게 가지고 가주는 것도

좋을지 모르겠다.

"왜 그래요?"

"기념품으로 가지고 돌아갈 수 없나 싶어서."

"장어요?"

"맛있잖아. 아는 애한테 먹여주고 싶단 생각이 들었을 뿐이야."

장어를 가지고 돌아가도 손질하지도 못하고, 양념도 없다. 손질된 장어라도 있다면 사 가는 것도 좋을 것 같다.

"장어는 막 구운 게 맛있어요. 가지고 돌아가도 맛없을걸요."

"그렇겠지."

곰 박스라면 그 점은 괜찮다.

이래저래 정리되면 포장할 수 있는지 물어보자.

우리는 장어 덮밥을 다 먹었다.

응, 맛있었다. 만족, 만족.

그리고 식대를 냈다.

물론, 시노부의 돈이 아닌 내 돈으로 말이다.

"제가 준 돈은 안 쓰세요?"

"만약 시노부가 죽으면 쓰도록 할게."

"유나……."

"아아, 그래도 시노부가 먹은 장어 덮밥은 시노부의 돈에서 낼 테니까."

"……알겠어요."

시노부는 미묘한 표정이었지만, 피나와 노아라면 몰라도 시노부가 먹은 장어 덮밥 비용을 내가 낼 의리는 없다.

배불리 먹은 우리는 남자를 찾기 위해 남자가 다닐 법한 곳을 걸었다.

아침부터 걷고 있지만, 그런 남자는 발견하지 못했다.

"정말로 이 부근에 있는 거야?"

"봤다는 정보가 있어요."

"그 정보는 믿을 수 있는 거고?"

"달리 정보가 없어요."

그런 거라면 어쩔 수 없다. 오히려 출몰 정보가 많아도 곤란하겠지만. 결국엔 제한된 정보를 의지하며 착실하게 걸어 남자를 찾을 수밖에 없다.

나는 주위를 살폈다. 하지만 이쪽을 바라보는 수상한 걸 보는 듯한 시선이 돌아올 뿐이었다.

그런 시선은 무시하면서 주위를 봤다. 길가에 나와 있는 한 포장마차가 눈에 담겼다.

"앗, 저건?"

나는 달려갔다.

"유나, 어디에 가는 거예요?! 설마, 찾았어요?"

시노부가 뒤에서 말을 걸었지만, 나는 일직선으로 포장마차을 향했다.

"뭐, 뭐야?! 곰?"

포장마차 아저씨가 갑자기 나타난 나에게 놀랐다.

나는 그런 아저씨를 무시하며 포장마차에 즐비한 것들을 봤다.

포장마차에는 설탕 공예가 많이 나열되어 있었다.

"뭐야, 설탕이에요? 유나도 애네요."

시노부가 관심 없다는 듯 다가왔다.

TV에서 본 적은 있지만, 실제로 보는 건 처음이라 흥미가 있었다.

토끼, 새, 말, 개, 고양이, 소, 돼지, 여우, 너구리 등 동물부터 사과, 오렌지, 딸기 등의 과일. 금붕어와 생선, 오징어, 문어와 같은 것. 다색의 여러 꽃, 화려한 나비, 작은 병아리부터 커다란 새 등의 설탕 공예가 있었다. 모두 예술품처럼 보였다.

다만, 동물은 많이 있지만 곰이 없었다. 곰은 인기가 없는 걸까? 뭐, 내가 먹으면 동족을 먹는 게 되어버리지만 말이다. 하지만, 개인적으로 곰이 없다는 건 쓸쓸했다.

"뭐야, 곰 아가씨, 살 건가?"

나의 갑작스런 등장에 포장마차 아저씨는 놀란 눈치였지만 설탕 공예를 보고 있자 금세 말을 걸어왔다.

"전부 주세요."

고아원 아이들에게 주면 분명 기뻐할 거다. 곰이 없는 건 아쉽

지만 말이다. 있다면 서로 쟁탈전이 일어날지도 모른다.

최근 내 영향인지 곰을 좋아하는 아이가 늘기 시작했다.

"……아가씨, 그렇게 비싸진 않지만, 돈은 있는 건가? 장난치는 거라면 다른 곳으로 가주게."

아저씨의 눈썹이 조금 치켜올라갔다. 아무래도 전부 달라고 말한 것이 장난을 치는 것처럼 느껴졌던 모양이다.

"돈이라면 제대로 낼게요. 이렇게 예쁜 설탕 공예를 본 적이 없어서 기념품으로 사서 돌아가면 기뻐할 것 같거든요."

"그렇군. 미안하네. 그렇게 말해주니 고마워. 그런데 정말로 돈이 있는 건가?"

아저씨는 조금 불안해한다.

"있어요."

"설마, 제 돈이에요?!"

"아니야."

그렇게 걱정하지 않아도 조금 전 장어 덮밥도 내건 내가 냈잖아.

정말로 나에게 돈을 줄 생각은 있는 걸까?

시노부의 돈에 조금이라도 손을 댄다면 정말로 시노부가 죽어버릴지도 모른다. 불길하니 쓸 생각은 없다.

그러니 원하는 건 자신의 돈으로 살 거다.

나는 계산하여 나열된 설탕 공예의 구매 비용을 꺼냈다.

"이거로 충분할 것 같은데요."

“그래, 확실히 그렇군. 의심해서 미안하네.”

아저씨는 순순히 사죄했다.

“그래도 어떻게 가지고 갈 건가?”

“상자가 있으니까 거기에 담은 뒤에 아이템 봉투에 넣으면 돼요.”

나는 기념품으로 산 찬합을 꺼내 설탕 공예를 담았다.

“이건 새롭게 만들어야겠군.”

“아저씨, 곰은 안 만드세요? 동물은 많이 있는데 곰이 없네요.”

“뭐야? 아가씨도 곰을 원하나? 뭐, 아가씨의 복장을 보면 곰을 좋아하는 건 알겠는데 말이야.”

“저도라뇨?”

“그게 말이야, 오늘은 어쩐지 곰은 인기가 있어서 만드는 족족 팔렸어. 조금 전에도 곰이 팔렸지 뭐야.”

그거, 설마?

“이제까지 이렇게 곰이 팔린 적은 없었는데 말이야.”

아저씨는 이상하다는 표정을 짓는다.

“심지어 이 곰이 아니라고 말하는 애도 있었지. 이 곰이 아냐, 라는 말을 해도 알 수 없으니, 원.”

“그거, 혹시, 유나를 말하는 거 아니에요?”

나도 순간적으로 그렇게 생각했다.

시노부의 말에 아저씨는 나를 가만히 본다.

오늘 마을 안을 돌아다니며 많은 시선을 받았다.

시노부와 만나기 전에도 마을 안을 걸어 다녔다.

어쩌면, 아이들의 「이 곰이 아냐」라는 말은 내 곰 옷차림과 비교했던 걸지도 모르겠다.

"과연, 귀여운 곰이라고 말하긴 했었어."

나를 보며 귀엽다는 말은 하지 말아줬으면 싶은데.

뭐, 어디까지가 곰 옷차림이 귀엽다는 거지 내가 아니라는 것쯤은 이해하고 있다.

그렇게까지 자만하지 않았다.

아저씨는 설탕을 달구기 시작하더니 형태가 없는 덩어리를 가위 같은 것으로 자르거나 늘리면서 형태를 만들어갔다. 그리고 예술처럼 마법처럼 설탕의 형태가 만들어졌다.

머지않아 완성된 건 곰 인형 옷차림을 한 여자아이의 설탕 공예였다.

"아저씨, 대단하세요."

확실히 대단하지만, 이거, 내가 모델이야?

"자, 아가씨."

어쩐지, 아저씨가 나에게 건넨다.

"보답이네. 신상품이 완성됐어."

설마, 파는 거야?

좋지 않은 상상이 떠올랐다.

그런 뒤, 요청을 들어주겠다고 하여 평범한 곰의 설탕 공예를 몇 개 부탁했다.

# 475 곰 씨, 안대 낀 남자를 발견하다

온종일 마을을 걸었지만, 볼에 십자 모양의 상처가 난 안대 낀 남자를 발견할 수는 없었다. 그저 내가 통행인들의 시선을 받기만 했을 뿐이었다.

"유나는 사람이 아니라 가게만 보고 있었잖아요."

나는 도중부터 구경꾼 모드에 들어가 버렸다.

그야, 사람 찾는 것보다 마을 풍경을 보는 쪽이 즐거우니까 어쩔 수 없다.

"생각해봤는데, 내가 있으면 이목이 끌리니까 상대에게도 들키기 쉽지 않을까?"

"아무도 곰 옷차림을 한 여자아이가 자기를 찾고 있을 거라곤 생각하지 않으니까 걱정 마세요."

뭐, 확실히 나는 눈에 띄긴 하지만, 만난 적도 없는 곰 옷차림을 한 여자아이가 자신을 찾고 있을 거라곤 누구도 생각하지 않겠지.

"그래도 내가 눈에 띈다는 건 같이 있는 시노부도 눈에 띈다는 거잖아."

"그건 그렇죠."

"게다가 이 커다란 마을 안에서 사람 한 명 찾는 건 조금 무리

가 있지 않나? 누군가에게 도움을 받진 못하는 거야?"

혼자보단 두 사람. 두 사람보단 세 사람. 찾는 인원이 많으면 그만큼 발견할 가능성도 커진다.

"어디서부터 정보가 흘러나갈지 몰라서 그다지 많은 인원으로 찾고 싶진 않아요. 만일 찾고 있다는 걸 알아차리고 숨거나 마을에서 도망치기라도 한다면 또 처음부터 정보를 수집해야 하잖아요."

분명 그렇긴 하지만, 어려운 부분이다. 찾는 사람이 늘어나면 발견할 확률도 높아지지만, 그와 동시에 정보가 새어 나갈 가능성도 커진다. 어느 쪽이 좋을지는 판단하기 어렵다.

정말로 3일 이내에 찾으면 좋겠는데. 그렇게 바랄 뿐이었다.

해가 저물자 여관으로 돌아가 맛있는 요리를 먹고 온천에 들어갔다가 곰돌이와 곰순이를 껴안고 잠을 자서 하루의 피로를 풀었다.

그리고 두 번째 날의 수색이 시작되었다.

어제와 똑같이 마을을 걸었다.

"시노부는 그 남자를 죽이고 싶다곤 생각 안 해?"

내 부모는 형편없었기 때문에 만약 살인을 당한다고 해도 상대를 죽이고 싶다거나 붙잡고 싶다고는 생각하지 않을 것이다. 만일 살해당한다면 나의 부모가 잘못했을 가능성이 크다.

"글쎄요. 죽인다면 그것으로 끝이니까요. 붙잡아서 여러 가지 자백하게 만들고 싶어요."

"반죽음은 괜찮지 않아?"

"반죽음이라니, 어떤 잔인한 짓을 할 생각인 거예요?"

생각해본다.

"마음속 깊은 곳에서부터 공포가 배어들게 한다던가?"

더는 두 번 다시 악한 짓을 할 수 없도록 마음속 깊은 곳에 공포를 심어놓는 거다. 나쁜 짓을 했다면 그보다는 사형인가?

그 이전에 어째서 시노부의 부친은 죽임을 당한 걸까?

무차별 살인이었다면 큰일일 것이다.

시노부의 부친이 나쁜 짓을 해서 살해를 당했을 가능성도 있다. 물론 죽이는 건 나쁜 짓이지만, 시노부의 부친이 악인이라면 자업자득이다.

"시노부의 아버지는 어째서 그 남자에게 살해당한 거야?"

"……모르겠어요. 그래서 그 부분도 붙잡아서 묻고 싶어요."

그럼, 시노부의 부친이 악인일 가능성도 있나?

하지만 이외에도 살인을 저질렀다고 했으니, 그 사람들도 악인일 가능성도?

초상화는 악당 느낌의 얼굴이었다. 하지만 그건 그린 사람의 감정이 들어가 있을 가능성도 있다. 사람을 외관으로 판단해선 안 된다. 나 또한 외관으로 판단되어 곤란했던 적이 몇 번이나 있다.

생각하면 생각할수록 모르겠다. 이건 남자를 발견해도 냉정하게 확인하지 않으면 안 되겠군.

시노부의 말만을 듣고 행동할 수는 없다.

오늘도 남자를 발견하지 못하고 해가 저물기 시작했다.

"슬슬, 여관으로 돌아갈까?"

나는 옆에 있는 시노부에게 말을 걸었다. 하지만, 대답이 없었다. 시노부 쪽을 보자 걸음을 멈추고 있었다.

"시노부?"

"있어요."

시노부의 시선이 한 곳으로 향해있었다. 시노부의 시선 끝을 쫓자 큰 키의 사무라이로 보이는 옷차림을 한 남자가 있었다.

저 남자?

남자는 당고 가게에서 나오는 참이었다.

남자는 가게에서 나오더니 걷기 시작했다. 곧바로 방향을 틀어 걷기 시작한 탓에 뺨에 십자가 모양의 상처가 있는지 확인하지 못했다. 하지만, 좌측 눈에 안대를 끼고 있는 건 보였다.

"뒤를 쫓을게요."

"안 붙잡아?"

"여긴 통행인이 있잖아요. 소란이 일어나서 피해가 발생하면 큰 일이니 가능하면 사람이 없는 곳으로 이동하던지 머무는 숙소 같은 곳을 알아내고 싶어요."

시노부가 그렇게 말하기에 남자의 뒤를 밟기로 했다.

개인적으로는 뒤에서 마법을 날려 끝내고 싶지만, 남자가 무죄고 시노부가 근거 없는 원한을 품은 상황이라면 우리가 범죄자가 되어버린다.

으으, 귀찮아. 귀찮다고.

“유나, 가죠.”

우리는 알아차리지 못하도록 조금 떨어져 남자의 뒤를 밟았다.

“정말로 틀림없는 거야?”

“틀림없어요. 저 풍채, 잘못 볼 수 없죠.”

강하게 대답한다.

남자는 미행당하는 것도 모르고 혼자서 걸었다.

어디로 가는 걸까. 가능하면 통행이 적은 곳에 가면 좋겠다.

앞을 걷는 남자에겐 들키지 않았지만, 여전히 앞에서 지나치는 사람들은 우리를 쳐다봤다.

역시, 내 옷차림은 미행에 어울리지 않지?

사람만 찾는 거라면 모르지만, 곰 인형 옷으로 미행은 무리가 있다.

“시노부, 나, 떨어지는 편이 좋지 않아?”

“거리를 뒀으니 괜찮아요.”

나와 시노부는 남자에게서 거리를 두고 미행을 이어갔다.

남자는 큰 도로에서 작은 도로로 들어갔다. 서서히 사람의 통행이 적어졌다.

"정말로 돕지 않아도 되겠어?"

"스스로 할 테니까 걱정하지 마세요."

나는 남자를 시선에서 떼지 않으며 놓치지 않도록 뒤를 따랐다. 남자는 뒤를 돌아보지도 않고 마을 외곽으로 걸어갔다. 주위엔 나무 울타리로 둘러싸인 집이 많고, 오래된 집이 서 있었다. 사람의 통행은 완전히 사라졌다.

공격을 가하기에도, 말을 걸기에도 좋은 타이밍이다.

"시노부."

시노부에게 말을 걸려던 순간, 남자가 멈춰 섰다.

"여기면 되겠죠."

남자가 그렇게 말하고 뒤를 돌아봤다.

저물어 가는 저녁노을 아래에 남자의 얼굴이 내 앞에 나타났다.

왼쪽 눈에 안대를 끼고 뺨에는 상처가 있다. 틀림없이 시노부가 들고 있던 초상화 속의 남자다.

"알아차렸나?"

시노부는 숨지도 않고 나서기에 나도 따라갔다.

"뒤에서 곰, 곰, 곰, 이라는 소리가 계속 들리면 누구라도 알아차리죠."

아무래도 나 때문이었던 모양이다. 그러니까 나에겐 미행은 불가능하다고 말했거늘.

그렇겐 말했지만, 남자는 실제로 내 모습은 보지 않았을 것이

다. 한 번도 돌아보지 않았다. 그런데 어째서 자신이 곰에게 미행당하고 있다는 것을 알아차린 거지?

남자는 내 쪽을 보더니, 미소를 지었다.

"그럼, 미행당하는 걸 알고 이렇게 인기척이 없는 곳으로 온 건가."

"피차 소란피우고 싶지 않은 건 같지 않나요."

남자에게도 눈에 띄고 싶지 않은 이유가 있는 모양이다.

"그래서, 어째서 내 뒤를 따라붙었던 거죠?"

"나를 잊었나?"

시노부는 그렇게 말한 순간, 팔을 휘둘렀다. 그와 동시에 남자는 허리춤에 있던 칼을 빼냈다. 「챙」하고 금속과 금속이 맞부딪치는 소리가 나고 무언가가 지면에 떨어졌다.

쿠나이다.

시노부가 쿠나이를 날리고 그것을 남자가 칼로 막은 모양이다.

시노부의 움직임에는 낭비가 없고 빨랐다. 그런데 남자는 그것을 막았다.

한순간의 공방이었지만, 레벨이 높다.

"아아, 그때 죽인 남자의 딸이로군요. 즉, 부친의 복수인가요."

"이야기가 빠르니 다행이네."

시노부는 품속에서 작은 칼을 빼 든다.

"죽이진 않을게. 하지만, 내가 이기면 모든 내막을 얘기해야 할 거야."

"그게 용건이라면 나를 발견했을 때 뒤에서 공격했어야죠."

남자는 칼을 감아쥔다.

"그런 비겁한 짓은 안 해. 실력으로 쓰러뜨려 주지."

"후후, 재밌군요. 상대가 되어드리죠. 그래서, 그쪽의 귀여운 곰 옷차림을 한 아가씨는 보고 있기만 하나요. 아니면 도움을 청하러 갈 건가요?"

남자는 검 끝을 내게로 보냈다.

도움을 청하러 가면 공격을 가할 거라고 검 끝이 말하는 듯한 느낌이 든다.

"유나는 약속대로 도와주지 말고 보고만 있어 주세요. 하지만 제게 만일의 경우가 생기면, 부탁할게요."

즉, 도움을 청하지 말고 봐달라는 거지.

"내 쪽에서도 약속할게. 당할 것 같을 때 끼어들 테니까."

"그러니까, 만일 말이에요."

내가 끼어들기 전에 시노부가 쓰러질 가능성도 있다.

만약 힘의 차이가 있는 것 같으면 곧바로 도와줄 셈이다.

게다가 남자가 나쁜 놈인지 착한 사람인지는 남자와 시노부의 행동으로 판단하기로 했다.

시노부가 달려갔고, 남자가 태세를 잡고 기다렸다.

# 476 곰 씨, 시노부의 싸움을 지켜보다

인적이 적은 뒷길에서 시노부와 안대남의 싸움이 시작됐다.

시노부는 달려들며 동시에 쿠나이를 던진다. 남자는 몸을 옆으로 아주 조금 비틀어 쿠나이를 피했다. 그 짧은 동작 동안에 시노부는 남자와의 거리를 좁혀 왼손에 든 소검을 남자를 향해 휘둘렀다. 남자는 가볍게 피하고 칼을 시노부를 향해 내리쳤다. 시노부는 체중을 왼쪽으로 기울여 피하고 남자의 왼쪽, 다시 왼쪽으로 이동하며 공격을 가했다.

아무래도 남자가 안대를 낀 왼쪽에서부터 공격해갈 참인 모양이다. 시노부는 남자의 좌측으로 움직이며 공격을 이어나갔다.

"혹시, 사각에서 공격할 셈인가요?"

"약점은 파고들어야 하는 법이니까."

"비겁한 싸움은 하지 않는 거 아니었나요?"

"이건 전술이야."

대화하며 서로에게 소검, 칼을 휘두른다. 두 사람의 칼은 공중을 가른다.

리치가 짧은 시노부가 불리하지만, 사각을 이용하고 빠른 움직임을 살려 호각의 결투를 치르고 있었다. 남자는 분명 사각일 텐데도 시노부의 소검을 피하고 있었다. 시노부도 남자의 공격을 피

했다.
서로의 공방이 이어진다.
대단해.
서로에게 어떤 공격이 올지 알고 있다는 듯 종이 한 장 차이로 피하고 있었다.
남자는 시노부의 소검을 피하더니 크게 가로 일직선으로 칼을 휘둘렀다. 시노부는 후방으로 뛰어 피했다.
"후우."
남자는 숨을 내쉬더니 즐겁다는 듯 웃었다.
"역시 그 남자의 딸이라고 해야 하나. 강하시군요."
그렇게 말하지만, 남자 쪽은 여유가 보였다. 시노부 쪽은 여유가 보이지 않았다.
사각이 있다곤 해도 근접전에서는 남자 쪽이 유리한 모양이다.
"마법을 쓰지 않는 건 나를 무시하기 때문인가?"
"이런 곳에서 쓴다면 주위에 민폐지 않습니까. 당신도 안 쓰고 있지 않나요."
양옆엔 목조로 된 집이 나열되어 있었다. 상대는 바람 마법을 쓴다고 했다. 시노부도 마법을 쓸 수 있는 걸까. 이건 무사와 사무라이의 싸움이 아니다. 이쪽 세계에서는 무기를 다루는 기술을 능가하는 마법이 있다. 마법만으로 검술을 뛰어넘을 수도 있었다.
다만, 마법은 이미지가 필요하므로 그 찰나의 사고가 빈틈이 되

기도 한다. 몸에 새겨진 기술 쪽이 마법의 발동보다 빠르다.

근접전으로 진행되는 결투 중에 마법을 쓰는 건 어렵다. 그러니 마법사는 후방에 선다.

상대가 주위를 신경 쓰지 않고 마법을 쓰기 시작한다면 시노부가 불리해질 것이다. 시노부가 마법을 못 쓴다면 그것 또한 불리한 상황이고, 설령 쓸 수 있다고 해도 남자가 말한 대로 주위를 신경 쓰느라 생각대로 쓰진 못하겠지.

"그렇지 않아."

시노부가 소검을 쥔 오른손에 바람이 휘감겼다.

"주위에 해가 되지 않도록 쓰면 될 뿐이지."

시노부는 빠른 동작으로 남자와의 간격을 좁혔다. 재차 남자의 사각인 왼쪽으로부터다. 시노부는 소검을 옆으로 휘둘렀다.

그 거리에서는 소검은 닿지 않는다. 하지만 소검에서 바람의 칼날이 날아들었다. 하지만 그 바람 공격조차도 칼로 두 동강 났다. 시노부는 더욱 파고들어 거리를 좁혔다. 휘두른 팔을 뒤로 되돌리며 그대로 남자를 향해 내리쳤다. 남자는 검으로 튕겨냈다. 튕겨진 기세로 시노부는 균형을 잃었다. 그곳에 남자의 발길질이 시노부를 덮쳤다.

시노부는 발에 차여 뒤로 크게 밀려났다.

"시노부!"

"괜찮아요."

아무래도 스스로 후방으로 점프하여 빠져나온 모양이다.

그 상황에서 발이 나오다니 시노부보다 남자 쪽이 시야가 넓다. 그만큼 여유가 있다는 뜻이다.

남자가 시노부의 부친을 죽인 진의는 모르지만, 이대로라면 시노부가 질 게 뻔했다.

내가 대신 나서야 하나.

"강하네."

시노부는 작게 숨을 내쉬며 호흡을 가다듬었다.

"교대할까?"

지금의 시노부를 보면 그럴 마음이 없다는 건 알 수 있다. 하지만, 확인해 보았다.

"괜찮아요. 유나는 우리의 결투를 보고 남자의 움직임을 익혀 주세요."

그건, 자신들의 싸움을 보고 남자의 싸우는 방식을 익히고 결투를 준비하라는 뜻이야?

그렇다는 건 즉, 시노부는 자신이 이길 수 있을 거라고 생각하지 않는다는 말이다. 다음으로 싸우게 될 나를 위해 남자의 싸우는 방법을 보여주고 있는 거야?

하지만, 어째서?

"하지만, 정말로 위험할 땐 가만히 안 있을 거야."

시노부는 내 말에 긍정도 부정도 하지 않고 웃었다. 그리고 손

에 든 소검을 감아쥐더니 남자를 향해 달려갔다.

시노부는 마법을 사용하며 공격을 가했지만, 남자는 쉽게 피했다. 시노부는 공격의 수단을 늘렸다. 이거라면 혹시 모른다고 생각하고 싶지만, 남자는 아직 마법은 쓰지 않고 있었다. 게다가 가끔 광대를 올리며 웃고 있는 듯도 보였다.

더욱 시노부의 움직임이 빨라졌다. 남자를 궁지로 몰았다. 서서히 시노부의 속도가 남자를 능가했다. 시노부의 바람의 칼날과 소검이 남자를 덮쳤다.

몰아넣었다.

그렇게 생각한 순간, 남자의 검의 속도가 빨라지고 시노부의 공격을 튕겨냈다. 시노부의 공격이 막히고 남자는 크게 뒤로 물러나 거리를 두었다.

"생각보다 강하군요. 조금 진심을 내보여야겠어요."

"마법을 쓸 건가."

"아뇨, 이렇게만 할 뿐이죠."

남자는 그렇게 말하더니 왼쪽 눈에 손을 가져가선 안대를 떼어냈다. 안대 아래에서 감긴 눈이 드러났다. 상처가 있는 건가 싶었더니 그런 기색은 전혀 없다. 그리고 감겨 있던 왼쪽 눈이 떠졌다.

"설마, 보이는 거야?"

"네, 확실하게 당신이 보이죠."

"놀리고 있던 건가?"

"아뇨, 스스로 제약을 걸었을 뿐이죠. 하지만, 당신의 강함에 경의를 표해 벗은 거고요."

즉, 마법을 쓰지 않는 핸디캡과 한쪽 눈을 쓰지 않는 핸디캡을 스스로에게 부과하고 있었던 게 된다.

남자는 두 눈을 뜨고 검을 쥐었다. 시노부는 작은 바람의 칼날을 날리며 남자를 향해 달려갔다. 남자의 움직임이 빨라졌다. 시노부의 공격을 가볍게 피해 나갔다. 시노부는 더욱 많은 쿠나이를 날렸다. 남자는 이를 검으로 튕겨내며 더욱 검을 번뜩였다.

두 눈이 된 남자에게선 사각이 사라졌다. 시노부의 우위도 사라졌다.

시노부는 피하지 못하고 소검으로 받아치는 횟수가 늘어났다. 공격의 무게, 공격의 힘, 공격의 속도, 모든 면에 있어서 남자 쪽이 우위에 있었다.

그래도 시노부는 거리를 두고 바람 마법을 쓰며 응수했지만, 주위를 신경 써서 위력을 억제하고 있어서인지 남자에게는 닿지 않았다.

시노부의 움직임이 느려지는 느낌이 들었다. 시노부는 이리저리 주위를 돌면서 압박하지만, 남자는 시노부의 공격을 가볍게 받아넘기고 있었다. 따라서 시노부보다 몸을 움직이는 양은 적었다.

"크."

시노부의 발이 둔해지며 공격을 이어가지 못하고 뒤쪽으로 빠졌다.

"더는, 한계인 것 같군요. 끝을 내볼까요."

남자가 허리를 숙이더니 검을 찌르듯 자세를 잡았다.

저건?!

"시노부! 도망쳐!"

내가 외친 순간 남자는 파고들었다. 시노부와의 간격이 순식간에 좁혀졌다.

빠르다.

시노부는 쿠나이를 날리며 뒤쪽으로 도망쳤다. 남자는 찌르기로 쿠나이를 튕겨냈다. 그곳에서 공격이 멈추는가 싶었지만, 멈추지 않았다. 남자는 팔을 당겨 재차 검을 뻗었다.

시노부는 손에 든 쿠나이로 막았다. 그래도 남자의 기세는 멈추지 않았다. 한 번 더 팔을 당기고 뻗는다.

삼단 찌르기?

남자의 칼이 시노부에 꽂히고 시노부는 지면에 쓰러졌다.

"시노부!"

내가 달려가려 하자 시노부의 몸이 움직였다. 그리고 떨리는 팔로 지면을 지탱하여 몸을 일으키려 했다.

"괘, 괜찮아요."

시노부는 비틀거리며 배를 누르며 몸을 일으켰다.

"정말로 괜찮은 거야?"

시노부는 배 부분의 옷을 들췄다.

체인 메일?

"미스릴로 만들었어요. 그리고 뒤로 뛰어서 어떻게든 직격은 피했죠."

나는 안도했다.

다행이다. 몸에 칼이 꽂힌 줄 알았다.

"그 찌르기를 피했나요. 그래서, 아직 더 싸울 생각인가요?"

"물론이지."

"그럼, 이번엔 관통시키도록 하죠."

남자는 추격하듯 찌르기 자세를 잡았다. 시노부는 힘이 들어가지 않는 손으로 소검을 쥐었다. 그와 동시에 나는 움직였다.

남자는 찌르기 태세에서 들이닥쳤다. 시노부와의 거리가 한순간에 좁혀들었다. 나는 두 사람 사이로 파고들어 미스릴 나이프로 남자의 검을 크게 쳐냈다.

내가 갑자기 끼어들었기 때문에 남자는 삼단 찌르기를 멈췄다.

내가 시노부를 지키듯 앞에 서자 남자는 거리를 두고 떨어졌다.

"유나?"

"교대야."

남자가 시노부의 부친을 죽인 이유는 모른다. 남자가 어떤 사람

인지도 모른다.

단순한 전투광일지도 모른다.

어쩌면 시노부의 부친도 그랬을지도 모른다.

서로가 싸우고 싶어서 싸웠던 것일 뿐인지도 모른다. 그래서 죽은 걸지도 모른다. 그러나 어떤 이유가 있다고 해도 한 가지 아는 게 있다.

"시노부가 죽는 장면은 보고 싶지 않으니까 교대야. 지금부터는 내가 상대하지."

나는 고통스러워하는 시노부를 향해 말했다.

이 남자를 쓰러뜨리면 모든 걸 알 수 있다. 이 애매한 마음도 후련해질 거다.

"……유나, 강해요."

"보고 있었으니, 알아."

이 검술 실력. 게다가 마법이라는 비장의 카드도 가지고 있다.

시노부는 제한을 걸었다곤 해도 마법을 썼다. 하지만 그럼에도 쓰러뜨리지 못했다.

상대는 그조차도 제한하며 싸웠다.

"시노부는 천천히, 쉬고 있어."

나는 시노부를 물리고 남자와 대치했다. 남자는 나와 시노부가 대화하는 동안에도 공격을 가해오지 않고 기다렸다.

"미안하지만, 지금부터는 내가 상대할 거야. 내 겉모습에 방심

하다가 후회하진 말고."

"안 합니다. 우리 사이에 들어온 속도. 내 찌르기를 정확하게 튕겨낸 기술. 무엇보다 내 검을 무서워하지 않고 들어올 수 있는 여자가 보통일 리가 없죠."

아무래도 곰 옷차림에 속아 넘어가 경계를 풀어주는 일은 없을 것 같았다.

아쉬운 것 같으면서도, 기쁜 것 같으면서도.

"그렇다면 실력을 숨기지 않고 싸울 것을 추천할게."

나는 곰돌이 나이프를 남자에게로 향했다.

"그럼 그 말에 힘입어 최선을 다하도록 하겠습니다. 죽어도 모릅니다."

남자는 검을 준비했다.

"죽을 마음은 없지만, 내가 이기면 모든 내막을 얘기하도록."

"좋습니다. 나를 이긴다면 뭐든 다 얘기해주죠."

"약속했어."

나도 곰돌이 나이프를 준비했다.

# 477 곰 씨, 십자 모양 상처남과 겨루다

나는 남자와 대치했다.

우리가 싸우는 장소는 마차가 두 대 정도 지나갈 만큼의 폭만 있어 큰 동작은 취할 수 없다.

게다가 시노부와 마찬가지로 큰 마법은 쓸 수 없었다. 바람 마법을 쓰면 건물을 무너뜨릴 테고, 화염을 쓰면 집을 불태워버리게 될 거다. 물 마법과 흙 마법으로도 집에 피해가 발생할 수 있다. 곰 마법을 쓴다면 재해의 레벨이 될 것이다.

그렇다면 약한 마법과 무기 공격을 중심으로 싸워야겠지.

가능하다면 더 넓은 곳에서 자유롭게 싸우고 싶다.

남자가 간격을 좁혀오더니 남자가 칼을 휘둘렀다. 나는 나이프로 튕겨냈다.

보인다.

남자의 움직임이 또렷하게 보인다. 오른쪽, 왼쪽, 되받아치고 칼을 찌른다. 다시 칼을 당기고 찌른다.

곰 장비 덕분에 몸이 따라갈 수 있었다.

아무리 상대의 공격이 보인다 한들 몸이 따라가 주지 않는다면 손쉽게 당했을 것이다.

나는 모든 공격을 막고 마지막 찌르기를 회전하며 피한 뒤, 그대로 돌려차기를 펼쳤다.

맞는다면 날아갈 거다.

하지만 남자는 조금 뒤로 물러나 내 돌려차기를 피했다. 발차기는 공중을 갈랐다.

여자애의 발차기라 생각하고 맞아줘도 되는데. 그랬다면 그 가드 그대로 날려버렸을 텐데 말이다.

"그런 움직이기 어려워 보이는 복장으로, 빠르네요."

"자신의 움직임이 느린 걸 상대의 탓으로 돌리는 건 좋지 않은 태도야."

"말씀이 세네요. 그렇다면 이것도 피할 수 있나요?"

남자는 허리를 숙이고 찌르기 태세를 잡았다.

삼단 찌르기다.

나는 자세를 잡았다.

남자가 발을 내디뎠다. 그 순간, 나는 남자와 내 사이에 흙벽을 만들었다.

하지만 남자가 찌른 검은 벽을 뚫어냈고 내게 들이닥쳐 왔다.

예상은 했지만, 순간적으로 만들어 낸 벽으로는 안 되는 건가. 나는 조금 전과 비슷하게 곰돌이 나이프로 남자의 검을 크게 튕겨냈다. 크게 튕겨내 균형을 잃고 연속으로 찌르지 못하게 하려는 의도였다.

그러나 남자는 억지로 검을 되돌리고 힘껏 스텝을 밟으며 재차 찌르기를 반복해왔다.

나는 오른손의 흰곰 인형 장갑으로 검의 옆을 펀치로 쳐냈다.

과연 내 행동이 예상 밖이었던 건지 남자의 손에서 검이 날아올랐다. 기회가 생겼다. 나는 무방비가 된 남자의 몸에 흑곰 펀치를 꽂아 넣었다.

좋아, 들어갔어.

그렇게 생각했지만, 막혔다.

남자는 양손을 앞으로 두고 내 곰 펀치를 막았다.

남자는 후방으로 날아갔지만, 지면에 서 있었다.

그 타이밍에 방어를 할 수 있다니, 반응 속도가 빠르네.

"설마, 곰 옷차림을 한 여자가 봐줄 줄은 몰랐네요."

"봐줘?"

봐주고 있다고 생각하진 않았다.

"지금, 나이프를 들고 있으면서도 검은 장갑으로 때렸잖아요. 그걸 봐준다고 말하는 겁니다."

확실히 검은 곰 인형 장갑의 입에는 곰돌이 나이프가 쥐어져 있다. 하지만 때리는 건 곰 장갑의 부분이었다. 나이프로 공격을 하려고 마음먹을 수도 있었다. 하지만 그랬다면 치명상을 입히게 된다.

"시노부에게 안 죽이고 생포하겠다고 약속했거든."

쓰러뜨리는 게 목적이지 죽이는 게 목적은 아니다.

"그래서 봐주는 게 아니야."

"후후."

남자가 웃음을 흘렸다.

"그게 봐준다는 거예요. 설령 나이프로 치명상을 입히려 했어도 그쪽의 아가씨와 똑같이 미스릴 팔 방어구로 막았겠지만 말이죠."

미스릴 방어구?

시노부도 그렇고, 미스릴 방어구를 가지고 있다니 부자네. 토우야에게 들려주고 싶어지네.

"그러니까 봐줄 필요 없습니다."

하지만, 미스릴 나이프와 미스릴 팔 방어구.

최강의 창과 최강의 방패 마냥, 어느 쪽이 강할까?

같은 장인이 만든 게 아니라 비교는 할 수 없겠지만 남자의 미스릴 팔 방어구를 만든 대장장이와 내 미스릴 나이프를 만든 가잘 씨의 장인끼리의 승부라고도 할 수 있겠다.

그리고 결국엔 사용하는 자의 기술에 달린 건가.

"그러니 봐주지 못하도록 해주죠."

남자는 조금 떨어진 위치에 나뒹굴던 자신의 검을 줍고, 소도에도 손을 댔다.

이도류?

삼단 찌르기도 그렇고, 어느 지역 사무라이인 거야.

"봐주다간 죽을 겁니다."

"그건 나에게 공격을 맞춘 후에나 할 말이지."

나는 곰순이 나이프를 꺼내 두 자루의 나이프를 감아쥐었다. 상대가 이도류라면 이쪽도 이도류로 상대한다.

남자의 기를 꺾기 위해선 상대의 숙련된 분야에서 때려눕히면 된다.

내가 양손으로 나이프를 감아쥐자 남자가 미소를 보였다.

"절 상대로 이도류라뇨. 괜찮겠죠. 상대가 되어주죠."

남자와 나는 달리기 시작했다.

네 자루의 무기가 교차했다.

남자의 칼을 휘두르는 속도가 빨라지고, 두 개의 검이 공격을 가해왔다.

칼 한 자루보다 두 자루인 쪽이 성가신 게 많았다.

심지어 빨랐다. 오른쪽, 왼쪽, 오른쪽, 왼쪽으로 찔렀고, 나아가 오른쪽, 오른쪽, 왼쪽으로 변칙적인 공격을 했다. 나는 곰돌이 나이프와 곰순이 나이프로 막았다.

남자의 공격이 이어졌다.

수비 범위의 차이도 있어서 내 공격은 닿지 않았다.

하지만, 내 쪽이 소모는 적었다.

곰 인형 장갑 덕분에 맞부딪쳐도 저리는 것도 없고, 힘도 내 쪽이 우위였다. 움직이는 다리도 피로가 오지 않았다. 지구전이 된

다면 내 쪽이 유리했다.

남자는 더욱 속력을 올리지만, 나는 모든 공격을 받아냈다.

남자는 믿기지 않는다는 듯 나를 보았다.

"그 정도야? 마법을 써도 돼. 뭣하면 마법이 쓰기 편한 곳으로 이동할까?"

물론 마법을 쓰기 쉬운 곳으로 이동한다면 내 쪽이 유리하겠지만 말이다.

내 입발림에 동조해주지 않으려나.

"그렇네요. 장소를 바꾸도록 하죠."

진짜로?

남자는 그렇게 말하더니 팔을 휘둘렀다. 그와 동시에 지면에서 연기가 피어올랐다.

연막탄?

무슨 닌자냐고!

공격을 가해오는 건가 싶었는데 연기 너머에 있는 남자가 반대쪽으로 달려가기 시작했다.

설마, 도망칠 속셈?

"유나!"

뒤에서 시노부의 목소리가 들렸다.

뒤쫓을까 했지만, 상처를 입은 시노부를 혼자 남겨둘 수 없었다.

나는 곰돌이를 소환했다.

"곰돌이, 시노부를 부탁해."

곰돌이에게 시노부를 맡기고 탐지 스킬을 쓰는 것과 동시에 달리기 시작했다. 눈앞 사람의 반응에서 눈을 떼지 않았다.

빠르다.

엄청나게 빠른 속도로 멀어졌다.

놓치지 않아.

나는 도망치는 남자에게 일직선으로 향하며 옥상을 달려 쫓아갔다.

보였다.

남자는 움직임을 멈추고 뒤를 돌아보았다.

"쫓아 왔나요."

"그 정도로 나에게서 벗어날 수 있을 거라 생각하지 않는 편이 좋아."

"전력으로 달렸는데 말이죠."

"달리기 연습이 부족한 거 아냐?"

운동 부족인 내가 할 말은 아니겠지만, 비꼬듯 말해본다.

곰 장비가 없다면 나는 100m를 전력으로 달릴 수 있을지도 의심스럽다.

피나에게 질 자신도 있다.

"그렇다면 이곳에서 다시 겨뤄볼까요."

남자는 검을 감아쥐었다.

우리가 있는 장소는 마을에서 벗어나 집도 건물도 없었다.

주위를 신경 쓰지 않고 마법을 쓸 수 있다. 내가 유리하다.

남자를 보니 검에 바람 마법이 깃들어 있었다.

"설마, 넓은 장소로 오면 마법을 쓸 수 있는 자신이 유리하다고 생각하진 않겠지."

"글쎄요, 그건 어떨까요."

남자가 떨어진 위치에서 검을 가로 반듯하게 휘두르자 바람의 칼날이 나를 향해 날아왔다.

그것을 똑같은 바람의 마법으로 상쇄시켰다.

나아가 남자는 검을 휘둘러 바람의 칼날을 날렸다. 나는 그것을 바람의 칼날로 전부 되받아쳤다. 우리 둘 사이에 굉장한 바람이 휘몰아쳤고, 모래와 잎사귀가 흩날렸다. 그 가운데 우선은 남자가 움직이며, 나와 남자의 마법을 사용한 공방이 시작되었다.

몇 번인가 마법과 무기에 의한 공방을 이어간 후 서로 거리를 뒀다.

"후우."

남자는 천천히 숨을 들이쉬고 내쉬더니, 검을 휘둘렀다. 그와 동시에 바람의 칼날이 날아들었다.

조금 전보다 빠르다.

게다가 남자가 동시에 움직였다.

나는 바람의 칼날을 피하고 남자를 요격했다.

검과 나이프가 부딪쳤다. 그 순간, 검에서 바람의 칼날이 날아들었다.

근접전에서의 마법 공격이다.

나는 몸을 회전시켜 바람의 칼날을 피했다. 하지만, 곧바로 남자의 검이 날아들었다. 나는 공기 탄을 만들어 내 남자를 향해 날렸다.

공기 탄은 남자의 배에 명중했다. 남자는 후방으로 날아갔다.

하지만 치명상으로 이어지진 않았다.

나는 남자를 몰아넣기 위해 추가 공격을 가했다.

은색 카마이타치를 잡을 때와 같은 방법을 사용했다. 흙 마법으로 몇 마리의 꼬마 곰을 만들어 내어 남자를 향해 날렸다.

꼬마 곰들은 남자에게 향했다. 하지만 남자에게 들러붙기 전에 꼬마 곰이 잘려져 나갔다.

흙으로 만들어졌다곤 해도 곰이 잘리니 기분이 좋지는 않다.

나는 꼬마 곰을 원래로 되돌리고 바람 마법을 남자 아래에서부터 휘몰아치게 했다.

공중에 띄우고, 끝을 낼 테다.

남자의 아래에 바람이 모여들고 남자의 옷이 바람에 펄럭였다. 남자를 공중에 띄우려고 한 순간, 남자는 검을 아래로 향하게 한 뒤 원을 그리듯 검을 휘둘렀다.

그러자 남자 발 부근에서 바람이 일어나 나의 바람 마법이 사라졌다.

상쇄시킨 거야?

아무래도 쉽게는 쓰러지지 않을 작정인 것 같다.

“설마, 이것으로 끝인가요?”

“이번 기술에 당할 걸 그랬다고 후회하게 될 거야.”

“그렇다면, 더욱더 즐겁게 해줄 셈인가요?”

“당신 쪽이 즐거우리라곤 단정할 수 없지만 말이야.”

꼬마 곰이 잘려 나가고, 놀라게 할 속셈으로 만든 바람 마법이 막히자 조금씩 화가 난다.

“죽일 생각으로 달려들지 않으면 저를 쓰러뜨리지 못할 겁니다.”

“그 대사는 한 번이라도 좋으니까 날 맞추고 하시지.”

“유나!”

내가 남자와 대화하는데 곰돌이를 탄 시노부가 다가왔다.

“그렇군요. 그러면 이건 어떻습니까?”

남자가 흘깃 곰돌이와 시노부 쪽을 바라봤다. 그 순간 바람의 칼날을 곰돌이를 향해 날렸다.

“곰돌이!”

내가 남자에게서 눈을 뗀 순간, 남자가 공격을 가했다.

방심을 유도한 건가?

남자가 순간적으로 간격을 좁혔고, 검이 들이닥쳤다.

나는 쥐고 있던 곰순이 나이프를 곰 박스에 넣고 남자의 검을 흰 곰 장갑의 입으로 받아냈다. 남자가 놀란 눈치였다. 나는 그대로 발차기를 가했다.

남자는 발차기가 닿기 전에 내게 잡혀 있는 검을 떼어내고 뒤쪽으로 도망쳤다.

나는 곰돌이 쪽을 보았다. 남자의 공격을 피한 건지 아무렇지 않아 보였다. 다행이다.

안심한 나는 남자를 노려봤다.

"지금, 무슨 짓을 했는지, 알고 있는 거야?"

"……."

"지금, 해서는, 안 되는 짓을 한 거라고."

"……."

"사람이 봐주니까, 우습게 보다니."

"……."

"시노부, 더는 봐주지 않을 거야."

"……유나."

"곰돌이에게 공격했으니, 그 정도의 각오는 됐겠지."

"유나, 안 돼요."

나는 시노부의 말에 조금은 화를 억눌렀다.

"반죽음이라면 괜찮겠지."

이제, 끝내겠어.

두 번 다시 곰돌이를 공격하게 내버려 두지 않을 거야.

나는 흰 곰 장갑이 물고 있는 검을 버렸다.

이제 와서 사과해봐야 용서하지 않겠어.

나는 남자를 놓치지 않기 위해 커다란 곰 석상을 만들어 냈다.

크라켄을 토벌할 때 만든 곰 울타리다. 그때 정도로 크진 않지만, 남자를 놓치지 않기엔 충분하다.

몇 마리의 곰 석상이 벽으로 이루어져 남자는 곰 석상에 둘러싸였다. 출구는 내 뒤뿐이다. 남자는 바람의 칼날을 곰 석상에 날렸지만, 잘리지 않았다.

"놓치지 않겠다고 했지."

"유나, 기다려주세요!"

시노부가 무언가 말했지만, 들리지 않았다.

나는 달렸다. 남자는 남은 한 자루의 검을 쥐었다. 남자는 검을 휘둘러 바람의 칼날을 날려 보냈다. 나는 흰 곰 장갑으로 바람의 칼날을 분쇄했다. 그대로 곧장 남자에게로 향했다.

남자의 정면으로 다가왔다. 남자가 타이밍을 맞춰 나를 향해 검을 휘둘러 내리쳤다. 곰돌이 나이프로 남자의 검을 쳐냈다. 팔이 위로 젖히고 남자의 몸이 무방비해졌다.

그 무방비해진 몸을 향해 왼손 곰 인형 장갑으로 주먹을 날렸다.

## 478 곰 씨, 시노부의 이야기를 듣다 1

내 곰 펀치가 남자의 몸에 명중하고 남자는 처음으로 얼굴을 고통스럽게 일그러뜨렸다. 내가 그대로 팔을 거칠게 빼내자 남자는 뒤에 있던 곰 석상의 벽까지 날아가 그대로 쓰러졌다.

하지만 남자는 몸을 일으키려 했다.

아직, 움직일 수 있다고?

나는 싸움을 끝내기로 했다.

움직임이 둔해진 남자를 향해 꼬마 곰을 보냈다. 남자는 몸을 일으키는 게 한계인지 꼬마 곰에 붙잡히더니 무게를 견디지 못하고 무릎을 구부린 채 얼굴부터 지면에 처박혔다.

나는 꼬마 곰에게 짓눌린 남자에게 천천히 다가갔다. 그리고 남자의 머리를 억지로 손으로 들어 올렸다.

"내가 이긴 거지. 그럼, 모든 걸 얘기해주실까?"

"……."

남자는 말이 없었다.

"말 안 할 거면 시노부에게라도 들을 건데."

나는 남자에서 뒤에 있는 시노부에게로 시선을 옮겼다.

시노부는 남자를 걱정하고 있었다. 결코, 붙잡았다는 기쁨이 드러나는 표정이 아니었다.

내가 조금 전에 곰돌이의 안전을 확인했을 때, 그 위에 타고 있던 시노부는 분명 남자를 걱정하는 표정이었다.

"시노부, 이 남자랑 어떤 사이야? 지인인 거지."

나는 시노부를 노려보며 물었다.

"미안해요. 전부 유나를 시험하기 위한 연극이었어요."

시노부는 내 앞에 다가오더니, 무릎을 꿇고 손을 땅바닥에 가져간 뒤 머리를 숙였다.

거짓말은 아닌 것 같다.

"나를 시험하기 위함이라고?"

시노부는 얼굴을 들고 내 눈을 보았다.

"유나, 무서워요."

"그거야, 화를 내고 있기 때문이겠지."

"미안해요."

노려보니 시노부의 몸이 위축되었다.

"이분은 제 스승이에요."

"스승? 그래서, 그 스승과 제자인 시노부가 어째서 나를 시험하는 건데?"

"그건 유나에게 이 나라를 구할 힘이 있는지 확인하기 위해서예요."

"…………."

시노부의 갑작스러운 발언에 말이 나오지 않았다. 갑자기 나라

를 구할 힘이 있는지 확인하기 위해서라는 말을 들으면 누구라도 사고가 정지될 것이다.

"나에겐 나라를 구할 정도의 힘은 없어."

"그렇지 않아요. 사쿠라 님이 유나는 이 나라를 구할 빛이라고 말했어요."

"사쿠라 님?"

새로운 인물의 이름이 나왔다.

"누구? 설마 이번 일을 꾸민 사람이야?"

나는 노려보듯 시노부를 바라봤다.

"그건……."

"시노부, 믿게 하려면 숨기지 않고 모든 걸 말하는 게 나아."

꼬마 곰에게 구속된 남자가 시노부를 향해 말했다.

"사부……. 알았어요. 유나, 처음부터 설명할 테니까 들어주세요."

여기까지 왔으니 나도 이유가 알고 싶어졌기에 이야기를 듣기로 했다.

"알았어. 이야기만 들을게."

"고마워요."

시노부는 눈앞에 있던 작은 나뭇가지를 줍더니 지면에 그림을 그리기 시작했다.

위, 아래, 좌, 우로 동그라미 같으면서도 사각형인 것 같은 그림을 그렸다.

"이게 우리가 사는 화의 나라예요."

화의 나라는 네 개의 큰 섬? 대륙? 그런 것들로 이루어져 있었구나.

그리고 시노부는 네 개의 섬의 중심에 작은 동그라미를 그렸다.

"그 화의 나라 중심에 섬이 있고, 그 섬에는 마물이 봉인되어 있어요."

"설마, 그 봉인이 풀렸으니, 마물을 쓰러뜨려달라는 말이야?"

너무 게임에서 흔한 패턴인데.

"아직 봉인은 풀리지 않았어요."

"그럼, 그 봉인이 풀릴 것 같다는 거야?"

내 질문에 시노부는 고개를 끄덕였다.

"가까운 시일 내에 봉인이 풀리고 마물이 부활한다는 미래를 사쿠라 님이 봤어요."

"미래를 봤다고? 그런 게 가능해?"

"이건 일부의 사람만 알 수 있는 사실이니 비밀로 해주세요. 사쿠라 님은 미래에서 일어나는 일을 꿈으로 볼 수가 있어요."

그거는 예지몽을 말하는 건가?

"한 달 정도 전, 사쿠라 님이 꿈에서 마물의 봉인이 풀리고 그 마물이 난폭해져 많은 사람이 죽어가는 걸 봤어요. 처음엔 모두가 반신반의했는데 그 뒤에도 잇따라 같은 꿈을 봤어요. 그래서 섬을 조사한 결과, 일부 봉인이 약해져 있는 게 확인됐죠."

"즉, 그 마물의 토벌을 도와달라는 거야?"

"네."

"그렇지만, 어째서 나야? 화의 나라도 강한 사람은 있을 거 아냐. 시노부의 스승도 강하고 말이야."

나는 꼬마 곰에 의해 몸이 고정된 남자에게 시선을 보냈다.

"있긴 하지만, 무리예요. 마물은 부정적인 감정을 양식으로 성장한다고 전해져요. 그래서 결계 안으로 나쁜 감정이 들어가지 않게 하려고 사람의 출입을 금지해서 결계 안으로는 정해진 사람만 들어갈 수 있게 되었어요."

"정해진 사람?"

"여자만이죠. 그러니 결계 때문에 사부나 실력이 있는 남자들은 섬에는 들어갈 수가 없어요. 마물과 싸울 정도의 실력이 있는 여자는 잘 발견되지 않고요."

그래서 나라는 건가.

응? 지금까지의 이야기를 듣고 몇 가지 의문스럽게 생각되는 점이 있었다.

어째서 나에 대해 알고 있었나.

어째서 내가 이곳에 왔다는 걸 알고 있었나.

어째서 내 실력에 대해 알고 있었나.

여러 가지로 새로운 수수께끼가 나온다. 시노부의 이야기에 따르면 나에 대해 처음부터 알고 접근해왔다는 게 된다.

"어째서 나에 대해 알고 있던 거야?"

크라켄의 사건으로 알았던 걸까 싶었지만, 시노부의 입에서 나온 말은 달랐다.

"사쿠라 님이 꿈으로 봤어요. 그 꿈속에 작지만 굉장히 밝고 예쁘면서 따뜻한 빛이 나왔다고 해요. 사쿠라 님은 희망의 빛이라고 했어요."

"즉, 그 빛이 나라는 뜻이야?"

그것만으로는 나라고 할 수 없다.

애초에 곰 인형 옷을 입은 여자아이가 희망의 빛이라고는 누구도 생각하지 않을 거다.

"그 빛은 짐승 같은 것을 타고 동쪽 바다에서부터 나타난다고 했어요."

바다에서 짐승을 타고 나타난다.

그게, 곰돌이랑 곰순이를 탄 나라고?

시노부는 조금 전 지면에 그린 화의 나라의 지도 중 한 곳을 작은 나뭇가지로 가리켰다.

"그걸 들은 국왕은 병사를 항구에 집결시켜 맞이하기로 했어요."

"병사라니……."

"봉인된 마물에 대응할 수 있고, 짐승을 탄 자가 나타난다는 말을 들은 뒤의 대처예요. 어떤 무서운 게 올지 몰랐으니까요."

내가 무슨 괴물이냐!

"하지만, 병사를 배치한 다음 날, 사쿠라 님의 꿈에서 빛이 멀리 사라져버렸대요."

혹시 그 빛이 나라면, 항구에 병사가 가득 있어서 귀찮아질 거라 생각하고 되돌아갔을지도 모른다.

"그 뒤로 여러 안이 나왔어요. 다른 사람이 만나러 가거나, 사부가 만나러 가거나 하는 식이었죠. 하지만 빛이 가까워지는 일은 없었어요."

어쩐지 수상쩍어서 다가가지 않았을지도 모른다.

"그러다 제가 뽑히게 되었어요. 그랬더니 믿기지 않지만, 짐승을 탄 빛은 사라지지 않았다는 거예요."

그래서 시노부가 나에게 다가왔던 거로군.

"그래서 며칠 전부터 항구가 보이는 고지대에서 바다를 보고 있었더니 바다 위를 달려오는 곰과 유나를 발견한 거죠. 그때는 놀랐어요. 정말로 바다에서 짐승을 탄 인물이 나타났으니까요. 심지어 그 곰을 탄 건 귀여운 곰 옷차림을 한 여자아이라니. 정말이지 혼란스러웠어요. 저는 굉장히 강해 보이는 인물을 상상했거든요."

"미안하게 됐네. 이런 차림이라."

시노부는 내 복장을 보고 조금 웃음을 지어 보였다.

"그래서 정말로 사쿠라 님이 말하는 희망의 빛이 유나인 건지 판단이 서질 않았어요. 그런데도 어떻게든 확인을 해야겠다고 생각하고 유나를 관찰한 거죠. 그랬더니 유나는 군것질을 하거나,

다다미를 대량으로 사거나 했죠. 도무지 나라를 구할 희망의 빛으로는 보이지 않았어요."

몰랐다. 화의 나라에 온 뒤로 계속 내 행동을 보고 있었구나.

"그럼, 모험가 길드 때도?"

"맞아요. 유나가 의뢰를 받아서 실력을 알 기회라고 생각했죠. 하지만 의뢰자가 거절할 것 같아서 제가 참가하기로 한 거고요. 저는 모험가로서는 나름대로 이름은 알려져서 제가 있으면 거절당하진 않을 거라 생각했어요."

"그래서 내가 시노부에게 의뢰를 양보하려고 했을 때, 내가 없으면 의미가 없다고 한 거구나."

그때의 대화가 떠오른다.

"맞아요. 유나의 실력을 알고 싶었던 거니까 유나가 의뢰를 포기한다면 의미가 없어지죠. 그땐 당황했다고요."

"이야기는 대충 알겠는데. 어째서 이런 연극 같은 걸 한 거야? 평범하게 부탁하면 되잖아."

"물론, 처음엔 그럴 생각이었어요. 하지만 일부, 반대하는 사람이 있었어요. 본 적도 없는 사람인데 정말로 실력이 있는 거냐, 객지의 사람은 믿을 수 없다 하는 식이었죠. 마물이 봉인된 땅에 들여도 되는지에 대해서도 여러 의견이 나왔어요. 그런 얘기를 할 상황이 아니라고 생각했지만, 그 사람이 어떤 사람인지 알지 못하는 상황이어선 이야기가 진행되지 않았죠. 그래서 실력을 알

기 위해 국왕 앞에서의 무술 경기를 하자는 이야기가 나왔는데, 그랬더니 사쿠라 님의 꿈에서 빛이 사라졌어요."

아아, 그런 남을 시험하는 듯한 시합을 하라고 하면 거절할 자신이 쉽게 상상된다.

"그래서 여러 생각한 끝에 이 나라의 실력자인 사부가 싸워서 유나의 힘을 시험하게 되었죠. 하지만 본 실력을 알기 위해선 진심이 되어야 했어요. 그래서 어떻게 확인할지 얘기해보니 연극을 꾸미기로 하게 되었던 거죠."

"그럼, 시노부의 부친이 살해당했다는 건."

"미안해요. 거짓말이에요. 하지만 예전에 아버지가 사부와 싸우고 졌다는 건 사실이에요. 거기에서 이야기를 만든 거죠."

"그래도 그런 거라면 어째서 복수가 아니었던 거야? 붙잡는 거였어?"

"그건 죽인다는 말이 들어가면 빛은 사라졌기 때문이죠. 그래서 붙잡기만 하는 거로 했던 거예요."

확실히 본 적도 없는 타인의 복수에 손을 빌려주고 싶진 않다. 하물며 살해를 돕는 것 따윈 하지 않을 거다.

거절했을 가능성이 크다. 아니, 틀림없이 거절했을 것이다.

"하지만, 시노부와 저 스승은 진심으로 싸웠던 거 아냐?"

두 사람의 싸움은 연극으로는 생각되지 않았다.

정말로 상처를 입고, 시노부는 정말로 살해당할 뻔했다.

"진심이에요. 목숨을 건 싸움이었어요. 그게 빛이 사라지지 않는 방법이었거든요. 그 싸움의 결과, 저나 사부가 죽었을지도 모르죠. 하지만 그 외의 방법을 모색할 시간이 우리에게는 없었어요."

예지몽이라면 자야 한다. 곧바로 몇 번이나 할 수 있는 게 아니다.

"그렇다고 사부가 제자를 죽이려고 하다니."

나는 남자에게로 시선을 보냈다.

"사부에게 화내지 말아 주세요. 저도 사부를 죽일 작정으로 싸운 거니까. 게다가 사부도 유나에게 죽임을 당할 각오로 유나의 실력을 끌어낸 거예요. 저도 사부도 죽을 각오는 했었어요. 그래서 이 나라가 구해진다면, 충분하죠."

"하아."

한숨만 나온다.

"내가 만약 시노부가 죽은 뒤에 이 이야기를 들어도 도와줄 거라고 생각한 거야?"

분명 기분이 나빠져서 크리모니아로 돌아갔을 것이다.

"모르죠. 다만, 저도 사부도 살아 있잖아요. 그리고 유나는 이야기를 들어주고 있고요. 유나에게는 사쿠라 님과 국왕님을 만나 이야기를 들어줬으면 좋겠어요."

시노부는 땅에 손을 대고 머리를 숙였다.

꼬마 곰 때문에 움직이지 못하는 남자도 함께 고개를 숙였다.

"그런데, 나에게 진심을 끌어내기 위해서 곰돌이에게 공격했다

는 건 용서할 수 없어."

"그건, 제가 막을 생각이었어요. 하지만 곰돌이가 쉽게 피하긴 했지요."

"크~응."

내 옆에 있는 곰돌이가「간단했어」라며 자랑스러운 표정을 짓고 있었다.

나는 당신을 걱정해서 화를 내는 거라고요. 그 누그러진 얼굴은 뭐야?

# 479 곰 씨, 시노부의 이야기를 듣다 2

대체적인 이야기는 이해했다.

사쿠라 님이라는 사람이 예지몽으로 빛의 희망이라고 여겨지는 짐승을 탄 인물을 봤다. 그게 나다. 그래서 마물을 무찌를 희망의 빛인 나에게 접근을 하려고 했다. 하지만 그 접근하는 방식에 따라서는 희망의 빛인 나는 사라지기도 했다. 심지어 접촉하는 방법을 생각할 시간도 없어서 이런 형식이 되어버렸다는 거지.

"연극이라는 건 알았는데. 설마, 만나는 타이밍부터 전부?"

"유나를 만나기 전부터 정해져 있었던 거예요. 그러니 유나가 이렇게 귀여운 여자아이라서 처음엔 당황했고요."

뭐, 귀엽다는 건 둘째 치고, 곰 인형 옷이라서 당황했겠지.

"정말로 유나에게는 미안하게 생각해요."

시노부는 머리를 숙이며 사죄했다.

이런 복잡한 일은 하지 않고 이야기를 해줬어도 됐을 텐데. 내가 이야기를 듣고 순순히 도왔을지는 모르겠지만.

처음 만난 사람에게 당신은 나라를 구할 희망의 빛이니 왕을 만나주세요, 사쿠라 님을 만나주세요, 라는 말을 갑자기 듣는다면 거절할 거라 생각한다.

아니면 수상쩍은 것에 엮이고 싶지 않아서 도망칠 가능성이 크지.

자신의 공략 루트를 생각해보니, 귀찮은 성격이어서 간단하게 떠오르지 않았다.

난공불락의 히로인 캐릭터 같군.

이번 일은 여러 인물의 생각과 의견도 있고, 복잡해져 버려서 이렇게 얽히게 되었다고 생각하기로 했다. 이유는 이해가 가지만, 시험당한 본인으로선 기분이 좋지는 않네.

하지만 눈앞에 있는 엉망진창이 된 시노부의 모습을 보니 이야기를 안 들어줄 수가 없었다.

그렇게 생각하니 현 상황이 내 공략 루트였던 걸지도 모르겠다 싶었다.

“그래서, 그 사쿠라 님이라는 건, 누구야?”

“이 나라의 무녀세요.”

“무녀는 모두 특별한 힘을 가지고 있는 거야?”

만화나 소설에 나오는 무녀는 뭐가 됐건 신기한 힘을 가지고 있는 경우가 많다.

“특별한 힘을 가지고 있는 건 사쿠라 님뿐이에요.”

예지몽인가. 이쪽 세계에도 그런 능력을 지닌 사람이 있구나.

하지만 그 사쿠라 님도 불쌍하게 여겨지는 점이 있다.

꿈이라곤 해도 사람이 몇 번이나 죽는 걸 보는 건 괴롭겠지. 어쩌면 지인이나 소중한 사람이 죽는 모습을 몇 번이고 볼지도 모른다. 그게 정말로 일어날 미래의 광경이라면 악몽이었을 것이다.

정신이 버텨내지 못해도 이상한 일이 아니다.

만약 내가 곰돌이나 곰순이, 피나가 죽는 법한 광경을 몇 번이나 본다면 정신이 돌아버릴지도 모른다. 그걸 한 달 가까이 봤다. 조금 동정하게 된다.

그중에 희망의 빛이 있다면 매달리고 싶은 심정도 이해 안 되는 건 아니다.

하지만, 조금 더 어떻게 할 수 없었던 걸까.

“그래서, 사쿠라 님과 국왕님을 만나줄 건가요?”

“시노부는 정말로 내가 그 봉인된 마물과 맞설 수 있을 거라 생각해?”

“사쿠라 님이 희망의 빛이라고 했어요. 그 말을 믿고요.”

“하지만 나를 믿지 않는 사람들도 있잖아?”

“사부를 이겼잖아요. 아무도 불만을 토로하진 않을 거예요. 말하게 놔두지 않을 거고요!”

시노부는 진지한 눈으로 나를 본다.

“시노부 일행이 아무리 말한다고 해도 나 같은 곰 옷차림을 한 여자가 강할 거라곤 누구도 믿지 않을 거야.”

“그 점은 괜찮아요. 저희의 싸우는 모습을 보고 있던 사람이 있었거든요. 그 사람에게서 보고가 올라가면 아무도 뭐라고 하지 않을 거예요. 그게 이번 약속이었고요.”

“싸움을 보고 있었다고?”

"세 명은 있었어요."

보고 있었구나.

원래라면 거절하고 싶다.

하지만 나라의 운명이 걸렸다고 하니 거절하기 어려웠다.

게다가 새삼 시노부를 보니 몸 이곳저곳이 상처로 너덜너덜했다. 얼굴은 더러워지고, 옷은 잘려 나가, 쓸린 상처도 있었다. 보이지 않는 부분도 상처가 있을 것이다. 목숨을 건 연극. 그렇게 생각하니 더욱 거절할 수 없었다.

"하아."

한숨만 나온다.

"알았어. 그 사쿠라 님을 만나긴 할 건데, 받아들일지는 모르겠어."

모든 건 이야기를 들은 뒤다.

자세한 이야기를 듣지 않고서는 이야기가 진행되지 않고, 모호한 마음도 사라지지 않는다.

모든 건 사쿠라 님이라는 사람을 만난 뒤다.

"고마워요."

시노부는 몸을 일으키더니 나에게 안겨들었다.

"알았으니까 떨어져. 그리고 상처를 처리해야지."

"미안해요."

시노부는 순순히 떨어졌다.

나는 젖은 수건을 준비하고 시노부의 얼굴을 닦아주었다.

"상처는 괜찮은 거야?"

"괜찮아요. 아까도 말했지만, 미스릴 체인 메일을 입고 있어서 치명상을 입진 않았어요."

그래도 방어구를 하지 않은 곳에는 상처가 있었다.

"카마이타치 때는 입지 않았지."

"그땐 준비를 하지 않았거든요. 사부와 목숨을 건 싸움을 하려면 필요하잖아요."

시노부가 남자 쪽으로 시선을 보내니 남자는 미안하다는 듯 입을 열었다.

"미안하지만, 슬슬 이 곰을 떨어뜨려 주지 않겠나?"

앗, 남자의 존재를 까맣게 잊고 있었다.

나는 시노부의 스승인 남자, 쥬베이 씨에게 착 들러붙은 꼬마 곰을 떼어냈다.

가벼워진 남자는 몸을 일으켰다.

"다시 한 번 고맙단 말을 하겠네. 시노부를 구해줘서 고마워. 시노부를 죽이지 않고 끝낼 수 있었어."

"연기라도 달리 방법이 있었을 거라고 생각해요."

"미안하네. 아까 시노부가 말한 대로 달리 방법이 없었어. 이외에도 길은 있었을지 모르지. 하지만 그 길을 우리는 찾지 못했네. 아가씨를 불쾌하게 만든 점은 깊이 사죄하네."

남자는 그렇게 말하더니 깊숙이 고개를 숙였다.

아마도 나라의 미래와 자신과 시노부의 목숨을 저울질 한 거겠지. 일반적으로 생각하면 제자이기도 한 여자아이를 죽이고 싶다고 생각할 사람은 없을 것이다.

"그리고 아가씨의 소중한 곰을 공격해버린 것도 사죄하지. 속이 덜 풀렸다면 더 때려줘도 되네. 팔을 부러뜨리고 싶다면 부러뜨려도 좋아. 목숨을 원한다면 내주겠네. 그러니……."

남자는 진지한 표정으로 말했다. 농담이 아니라 진심이다.

"그런 건 필요 없어요. 아까도 말했지만, 그 사쿠라 님이라는 사람을 만나긴 할 건데, 받아들일지 어쩔지는 별개의 이야기예요."

그 사쿠라 님을 동정하지만, 사람을 사람으로도 생각하지 않는 인간이라면 시노부의 부탁이라도 받을 생각은 없었다. 도망치려면 곰 이동문을 설치하면 가능하다.

바다 위로 도망가도 간단하다.

"사부, 응급조치할게요."

"미안하네."

남자도 몸에 체인 아머를 입고 있었고, 그래서 곰 펀치를 견뎌낼 수 있었던 모양이다.

"혹시 말인데, 팔 갑옷이 미스릴 재질이라고 일부러 알려준 것도—."

"아아, 진심으로 공격을 하길 원해서 말한 거야."

시노부가 쥬베이 씨의 응급조치를 시작했다.

시노부도 상처를 입었는데.

나는 조금 생각하고 두 사람 앞에 다가섰다.

"유나?"

"내가 치료해줄게."

나는 쥬베이 씨의 상처 입은 곳에 곰 인형 장갑을 가져갔다.

곰 인형 장갑으로 때린 팔과 복부가 부어 있었다.

"부기가 가라앉고 있어요."

"움직이면 조금 아플지도 모르지만, 그대로 놔두는 것보다는 아픈 건 줄어들 거야."

전에 피나의 상처 등을 치료한 적이 있지만, 약간의 고통은 남아있었다고 했다.

스스로 다쳐서 사용한 적은 없기도 하고, 달리 치료 마법을 사용한 경우는 벌꿀 나무에 있던 곰 정도다. 그래서 상처를 치료한 후의 상태는 그다지 파악하고 있지 않다.

"시노부도 상처가 있으면 보여줘."

"괜찮나요?"

"여자니까 상처가 남으면 곤란하잖아. 그리고 보답을 하고 싶다면 이 사실은 비밀로 해주면 돼."

나는 쥬베이 씨의 상처를 치료한 후, 시노부의 상처도 치료했다. 두 사람 모두 커다란 상처 같은 건 없었고 작은 상처는 말끔하게 사라졌다.

"고마워요."

"고맙네."

두 사람은 고개를 숙여 감사 인사를 했다.

"그럼, 나머진 주변을 치우고 돌아갈까요."

두 사람의 상처를 치료한 나는 곰 석상과 마법으로 파괴한 뒤처리를 했다. 아무리 그래도 이대로 놔두고 갈 수는 없으니까 말이다.

정리를 마친 우리는 두 사람의 신분을 확인하기 위해 모험가 길드로 향하게 되었다.

갑자기 사쿠라 님과 국왕이 있는 곳으로 가면 내가 불안해할 거라고 생각한 건지 모험가 길드에서 신분을 증명하겠다고 했다.

아마도 마음을 써주는 거겠지.

"어머, 쥬베이 씨, 시노부 씨."

접수대 아가씨는 남자를 쥬베이라고 불렀다. 본명이었던 모양이다.

"게다가 며칠 전의 귀여운 곰 아가씨도 같이 계시네요."

접수대 아가씨는 아무렇지 않게 남자와 시노부에게 말을 건넸다.

며칠 전, 카마이타치의 의뢰를 받았을 때의 접수대 아가씨다.

"그런데 쥬베이 씨와 시노부 씨, 어째서 옷이 찢기고 더러워져 있는 거예요?"

참고로 곰 장비는 더럽혀지지 않아서 나는 깔끔한 상태다.

"잠깐 일을 마친 후라서요."

시노부는 얼버무리는 듯 웃으면서 대답한다.

뭐, 거짓말은 하고 있지 않았다.

쥬베이 씨와 싸우는 게 일이었지.

"쥬베이 씨와 시노부 씨의 옷이 상처 날 정도의 상대인가요. 어떤 흉악한 상대와 겨룬 거예요?"

흉악이라니.

시노부의 상대는 쥬베이 씨지만, 그 쥬베이 씨를 다치게 한 건 나다.

"아뇨, 그건 비밀이에요."

"뭐, 두 분의 입장이라면 말 못 할 것도 있을 테니, 무리는 하지 말아주세요."

접수대 아가씨의 말을 통해 그녀가 두 사람에 대해 그 나름대로 알고 있음을 알 수 있었다.

"그래서, 이런 시간에 쥬베이 씨랑 같이 어쩐 일이세요? 혹시 시노부 씨, 그 곰 여자아이에게 민폐를 끼친 거예요?"

"너무하시네요. 그런 짓은 안 했어요."

아니, 충분히 민폐를 끼치고 있어. 게다가 앞으로 더 귀찮은 일에 엮이게 만들려고 하고 있잖아.

"그런가요? 너무 쥬베이 씨나 다른 사람에게 민폐를 끼치면 안

돼요."

접수대 아가씨는 친근하게 대화를 나눈다.

지금 되돌아 생각해보면 쥬베이 씨에 대해선 알려져 있으니까 초상화는 아무에게도 보이면 안 됐던 걸지도 모른다.

시노부는 다른 사람에게 초상화를 보여주거나 묻지 않았다.

"그럼, 오늘은 어쩐 일이세요?"

"아니, 나와 시노부에 대해서 이 곰 아가씨에게 설명해줄 수 있나 싶어서 말이야."

"설명이요? 앗, 역시, 시노부 씨, 무슨 일 저지르셨죠. 그래서 쥬베이 씨에게 혼나고 보호자로서—."

"그러니까, 아, 아니라니까요."

시노부는 손을 크게 휘저으며 부정했다.

"정말인가요?"

접수대 아가씨는 의심의 눈초리로 시노부를 보았다.

"정말이에요."

하지만 접수대 아가씨의 말이 꼭 틀린 것도 아니었다.

"그래서, 제가 두 사람에 대해 설명을 하면 되나요?"

"부탁하지."

쥬베이 씨는 접수대 아가씨에게 고개를 숙였다.

"상황은 잘 모르겠지만, 알겠어요. 쥬베이 씨는 이 나라의 무장님이세요."

무장. 꽤 지위가 높은 사람이었던 모양이다.

"시노부 씨는 모험가고, 쥬베이 씨의 제자? 부하?"

접수대 아가씨는 조금 고개를 갸웃거린다.

"양쪽 모두 맞는데."

"정말로 시노부의 스승이었구나."

하지만 제자보다는 부하 쪽이 적합한 것 같다.

"안 믿고 있었어요?"

"그야, 싸우는 방식이 전혀 달랐으니까."

시노부는 닌자처럼 단도로 싸우고, 쥬베이 씨는 무장이며, 다루는 무기도 다르다.

"무기를 다루는 건 아버지에게 배웠지만, 싸우는 방식 같은 건 사부에게 배웠어요."

"이미 기본기가 다져져 있어서 무리하게 바꿀 필요는 없었거든."

쥬베이 씨가 대답했다.

그럼, 부친이 닌자?

그 뒤, 길드 카드의 확인 등을 거쳐 쥬베이 씨와 시노부는 자신들을 증명했다.

그날 밤, 이야기를 마치고 다음 날 사쿠라 님이 있는 수도? 왕도? 도시?로 향하게 되었다.

## 480 곰 씨, 사쿠라 님을 만나러 가다

다음 날, 나는 사쿠라 님이라 불리는 무녀와 이 나라의 국왕을 만나기 위해 여관을 나섰다.

“온천도 기분 좋았고, 요리도 맛있었어.”

나는 며칠 신세를 진 코노하에게 감사 인사를 했다.

“그렇게 말씀해주시니 기쁘네요.”

코노하가 「또 와주세요」라고 말했다. 다음엔 피나와 같이 오고 싶다.

그리고 시노부와 쥬베이 씨는 각각의 말을 탔고, 나는 곰순이를 타고 출발한다.

“오늘은 곰순이네요.”

“그렇지.”

어젯밤, 곰돌이만 소환하여 곰돌이만 걱정했더니 곰순이가 토라져 버렸었다.

그땐 시노부를 두고 갈 수는 없었기도 하고 곰돌이를 소환한 것도 곰돌이 쪽이 시노부에 대해 알고 있을 거로 생각했기 때문이었다. 그리고 곰돌이가 공격을 당했으니 걱정한 것뿐이다.

하지만 곰순이는 외톨이가 되었다고 생각한 모양이다. 그래서 오늘은 곰순이를 소환했다.

"그건 그렇고 유나는 유명인인 모양이에요."

"무슨 말이야?"

"사실은 유나에 대해 아는 모험가에게 이야기를 살짝 들었거든요."

이 마을에 나에 대해 아는 모험가가 있을 리 없다고 생각했지만, 처음 모험가 길드에 갔을 때의 일이 떠올랐다.

블러디 베어라는 말. 한 명의 남자가 나를 보고 중얼거렸다.

"다른 대륙에서 왔다고 했어요. 유나는 그곳에서 강한 마물을 쓰러뜨렸다고 하더라고요."

설마, 여러 가지로 알려진 건가?

애초에 그 모험가가 어디까지 알고 있느냐에 따른다.

크리모니아만이라면 타이거 울프와 블랙 바이퍼 정도다. 크라켄은 알려지지 않았겠지? 거대 스콜피온은 알 턱이 없고 말이다.

"지금 생각해보면 길드 카드를 확인해 보면 좋았을지도 모르겠네요."

그랬어도 길드 카드의 내용은 알리고 싶지 않으니 정중히 거절했을 거다. 갑자기 길드 카드의 내용을 보여 달라고 해봐야 내 성격이라면 절대로 보여주지 않을 것이다. 수상함이 100배인 시노부라면 더욱더 그렇다. 물론 다른 사람에게 부탁을 받았어도 보여줄 일은 없을 테지만.

그렇게 생각하면 역시 나를 공략하는 건 어려운 걸까?

"그러고 보니 쥬베이 씨, 안대는 항상 하는 거예요?"

쥬베이 씨는 안대를 착용하고 있었다. 어제의 모습으로 봤을 때 딱히 상처 때문에 하는 게 아니었다.

"이건 자신의 수행이 되기도 하고 상대의 실력을 측정하기에도 적당해서 기본적으론 착용하고 있지."

"부하나 제자의 실력을 측정하기에 좋다네요. 그래서 처음엔 사부의 안대를 벗기는 게 부하나 제자의 목표가 되죠. 그런 뒤 사부의 삼단 찌르기를 피하고, 이도류, 마법으로 점점 강해져 가는 거고요."

서서히 능력 향상을 하는 거냐. 어딘가의 배틀 만화 같다.

"원래는 사부의 이도류까지 끌어내고 유나에게 보여주고 싶었어요."

"그런데 나의 실력을 보려면 쥬베이 씨의 싸움을 보여주는 건 의미가 없지 않나?"

"그렇지 않아요. 유나가 사부의 싸움을 보고 도망치려고 했다면 포기했을 거예요. 사람 하나 구하지 못하는 자는 나라를 구할 수 없다는 판단 기준이 있었거든요. 그렇지만, 유나는 저를 구해줬죠."

시노부가 기뻐했다.

"게다가 싸움을 보여주고 대응력도 보고 싶었어. 아가씨는 보기 좋게 대응했지."

아무래도 모든 행동이 시험이었던 모양이다.

그건 그렇다 쳐도 그때의 말투는 묘하게 얕보는 느낌이었는데, 쥬베이 씨의 말투는 이쪽인 모양이다. 연기자로서의 재능도 있는 것 같다.

정말로 전투광이라고 생각했을 정도다.

그리고 우리가 곰과 말을 타고 달리자 점심 전에 사쿠라 님이라 불리는 무녀가 있는 왕도? 도시가 보였다.

"저곳에 사쿠라 님과 국왕님이 계세요."

과연, 어떤 인물일까?

건방지고 열 받는 인물이라면 곧바로 돌아갈 생각이다.

예의가 갖춰지지 않은 사람의 부탁을 들을 생각은 없다. 나는 용사도, 영웅이 되고자 하는 마음이 있는 것도, 불쾌한 경험을 하면서까지 남을 구하는 박애주의자도 아니다.

"그러고 보니, 미리 말해두는 건데. 그 무녀님이랑 국왕이라는 분이 나를 보고 웃으면 돌아갈 거야."

나는 못을 박아두었다.

남에게 무언가를 부탁하려거든, 최소한의 매너는 지켜줬으면 싶었다.

시노부는 흘깃 쥬베이 씨 쪽으로 시선을 옮겼다.

"국왕님께 연락을 넣어둘 테니 괜찮아."

그런 말은 안 하는 게 좋지 않나?

심지어 내 앞에서 말하다니.

"이대로 들어가도 돼?"

나는 곰순이에게로 시선을 보냈다. 그러자 두 사람 모두 곰순이를 바라보았다.

"어떨까요?"

"내가 있으면 괜찮긴 하겠지만, 소란스러워질 수도 있겠군."

"하지만 뭐가 됐든 유나의 옷차림은 눈에 띄잖아요. 유나는 마을을 걷기만 해도 주목받았다고요."

시노부는 함께 쥬베이 씨를 찾았을 때의 일을 말하고 있는 것 같다.

뭐, 그때도 주민들에게 시선을 받고 있었으니까.

"그렇다면, 유나는 내 하야테마루를 같이 탈래요?"

시노부는 하야테마루의 목덜미를 쓰다듬는다.

확실히 말이라면 덜 눈에 띄려나?

내가 그런 생각을 하고 있는데 곰순이가 쓸쓸히 「크~응」하고 운다.

그렇게 슬퍼하지 마.

그리고 생각한 결과.

곰순이를 작게 만들기로 했다.

"유나의 곰은 작아질 수도 있나요?!"

송환시킬지, 꼬맹이화에 대해 시노부와 쥬베이 씨에게 알려줄

지. 곰순이의 기분을 두고 저울질한 결과, 꼬맹이화 시킨 곰순이와 함께 있기로 했다.

시노부와 쥬베이 씨는 놀란 얼굴로 꼬맹이화 된 곰순이를 보았다.

"내 곰순이는 특별한 곰이거든."

"혹시, 성수인가요?"

신님에게 받았으니 굳이 따지자면 신수일지도 모르겠다.

뭐가 됐든, 시노부에게 그 사실을 말할 생각은 없었다.

나는 곰순이를 안고서 하야테마루에 올라탔고, 시노부는 내 뒤에 탔다.

마차에는 타본 적이 있지만, 말을 타는 건 처음이다.

우리를 태운 하야테마루는 문을 향해 걷기 시작한다.

"유나."

"왜?"

"부드러워서 기분 좋아요."

시노부가 내 몸에 밀착해온다.

나는 뒤를 돌아보곤 시노부를 노려본다.

"이상한 짓 하면 때릴 거야."

"………."

"뭐야, 그 침묵은?"

"으으, 알았어요. 그렇게 노려보지 마세요. 이제 아무 짓도 안 할 테니까."

시노부가 아쉬워했다.

그리고 우리는 길드 카드의 점검을 받고 문을 통과한다.

물론 문지기가 놀란 듯 쳐다봤지만, 쥬베이 씨와 함께 있었던 것도 있어서 말을 걸어오는 일도, 저지당하는 일도 없었다.

"유나, 텟세라에 온 걸 환영해요."

왕도라고 해야 할지, 도심이라고 해야 할지, 화의 나라 텟세라에 도착했다.

아무리 그래도 에도나 교토라는 이름은 아닌 모양이다.

그리고 내 시야에는 수도답다고 해야 할까. 일본풍의 광경이 펼쳐졌다. 그 너머에 플로라 님이 사는 서양풍의 성과는 다른 성이 보였다. 일본의 성에 가까웠다.

일본의 성은 원래 세계에 있었을 때도 안에는 들어간 적이 없었다. 초등학교의 소풍 등으로는 가지 않았고, 중학생 때는 방에 틀어박혀 있었다. 혼자서 성을 구경하는 취미는 갖고 있지 않았다. TV나 인터넷에서 본 적이 있는 정도였다.

"저 성에 사쿠라 님이 있는 거야?"

"아뇨. 사쿠라 님은 다른 곳에 계세요."

조금 아쉽다. 성 안으로 들어가 보고 싶었다.

"하지만, 국왕님은 계세요."

뭐, 그건 그렇겠지. 그럼, 국왕을 만날 때는 성 안으로 들어갈 수가 있나?

"그건 그렇고, 시선을 모으고 있네요."

"그러게, 쳐다보고 있어."

시노부와 쥬베이 씨가 주위를 본다.

주위 사람들은 나를 보고 있다. 꼬맹이화 된 곰순이가 아니라 역시, 내가 시선을 모으고 있다.

"시노부, 나는 성에 보고하러 가도록 하지. 너는 사쿠라 님이 계신 곳으로 안내해줘."

쥬베이 씨는 그렇게 말하더니 말의 옆구리를 가볍게 찼고, 말은 성을 향해 달려간다.

"아아, 사부, 너무하세요!"

시노부의 목소리를 무시하고 쥬베이 씨의 모습은 사라져간다.

우리는 덩그러니 남겨진다.

"보고는 필요하긴 해도, 저건 도망가는 거예요."

즉, 주목의 표적인 나와 같이 있고 싶지 않았다는 의미?

"그럼, 우리도 사쿠라 님이 계신 곳으로 서둘러 가보죠."

시노부는 조금이라도 시선에서 벗어나기 위해 하야테마루의 옆구리를 가볍게 차고 말을 달리게 한다.

마을 안을 말이 천천히 뛰고 있다.

바다 근처에 있던 마을보다 사람도 많고 건물도 많았다.

"그렇게 신기해요?"

내가 이리저리 좌우로 고개를 보내며 보고 있는데 물었다.

“내가 사는 곳이랑 전혀 달라서 말이야.”

원래의 세계에서도 내 집 주변에는 맨션이나 빌딩이 많았지 이런 일본풍 건축은 없었다.

“그렇군요. 저도 언젠가는 유나가 사는 나라에 가보고 싶어요.”

뭐, 얼마나 떨어져 있는지는 모르겠지만 간단하게 오갈 수는 없을걸.

우리를 태운 하야테마루는 앞으로 나아갔다.

“그래서, 그 사쿠라 님이 있는 곳은 아직이야?”

서서히 통행이 적어졌다.

조금 전부터 기다란 담장 옆을 걷고 있었다.

“이미 도착은 했는데, 입구가 저 끝이에요.”

“설마, 이 벽 너머야?”

“맞아요.”

아무래도 광대한 크기의 집에 사는 모양이다.

그리고 잠시 걷자 이 담장 안으로 들어가는 입구가 보였다. 입구에는 창을 든 문지기가 두 사람 서 있었다.

문지기는 흘깃 나를 보았지만, 곧바로 시노부 쪽을 보았다.

“시노부 님, 기다리고 있었습니다. 사쿠라 님이 기다리고 계십니다.”

“알겠어요. 유나, 여기서부터는 걸어가죠.”

나와 시노부는 하야테마루에서 내린다.

"이것도 꿈에서 본 거야?"

작은 목소리로 시노부에게 묻는다.

우리가 올 걸 알고 있던 모양이다.

"아니에요. 어제 연락했죠."

시노부는 하야테마루를 송환하고 문을 통과한다.

문지기는 수상쩍은 걸 보는 것처럼 나를 보았지만, 아무런 말도 듣지 않고 통과할 수 있었다.

문을 너머 안으로 들어서자 넓은 정원이 펼쳐지고 걸어가는 방향에는 커다란 건물이 있었다.

전에 TV에서 본 적이 있다. 무가의 저택이라고 하는 건가.

우리는 그대로 건물 안으로 들어가 복도를 걸었고, 시노부는 한 미닫이문 앞에서 멈춰 섰다.

"시노부입니다. 유나를 데리고 왔어요."

"들어오세요."

안에서 목소리가 들리자 시노부는 미닫이문을 열었다. 그 열린 미닫이문 너머는 넓은 다다미 방으로 되어있었고, 그 방구석에 하얀 무녀 옷차림으로 몸을 휘감은 사람이 앉아있었다.

저게 사쿠라 님?

자세히 보니, 작다.

설마, 어린아이?

# 481 곰 씨, 사쿠라와 얘기하다

다다미가 깔린 널찍한 방 가장 구석에 흰색 무녀복을 입은 여자아이가 한 명, 앉아있었다.

"사쿠라 님, 돌아왔습니다."

"시노부, 부상은?"

무녀 복 여자아이가 몸을 일으켜 시노부를 걱정했다.

"괜찮아요. 쌩쌩해요."

시노부는 그 자리에서 앞으로 공중제비를 하고 백 텀블링을 해 보였다.

정말로 날렵해서 닌자 같았다.

실제로 큰 상처는 없기도 했고, 마법으로 고치기도 했다. 통증이 있다고 해도 크진 않을 거다.

"다행이야."

여자아이는 안심한 듯 고쳐 앉았다.

나와 시노부는 여자아이 앞으로 다가갔다. 여자아이 앞에는 방석이 놓여 있었다. 나에게 앉으라고 권유했다.

"유나, 소개할게요. 사쿠라 님이에요."

"사쿠라라고 합니다."

사쿠라는 조금 전의 시노부를 걱정하면서 보인 제 나이에 어울

리는 표정과는 달리 진지한 얼굴로 인사했다.

나이는 피나와 비슷해 보였다.

조금 전 시노부에게 보인 표정은 사라지고, 예쁘장한 용모와 늠름한 분위기로 등을 꼿꼿이 세우며 나를 바라보았다.

긴 검은 머리가 흰 무녀복에 닿아 신비한 분위기가 느껴지는 여자아이였다.

하지만 예지몽을 보는 무녀가 이렇게 어린 여자아일 줄은 몰랐다.

"알고 있겠지만, 나는 유나. 이 아이는 곰순이야."

나는 안고 있는 꼬맹이가 된 곰순이를 소개했다.

"유나 님께 불쾌한 일을 겪게 만들었습니다. 죄송합니다. 이런 식으로 불러들인 점에 대해서도 진심으로 사과드립니다."

사쿠라는 어린애에겐 어울리지 않는 말투로 사죄하며 손을 앞으로 모아 고개를 다다미에 닿을 때까지 깊게 숙였다.

"이제, 됐어. 고개 들어."

어린애에게 고개를 숙이게 만드는 것 같아 마음이 불편하다. 내 말에 사쿠라는 천천히 고개를 든다.

"고맙습니다."

"그렇다고 해서 의뢰를 받겠다고 정한 건 아니야. 시노부가 목숨을 걸면서까지 열심이니까 이야기를 들으러 온 것뿐이지."

그리고 예지몽에 대한 것도 궁금했다.

"네, 시노부가 힘든 역할을 맡아준 것에는 감사하고 있습니다."

“그렇지 않아요. 사쿠라 님의 고생에 비해서는 그리 큰일도 아니죠.”

“시노부, 고마워.”

사쿠라는 시노부를 향해 미소 지었다.

사쿠라는 내 쪽을 보더니, 긴장한 듯한 표정을 보였다. 그렇게 내가 긴장하게 만드나. 쉬운 캐릭터는 아니지만, 긴장할 법한 복장은 아닌 것 같은데.

사쿠라는 작게 한숨을 내쉬고 무언가를 결심한 듯 입을 열었다.

“유나 님, 손을 만져봐도 될까요?”

“손을?”

나는 곰 인형 장갑을 빼끔거려 보였다. 하지만 사쿠라의 반응은 진지한 표정에서 변함이 없었다. 딱히 내 곰 인형 장갑에 흥미를 느끼고 만져보고 싶어서 그러는 건 아닌 모양이다.

“네, 민폐가 아니라면 부탁드립니다.”

사쿠라는 고개를 숙였다.

“이상한 건 아니지?”

“네, 이상한 건 아닙니다. 그건 약속드리죠.”

“그럼, 좋아.”

“고, 고맙습니다.”

내가 허락을 내리자 사쿠라는 몸을 일으켜 내 앞으로 다가왔다. 그리고 눈앞에서 고쳐 앉아 내가 내민 곰 인형 장갑을 긴장한

표정으로 잡더니 천천히 눈을 감았다.

곰 인형 장갑을 잡은 사쿠라는 가만히 움직이지 않았다. 조용히 나의 곰 인형 장갑을 잡고 있었다.

1분 정도 지나고 사쿠라가 움직이지 않기에 말을 걸으려던 순간, 사쿠라의 눈에서 눈물이 흘렀다.

"왜, 왜 그러는 거야?!"

나는 당황했다. 설마, 내 손을 잡고 울 줄은 몰랐다.

"따뜻하고, 깨끗한 마력. 틀림없이 꿈속에서 느낀 빛과 같아요. 드디어 잡을 수가 있었어요."

곰 인형 장갑을 잡은 사쿠라의 힘이 강해진다. 사쿠라의 손은 작고 연약하다. 하지만 손을 떼고 싶지 않은 강한 느낌이 전해져 온다.

"드디어, 드디어예요."

사쿠라는 눈물을 훔치지도 않고 내 손을 놓치지 않으려는 듯 잡고 있었다.

나는 어쩌면 좋을지 모른 채 사쿠라를 보고 있었다. 차츰 사쿠라의 눈이 천천히 떠졌다.

그 표정은 눈물을 흘리고 있었지만, 미소로 변했다.

"죄송합니다. 제가 오랜 시간 원하고 잡으려고 해도 잡지 못했던 거였거든요."

사쿠라는 손을 떼고 눈물을 닦았다.

"확인하기 전까지 불안했습니다. 하지만, 유나 님은 틀림없이 제 꿈에 나왔던 희망의 빛이세요."

"그런 것까지 알 수 있어?"

"몇 번이나 꿈에 나와 몇 번이고 잡으려고 했던 빛이에요. 유나 님에게서 같은 걸 느꼈습니다. 틀림없어요."

사쿠라는 강하게 대답했다.

그리고 기뻐하며 웃었다.

사쿠라는 감사 인사를 하고 나에게서 떨어져 다시 앉았다.

"그럼, 정말로 미래를 꿈으로 볼 수가 있는 거야? 뭐든 볼 수가 있어?"

"아뇨, 제가 볼 수 있는 건 저 자신과 연관된 것뿐입니다. 그리고 뭐든 볼 수 있는 건 아니에요. 볼 수 있는 건 매번 바뀌어서 보고 싶다고 해도 자유롭게 볼 수는 없죠. 반대로 보고 싶지 않아도 보게 되어버린답니다."

"자신의 미래만 볼 수 있는 거야?"

"네, 저와 관련된 미래를 볼 수 있는 것 같아요."

아무래도 다른 사람의 미래를 볼 수는 없는 모양이다.

"한 가지 물어봐도 될까?"

"네, 제가 대답할 수 있는 거라면요."

"내가 도와주지 않으면 미래는 어떻게 되는 거야?"

"봉인이 풀린 마물이 부활해서 많은 사람이 제 눈앞에서 죽어

갈 겁니다."

"그 부활한 후의 마물은 어떻게 되는데?"

"모릅니다. 저도 죽을 거예요. 그 뒤에 토벌될지도 모르죠. 더 욱더 피해를 줄지도 모릅니다. 하지만 미래의 제가 죽기 때문에 그 뒷일을 알 수는 없어요."

그렇다는 건, 즉, 몇 번이나 자신이 죽는 장면을 봤다는 건가?

안 도망친 거야? 아니면 도망치지 못한 거야?

이 여자아이는 몇 번이나, 몇 번이나, 몇 번이나 자신이 죽는 장면을 꿈속에서 경험했다. 하지만 그중에서 희망의 빛, 나를 발견했다. 잡을 수 없었던 빛. 조금 전 눈물의 이유가 이해되는 기분이 든다.

"그래도 그 절망스러운 꿈속에서 빛을 발견했어요. 그 빛은 멀리 있으면서도 따뜻함이 느껴졌죠. 빛은 흔들흔들 흔들렸고, 빛을 자세히 보니 짐승의 모습을 하고 있었으며, 사람이 올라타고 있었습니다."

그렇게 말하더니 곰순이를 바라보았다.

타고 온 건 곰돌이이지만 말이다.

"저는 그 빛을 희망의 빛이라고 이름 붙였어요. 하지만 어떻게 희망의 빛을 이쪽으로 불러들이면 좋을지 몰랐습니다. 빛은 흔들흔들 흔들리며 자유롭게 이리저리 움직였어요. 저는 열심히 잡으려고 했지만, 잡을 수는 없었습니다. 그런데 어느 날 바다에서부

터 찾아온다는 걸 알았죠."

그 부분은 시노부에게 들었다.

"국왕 폐하는 바다에서 찾아오는 짐승을 탄 자를 맞이하기 위해 병사를 배치했어요. 하지만 희망의 빛은 사라져버렸습니다. 그래서 곧바로 병사를 물렸습니다."

사쿠라는 시노부에게서 들은 이야기를 했다.

그리고 최종적으로 시노부가 짐승을 탄 나에게 접촉하게 되었다.

"정말 미래를 바꿀 수 있는 거야?"

"작은 힘으로는 무리지만, 큰 힘을 가진 자의 의지에 따라 바꿀 수가 있습니다."

"큰 힘?"

"이를테면 국왕 폐하의 힘이죠. 국왕 폐하가 움직이면 나라가 움직입니다. 우선 바다에서 짐승을 탄 자가 나타나는 건 알고 있었어요. 짐승이 얼마나 위험한지 모르기 때문에 국왕 폐하는 병사를 준비했죠. 하지만 그날 밤 꿈에서는 빛은 멀어져 사라졌습니다. 제 개인으로는 바꿀 수 없는 미래라도 힘이 있는 자가 움직인다면 바꿀 수는 있습니다."

만일 마물 무리가 공격해 오는 걸 알았을 경우, 마물을 쓰러뜨릴 힘을 가지고 있지 않은 사쿠라 개인이 대항한다 해도 미래는 바뀌지 않는다. 하지만 국왕이 군을 움직인다면 미래는 바뀐다는 의미 같다.

"시노부에게 들었는데, 내 실력을 측정하기 위해 쥬베이 씨와 겨루게 되었다고 하던데. 사쿠라의 희망의 빛이라는 말을 국왕은 믿지 않은 거야?"

사쿠라는 고개를 저었다.

"국왕 폐하가 아니라 중진들과 낡은 전설을 지키는 자들이 그 땅에 들이고 싶어 하지 않았고, 누군지 모를 자에게 도움을 요청해도 되느냐며 호의적이지 않은 의견도 나왔어요. 국왕 폐하도 제 말만 들을 수는 없으니……."

사쿠라는 말하기 껄끄러운 듯 고개를 숙였다.

그래서 그런 귀찮은 일이 되었다는 거군.

확실히 희망의 빛이라는 건 사쿠라만 알고 있다. 다른 사람이 봤을 땐 바다에서 짐승이 다가온다고 하면 경계하는 것도 어쩔 수 없을지 모르겠다.

심지어 그자의 실력도 모른다. 호의적이지도 않다. 적의를 가진 자인지도 모른다.

하지만 다가온 건 곰을 탄 곰 옷차림을 한 여자아이였다. 더욱 더 곤란했을지도 모르겠다.

"그리고 저의 이 꿈에 대해선 비밀에 부쳐져 있어서 일부 사람들만 알고 있기에, 유나 님께서 불쾌한 상황을 겪게 만들어버렸습니다."

사쿠라는 미안해했다.

"그래서, 확인하는 건데, 정말로 이런 옷차림을 한 나에게 부탁하는 거니? 다른 사람들이 뭐라고 하지 않을까?"

내 옷차림은 인형 옷을 입은 곰이다. 일반적으로 본다면 마물을 무찌를 수 있게는 보이지 않는다.

"쥬베이에게 이기셨는걸요. 아무도 뭐라곤 말 못 할 겁니다. 그런데도 유나 님의 힘을 의심한다면 그자는 국가의 중대사를 이해 못 한 어리석은 자일 뿐입니다."

사쿠라는 무릎 위로 올린 작은 손을 강하게 쥐었다.

원래는 싸우게 만들고 싶지 않았던 것 같다.

그 부분은 시노부가 방에 들어왔을 때의 표정을 보면 안다.

지금, 나는 눈앞의 여자아이를 돕고 싶다.

나에게 부탁하려면 처음부터 사쿠라가 오면 좋았을 거다.

처음이 틀렸었다. 국왕에게 전했기 때문에 이렇게 큰일이 되었다.

만약 눈앞에 있는 사쿠라가 만나러 왔다면 이야기를 들어줬을 것이다.

그리고 이렇게 진지하게 이야기를 하면 내가 할 수 있는 일이면 도와줬을 거라고 생각한다.

그렇게 생각하니 내 공략 방법은, 어린아이?

피나 때나 블랙 바이퍼 때도 고아원 일도, 노아가 부탁했던 마물 1만 마리, 미사의 생일 파티 사건, 사막에서의 카리나, 전부 어

린아이가 연관되어 있다.

아무래도 나는 어린아이에게 약한 모양이다.

# 482 희망의 빛 사쿠라 시점

저는 어느 날을 시점으로 미래의 일을 꿈으로 볼 수 있게 됐습니다.

하지만 그건 대단한 힘을 손에 넣은 것과 동시에 무서운 일이기도 했죠.

미래가 보인다는 건 좋은 일인 것만은 아닙니다. 기쁜 일도 슬픈 일도 있어요.

게다가 이 힘은 만능이 아니었습니다. 보고 싶은 걸 보여주는 게 아니에요. 미래의 좋은 일도 나쁜 일도 멋대로 제게 보입니다.

제 지인이 죽는 장면을 봐버린 일 또한 있죠.

그리고 한 달 정도 전, 저는 또다시 꿈을 꿨습니다. 나라 중심에 있는 리네스라 불리는 섬이 검은 안개에 뒤덮이고, 검은 안개가 마을을 습격하여 사람들이 죽임을 당하는 꿈이었습니다. 그중에는 저를 지키기 위해 죽어가는 병사가 있었고, 마지막엔 저 또한 아무것도 하지 못하고 죽는 꿈이었습니다.

아침에 일어났을 땐 좋지 않은 꿈을 꾼 정도로 생각했죠.

하지만, 꿈은 삼 일간 연달아 이어졌습니다.

미래를 보는 꿈은 일 년에 몇 번 정도라서 일반적인 꿈이라 생

각하고 알아차리지 못하는 경우가 많습니다.

하지만 이건 미래의 일어날 일이었죠.

리네스 섬은 과거에 마물이 봉인된 섬입니다. 검은 안개는 마물을 암시하고 있는 걸지도 모릅니다.

꿈은 미래의 전부를 보여주는 건 아닙니다. 단편적인 부분을 보여줄 뿐이죠.

제 꿈에 대해 아는 적은 수의 사람 중, 국왕 폐하에게 꿈에서 봤던 내용을 전달하고 마물이 봉인된 리네스 섬을 조사해달라고 요청했습니다. 국왕 폐하는 곧바로 조사를 해주셨어요. 그리고 봉인 일부가 약해져 있다는 사실을 알게 되었습니다.

국왕 폐하는 곧장 대처하기 위해 움직이셨습니다.

하지만 마물이 봉인된 리네스 섬에는 남자가 들어가지 못합니다. 그 때문에 국왕 폐하는 바쁘게 대응책을 찾으려 하셨습니다.

절대로 그런 꿈을 현실로 만들어선 안 된다며 말이죠.

대응책을 찾아내지 못한 채, 날이 지나고 있습니다. 꿈속에서는 매일 몇 번이나 죽는 꿈을 꿉니다. 자는 게 무서워요. 하지만, 조금이라도 대응 방법을 찾아야 합니다. 분명, 꿈속에 단서가 있을 겁니다.

하지만, 오늘도 모두가 죽어가네요.

아무것도 하지 못합니다. 다만 검은 암흑에 습격당해 모두가 죽

어갈 뿐. 저도 몇 번이나 죽습니다.

절망적이에요.

어둠이 들이닥쳐 옵니다. 어두워, 무서워, 괴로워, 몸이 아파. 몸이 찢겨나가는 듯한 고통.

누군가 도와줘.

어서 꿈에서 깨어나길.

이 악몽에서 도망치고 싶어.

그런 절망 속, 저를 비추는 빛이 나타났어요. 그 빛은 따뜻하고 부드러운 빛이었죠.

그 빛은 고통과 괴로움을 완화해 줍니다.

저는 빛에 도움을 청하듯 손을 뻗었어요. 하지만 빛은 멀리 도망가버립니다. 제 작은 손으로는 닿지 않네요.

저는 힘을 쥐어짜며 빛을 좇습니다.

저는 열심히 손을 뻗었어요. 발밑을 보지 않았던 저는 넘어져 버립니다. 빛이 점점 멀어져 가고 있어요.

부탁이야, 가지 말아줘.

하지만 제 부탁은 닿지 않습니다. 빛은 사라지고 저는 암흑에 집어 삼켜지며 화염에 불타는 듯한 고통을 느끼며 눈이 떠져 버립니다.

살아 있다.

안도감이 느껴짐과 동시에 빛의 존재를 떠올립니다.

무척 따뜻한 빛이었어요. 죽음의 세계를 비춰주는 빛. 그 빛이 이 나라를 구할 희망의 빛입니다.

그리고 다음 날도 그 빛은 절망의 꿈에 나타납니다. 그 빛을 보고 있으니 마음이 따뜻해져요. 하지만 그 빛은 멀리 있었고, 제 손에는 닿지 않았어요.

제가 할 수 있는 거라면 뭐든 하겠습니다. 목숨을 원하신다면 내어드릴게요. 그러니 모두를 구해주세요.

제 마음이 닿은 것인지 빛이 천천히 다가옵니다.

동물?

빛은 동물 같은 형상을 띠고 있었습니다.

말도 아니고, 조금 더 크고 광폭할 것 같은 모습을 한 짐승이네요. 그 짐승 위에 누군가 타고 있습니다.

사람의 모습을 한 빛에서는 따뜻한 게 전해져 옵니다.

이분이 이 나라를 지켜줄 사람.

제가 빛을 향해 손을 뻗자, 짐승 위에 탄 사람의 형태를 한 빛은 흔들흔들 움직이며 멀어집니다.

기다려! 부탁이야! 가지 말아줘!

제 목소리는 닿지 않습니다. 빛은 동쪽 바다로 사라져갑니다.

그리고 저는 예지몽에서 눈을 뜹니다.

저는 예지몽에 대해 아는 국왕 폐하에게 전달했습니다.

"즉, 동쪽 바다에서 짐승을 탄 인물이 온다는 건가?"

"그 빛이 무엇을 전달하고 싶은지는 모르지만, 그렇게 느꼈습니다."

국왕 폐하는 제 꿈에 대해선 함구하시고 무녀의 계시라며 중신들에게 말했습니다.

중신들로부터 기쁨의 소리와 동시에 위험시하는 목소리도 나왔습니다.

"정말로 희망의 빛인가?", "그 짐승은 사람을 공격하지 않나?", "짐승을 타고 있다면 위험한 거 아냐?", "그 짐승 위에 탄 자는 신용할 수 있나?", "객지의 사람을 리네스에 들여도 되나?", "그 자가 리네스의 마물을 쓰러뜨릴 수 있다는 건가?", "아니, 믿어야지.", "달리 마물에 대응할 수단은 없지 않은가."

짐승을 위험시하는 사람, 리네스 섬에 누군지도 모르는 사람을 들이는 걸 좋게 생각하지 않는 사람, 빛에 도움을 구하자는 사람.

국왕 폐하는 그런 의견을 듣고 꿈에 나왔던 빛의 짐승의 위험성도 생각하여 항구에 병사를 준비하기로 했습니다.

저는 필요 없다고 말씀드렸지만, 봉인된 마물과 동등한 힘을 가지고 있는 거라면 위험할지도 모른다고 하셔서 강하게 반론할 수 없었습니다.

그날에 꾼 꿈은 바다에 서 있는 병사를 본 희망의 빛은 다가오지 않고 먼 바다로 사라져 갔습니다. 그리고 나라는 절망에 휩싸

이고 많은 사람이 죽었으며, 저도 죽었습니다.

제 꿈의 내용을 들은 국왕 폐하는 곧바로 병사를 물리도록 지시를 내렸습니다.

희망의 빛을 맞이하기 위해 대신과 무장, 국왕 폐하, 여러 사람이 번갈아 맞이해보지만, 빛은 근처까지 오다가 마지막엔 사라져 갑니다.

그러나 누군가는 맞이하여 부탁을 해야 합니다.

논의하던 중, 실력도 있으며 여자인 시노부를 보내보기로 했습니다.

신기하게도 빛은 이제껏 중 가장 가까이 다가왔습니다.

시노부의 누구에게나 마음 편히 대하는 성격이 먹힌 걸지도 모릅니다.

그와 동시에 시노부에게 희망의 빛의 안전성, 실력을 확인하는 과정을 떠안도록 하게 되었습니다.

그런 중요한 일을 시노부는 웃으면서 받아들였습니다.

"사쿠라 님이 구해지는 거라면 저는 뭐든 할 거예요."

저는 시노부도 살아남길 바랍니다. 아무도 죽지 않길 바랍니다.

시노부가 동쪽 바다에 감시하러 떠나고 며칠이 지났을 때, 보고서가 도착했습니다.

그에 따르면, 바다 위를 검은 곰을 탄 곰 옷차림을 한 여자가

나타났다고 합니다.

이해가 안 됩니다.

곰을 탄 곰 옷차림을 한 여자?

곰 옷차림이라니 뭐죠?

곰의 모피를 덮어쓰고 있다는 걸까요?

상상해보니, 조금 무섭습니다.

보고서에는 나이는 13, 14살 정도의 여자아이라고 적혀 있었습니다.

그렇게 어린아이란 말인가요?

그리고 바다 위를 곰이 달리고 있었다고 적혀 있었습니다.

곰이 바다 위를 달린다고?

상상도 못 하겠습니다.

심지어 곰은 한 마리가 아니며 하얀 곰도 있었다고 적혀 있었습니다.

하지만 그 짐승의 모습을 한 빛의 정체가 곰이고, 그 위에 탄 인물이 그 여자라면 제가 본 꿈과 똑같습니다.

저는 보고서를 이어서 읽어나갔습니다.

바다에서부터 곰을 타고 온 여자는 육지로 올라와 두 마리의 곰에게 뭔가를 하자 곰은 사라졌다고 합니다.

시노부의 보고서에는 「곰은 소환수이며, 송환한 것이 아닌가

싶습니다」라고 적혀 있었습니다.

그런 뒤, 곧바로 접촉은 피하고 여자를 관찰하겠다고 적혀 있었습니다. 여자는 마을 풍경을 즐겁게 쳐다보며 걸었고, 여관에 머물렀다고 합니다.

현 상황에서는 눈에 띄는 행동도 없고, 희망의 빛인지 어떤지는 판단이 서질 않는다고 적혀 있었습니다.

다만 그날 밤, 꿈을 꾸지 않았습니다.

어떻게 된 건지 모르겠습니다. 좋은 방향으로 진행된 거라 여기고 싶네요.

다음 날 밤, 기다리고 있던 새로운 보고서가 도착했습니다.

여자는 다다미 등, 여러 물건을 사고 있었다고 적혀 있었습니다. 심지어 다다미를 60장이나 샀다고 하네요.

그렇게나?

게다가 손에 끼고 있던 곰 장갑이 아이템 봉투로 되어 있다고 합니다.

곰 장갑?

안 되겠어요. 문장만으로는 상상이 되질 않습니다.

만나러 가서 실제로 제 눈으로 확인하고 싶습니다.

만나면 알게 될 거예요.

하지만 그건 불가능합니다. 시노부를 방해할 수는 없으니까요.

저는 보고서를 이어서 읽었습니다.

접촉에 성공한 모양이에요.

여자가 모험가 길드에 들렸는데 마을이 카마이타치에 공격을 당해 곤란한 사람이 있어 그 의뢰를 받았다고 합니다.

시노부도 같이 그 의뢰를 받게 되었다고 적혀 있어요.

무사히 접촉할 수 있었던 것에 안도했습니다.

곰 옷차림을 한 여자의 이름은 유나 님.

시노부는 카마이타치와의 싸움을 보고 여자의 실력을 확인한 뒤, 희망의 빛인지 판단하겠다고 하네요.

만약 희망의 빛일 가능성이 있으면 쥬베이와 겨루게 됩니다. 불안해지네요.

아침, 일어났어요. 오늘도 꿈은 안 꿨습니다.

단지, 안 꾼 것뿐일까? 뭔가 바뀐 걸까?

꿈을 꿔도 불안하지만, 꾸지 않는 것도 불안합니다.

그날 밤, 새로운 보고서가 도착했어요.

보고서에는 흥분한 듯이 여자가 검정과 흰 곰의 소환수를 소환했다고 적혀 있었습니다.

이름은 검은 곰이 곰돌이, 흰 곰은 곰순이라고 하네요.

귀여운 이름입니다.

그리고 여자는 손쉽게 카마이타치를 토벌했다고 적혀 있었습니다.

카마이타치가 어느 정도의 힘인지는 알지 못하지만, 시노부의 보고서에서 대단하다는 것이 전해져 옵니다.

그리고 시노부가 부친의 원수로서 쥬베이와 싸울 것을 부탁하자 승낙해줬다고 합니다. 쥬베이와 시노부가 싸우는 것도 불안하지만, 여자가 쥬베이를 이길 수 있을지 불안해집니다. 만일 쥬베이에게 이기지 못하면 희망의 빛으로는 인정받지 못하게 됩니다.

알고 있습니다. 쥬베이에게 이기지 못하는 자가 봉인된 마물에게 이길 거라고는 생각되지 않죠.

여자에게 희망의 빛이길 바라는 마음이지만 한편으로는 13, 14살의 여자아이를 쥬베이와 싸우게 만들고, 마물과 겨루도록 하려고 한다는 사실에 죄악감이 들끓어 오릅니다.

하지만 희망의 빛이라면 저는 나라를 지키기 위해 그 여자에게 부탁해야 합니다.

그리고 오늘은 쥬베이와 싸우기로 되어있습니다.

저는 시노부로부터의 보고를 기다리고 있어요. 불안감으로 가득합니다. 쥬베이와 시노부가 진심으로 싸울 겁니다. 게다가 희망의 빛이라고 생각되는 여자와 쥬베이가 싸울 거예요.

모두가 무사히 돌아와 주면 좋겠습니다. 그리고 여자가 희망의 빛이길 바랍니다.

불안 속에서 밤늦게 보고가 도착합니다. 여자는 쥬베이를 이겼

다고 적혀 있었습니다.

믿기지 않았어요.

그 쥬베이를 이겼다고?

틀림없이 여자는 희망의 빛입니다.

제 눈에서 눈물이 떨어집니다.

얼른 여자, 아니, 유나 님을 만나고 싶어요.

그리고 이번 일을 사죄해야 합니다.

# 483 곰 씨, 사쿠라의 이야기를 듣다

"유나 님, 여쭤보고 싶은 게 있는데, 괜찮을까요?"

"뭔데?"

"유나 님께는 검정과 하얀 곰이 있고, 사람이 탈 수 있을 정도로 크다는 보고를 받았는데, 그 곰과는 다른 곰이 있는 건가요? 같은 이름인 것 같습니다만."

사쿠라는 내가 안고 있는 곰순이에게 시선을 보냈다.

곰돌이와 곰순이에 관한 보고는 받은 모양이지만, 마을에 들어왔을 때 꼬맹이화 했다는 사실까지는 보고받지 못한 모양이다.

"유나의 곰은 작아질 수도 있고 커질 수도 있어요."

내가 대답하기 전에 시노부가 설명했다.

입막음해놓는다는 걸 잊고 있었군.

"그런가요?"

사쿠라는 곰순이를 지긋이 바라보았다. 그 눈은 나이와 어울리는 어린아이 같은 눈으로 변했다.

"크게 해도 된다면, 그렇게 해줄게."

"괜찮은가요!"

사쿠라는 눈을 반짝였다.

나는 곰순이를 옆에 두고 원래 크기로 되돌렸다.

"저, 정말로 커졌네요. 분명, 이름은 곰순이 님이라고 했죠."

곰순이 님이라니. 나에게도 유나 님이라고 부르고 말이야.

어쩐지 낯간지럽다. 나는 님이라고 불릴 정도로 굉장한 사람이 아니다. 단지 전직 은둔형 외톨이 게이머일 뿐.

"유나 님, 그, 민폐가 아니라면 검은 곰인 곰돌이 님도 보여주시는 건……."

사쿠라는 조금 어려워하며 부탁했다.

이미 보고를 받아 곰돌이에 대해서도 알고 있는 모양이니, 숨길 것도 없어서 소환해줬다.

"곰돌이야."

"크~응."

곰돌이는 사쿠라를 향해 인사했다.

"곰돌이 님, 곰순이 님, 굉장히 성스럽네요."

사쿠라는 당장에라도 손을 맞잡고 기도라도 할 분위기다.

""크~응.""

사쿠라의 말에 곰돌이와 곰순이가 「그래?」라는 듯이 고개를 갸웃거린다.

이 누그러진 얼굴의 곰돌이와 곰순이가 성스럽게 보인다고?

"시노부, 사쿠라를 의사에게 데리고 가는 편이—."

"마음은 이해하지만, 딱히 병인 건 아니에요. 사쿠라 님에게 그렇게 보일 뿐이죠."

즉, 시노부에게는 곰돌이와 곰순이가 성스럽게 보이지 않다는 뜻인 거네.

"시노부는 이 성스러운 얼굴이 안 보이나요?"

곰돌이와 곰순이가 시노부 쪽을 바라봤다.

시노부도 곰돌이와 곰순이를 바라봤다.

"저기, 그게, 어렴풋이, 보이네요. 눈이 부셔요."

시노부는 손으로 눈을 가리며 눈이 부시다는 척을 해 보였다.

응, 전혀 안 보이는 거네. 나도 안 보이는걸.

이런 누그러진 얼굴 말이야. 귀엽긴 해도 성스럽진 않지.

그게 아니면 신님에게 받은 곰이라서 무녀인 사쿠라에게는 그렇게 보이는 건가?

"이게 빛의 짐승. 유나 님, 만져도 될까요?"

"만지는 정도라면 괜찮아."

사쿠라는 이상한 짓은 안 할 것 같으니 허락을 내렸다.

사쿠라가 곰순이의 손을 잡았다.

"유나 님과 같은 힘이 느껴져요. 게다가 부드러워서 기분 좋네요."

그런 뒤 곰돌이의 손을 잡고 같은 감상을 내놓았다.

"고맙습니다."

사쿠라는 만족스러운 듯 고쳐 앉았다.

그리고 이번엔 내가 사쿠라에게 묻기로 했다.

이번 의뢰를 받는다고 할지라도 물어봐 둬야 하는 게 있었다.

나라고 해도 할 수 있는 일과 할 수 없는 일이 있다. 타르구이 같은 괴물이라면 쓰러뜨리는 건 나에겐 무리다.

"봉인된 마물에 관해서 들려줄래? 아니면 국왕이나 다른 사람에게 물어보는 편이 나아?"

"제가 아는 범위라도 괜찮으시다면, 얘기해드릴게요."

그렇게 말하며 사쿠라는 설명했다.

100년 이상 전에 이 나라의 사람들은 다 같이 힘을 합쳐 마물을 약하게 만든 뒤 리네스 섬에 봉인했던 사실.

봉인된 마물은 사람의 악의를 흡수하기 때문에 섬의 출입을 금지했던 것.

그런데도 섬으로 들어가는 남자가 있어서 남자가 들어갈 수 없는 결계를 쳐놨다는 사실.

"어째서 남자가 섬에 들어가려고 하는 거야?"

"결계를 관리하는 여자가 미인이었거든요. 그래서 그 섬에 미인이 혼자 있다고 소문이 퍼져서 섬에 들어가는 남자가 늘었어요."

여자가 혼자 있는 섬으로 찾아오는 남자, 그거야 부정적인 감정이 있겠네.

"그런 거라면 호위를 두면 되잖아."

"사람이 늘면 그만큼 부정적인 감정이 쌓이기 쉬워지니까요. 그래서 결계를 관리하는 사람은 한 명으로 이루어져 있어요."

시노부가 대답했다.

"그래서 그 여자가 남자가 들어가지 못하도록 결계를 쳐버렸던 거죠."

사쿠라의 설명에 납득했다.

나라도 그런 결계를 만들 수 있다면 같은 행동을 했겠다.

하지만 그런 편리한 결계를 만들 수 있다니 판타지네.

뭐, 마법이 있는 시점에서 뭐든 있을 수 있는 판타지지만 말이다.

"그 남자가 들어갈 수 없는 결계는 풀 수는 없는 거야?"

"결계를 친 사람이 말하기론 마물을 봉인했을 때의 결계를 이용했기 때문에 만약 해제해버리면 다시 봉인하는 것도 못 하게 되어버린다고 해요."

일부 몰랐던 사실도 있지만, 대부분이 시노부에게 들은 이야기와 같았다.

성가신 건 남자가 들어갈 수 없다는 점이다. 그 조건만으로도 구성할 수 있는 전력이 떨어진다.

"그래서, 그 마물이라는 건 어떤 마물인데?"

그걸 듣지 못했다. 그게 가장 필요한 정보다.

"그건 4개의 머리를 가진 뱀의 마물이고, 오로치라고 불려요."

"오로치……."

"입에서 화염을 쏴서, 사람들을 불태워버리기도 하죠. 바람을 일으켜서 사람들을 절단하기도 해요. 물을 뿜어내서 사람을 침몰

시키고, 흙을 사용하면 사람들은 짓눌려버려요."

뱀 마물……. 일본으로 말하자면 야마타노오로치[#7]가 유명하다. 8개의 머리를 가진, 커다란 뱀과 같은 요괴. 이번엔 마물이라는 게 되는 건가?

블랙 바이퍼와 다르려나? 아니면 히드라에 가까운가?

그리고 크기가 아직 감이 오질 않는다. 블랙 바이퍼 정도의 크기에 4개의 머리가 있는 정도라면 쓰러뜨릴 수 있을 것 같다.

"그래서, 유나 님께는 오로치의 봉인이 완전히 풀리기 전에 약화시켜 다시 봉인하는 도움을 부탁드리고 싶습니다."

"싸우는 건 나뿐이야?"

"아뇨, 유나 님 이외에도 집결되어 있습니다. 다만, 조금 전에도 말씀드린대로 섬에 들어갈 수 있는 건 여자뿐이기 때문에 힘이 부족할 겁니다. 유나 님이 겨룬 쥬베이를 이길 수 있는 사람은 한 명도 없죠."

쥬베이 씨는 강했다.

그 사람 정도로 강한 여자는 없는 모양이다.

"참고로 저도 참가하는 사람 중 하나예요."

이야기를 듣고 있던 시노부가 끼어든다.

"시노부도? 쥬베이 씨에게 못 이겼는데?"

"이래 보여도 저는 강한 편이라고요. 사부에게 이긴 유나가 이

**#7 야마타노오로치** 일본 신화에 나오는 머리와 꼬리가 8개인 거대한 뱀.

상한 거죠. 뭐예요, 그 나이프 다루는 솜씨 말이에요. 사부의 칼을 그렇게 간단하게 막는 사람은 본 적이 없어요. 게다가 커다란 곰 벽도 뭐냐 싶고 말이죠."

곰 마법은 내 비법이자 필살기, 궁극 마법이다.

그만큼 마력을 소모한다.

크라켄 때처럼 일방적으로 공격할 수 있다면 흰 곰이 좋겠지만, 그렇게는 안 되겠지.

"유나 님, 어떻게, 저희에게 힘을 빌려주실 수 있으실까요?"

사쿠라는 깊게 머리를 숙인다.

네 개의 머리를 가진 오로치. 쓰러뜨릴 수 있을지는 모르겠다. 하지만 조금 전의 내 손을 잡고 울던 사쿠라의 얼굴도 잊을 수 없다. 몇 번이나 지인과 소중한 사람, 그리고 자신이 죽는 꿈을 이 어린 여자아이가 꾸고 있다. 꿈이라도 괴로울 테지. 그리고 내가 도와주지 않는다면 그게 현실이 될지도 모른다.

"쓰러뜨리지 못할 수도 있어."

"저는 제 꿈을 믿어요. 그러니 유나 님을 믿겠습니다."

나를 올곧은 눈으로 바라본다.

"무리인 것 같으면 도망칠 거야."

"네, 그러셔도 됩니다."

사쿠라는 고민하지도 않고 즉답한다.

사쿠라는 겉모습이랑 나이가 같은 거지?

겉모습은 꼬마, 두뇌는 어른인 거 아니겠지?

"사쿠라는 몇 살이야?"

"그게, 10살인데, 왜 그러시죠?"

겉모습 그대로의 나이였다.

"알았어. 어디까지 할 수 있을지 모르겠지만, 도울게."

"고, 고맙습니다."

사쿠라의 표정은 진지한 표정에서 나이에 걸맞는 귀여운 여자아이의 웃는 얼굴로 바뀌었다.

"너무, 기대하지는 마."

"믿어요."

무거워. 사쿠라의 신뢰가 무겁다.

순수한 소녀의 마음은 배신하고 싶지 않지만, 어떻게 될지는 정말로 모르겠다.

"이야기는 끝이에요. 그럼, 조금 전부터 방 바깥에서 기다리는 사람을 불러들일게요."

시노부는 몸을 일으키고 우리가 들어온 미닫이문을 열었다.

그곳에는 쥬베이 씨와 하카마[#8]를 걸친 남자가 있었다.

"드디어 이야기가 끝났나."

남자는 그렇게 말하더니 방 안으로 들어왔다.

나이는 40살 정도. 턱수염이 났고, 체격은 컸다.

**#8 하카마** 일본 전통식 겉옷의 일종.

“정말로 곰 옷차림을 하고 있군. 게다가 검정과 하얀 곰, 보고대로구나.”

남자는 나를 본 뒤 곰돌이와 곰순이에게로 눈을 돌린다.

무서워하는 기색은 없다.

“사쿠라, 이 아이가 틀림없나?”

“네, 틀림없습니다. 희망의 빛이세요.”

“그렇군. 그래서 어떻게 됐나?”

“힘을 빌려주시기로 하셨습니다.”

“알았다. 모두, 뒤로 돌아 귀를 막아라!”

남자가 그렇게 말하자 시노부, 쥬베이 씨, 사쿠라 세 사람은 뒤로 돌아 귀를 막았다.

뭐지?

남자는 내 앞으로 오더니 큰 동작으로 정좌 자세로 앉았다.

“나는 이 나라의 왕, 스오우다. 이번엔 이렇게 무례를 일으킨 점을 사과하지. 그리고 힘을 빌려주어서 고맙네.”

남자는 깊게 고개를 숙였다.

“……국왕?”

남자는 고개를 들었다.

“국왕이라는 입장도 있고, 신하들 앞에서 사죄할 수 없기에 이곳에서 하게 되었네.”

신하들 앞이라니. 뒤로 돌아 귀를 막고 있다곤 해도 쥬베이 씨

도 시노부, 그리고 사쿠라도 있잖아. 국왕이 곰 인형 옷을 입은 여자아이에게 고개를 숙여도 되는 거야?

"모두, 이쪽을 봐도 된다."

국왕이 그렇게 말하자 아무 일 없었다는 듯 뒤를 돌아 귀를 막고 있던 세 사람은 우리 쪽으로 되돌린다.

아무도 뭐라고 안 하는 거야?

귀, 막고 있었던 거잖아?

들렸지?

들렸으니까 되돌아본 거잖아?

그래도 되는 거야?

나는 아무 말 안 할 거야.

## 484 곰 씨, 국왕과 얘기하다

“국왕 폐하, 그렇다면 성 쪽은 어떤가요?”

사쿠라는 아무 일도 없었다는 듯 물었다.

뭐야, 이 무시하는 기술은.

주위에서도 신경 쓰는 기색은 없었다.

나도 따라서 무시하기로 했ㅇ다.

“조용히 시키고 왔네. 어떤 차림을 했든 나이가 어리든, 쥬베이를 이긴 강한 자다. 게다가 그들도 각자 보고를 받고 있을 테니 뭐라고 말하진 않을 거야.”

국왕은 그렇게 말하고 나를 본다.

어떤 차림이라니, 곰이라서 부정은 할 수 없지만 말이야.

“그렇지만, 보고는 받긴 했어도 이런 작은 여자아이일 줄은 몰랐구나. 사쿠라의 말이 아니었다면 의심했을 거야.”

자, 작지 않아. 국왕이 큰 거지.

그런데, 사쿠라의 말은 믿는구나.

그리고 국왕은 뒤에 있던 쥬베이 씨를 봤다.

“쥬베이, 정말로 이자에게 진 건가?”

“네, 겉보기와는 달리 저와 시노부의 싸움을 봐도 주눅 드는 일 없이 시노부가 위험할 때 몸을 던져 지키고, 진심으로 덤벼든

저를 이겼습니다. 이 목숨을 걸고 그녀는 어떤 장군보다도 누구보다도 강하다는 걸 증명하겠습니다."

"그렇군. 이국에는 작아도 강한 자가 있군그래."

아니, 없을 것 같은데요.

현재까지 나보다 강한 사람과는 만나지 못했다.

그것도 신님에게 받은 곰 장비 덕분이지. 곰 장비가 없었더라면 아무런 힘도 없는 여자아이다.

그리고 국왕은 양옆에 있는 곰돌이와 곰순이에게로 시선을 옮긴다.

"그리고 이게 사쿠라가 말했던 희망의 짐승인가. 용맹스럽다고 들었는데 어쩐지 무섭지 않은 곰이로구나."

""크~웅.""

국왕의 말에 곰돌이와 곰순이는 부정의 울음소리를 내지만, 개인적으로는 싸울 때는 멋있긴 해도 평소 모드일 때는 얼굴은 누그러져 있어서 국왕의 말에 반론할 수 없었다.

항상 용맹스러운 얼굴이라면 아이들이 무서워해서 다가오지 않을 거다.

"만져봐도 되겠나?"

"위해를 가하지만 않는다면요."

"그런 짓은 안 하네. 그럼, 만지도록 하지."

국왕은 곰순이의 몸을 만졌다.

"오오, 감촉이 좋구나. 기분 좋아. 게다가 하얗고 깨끗하구나. 이런 모피가 가지고 싶군."

국왕이 그렇게 말한 순간 곰순이는 재빠른 움직임으로 국왕에게서 떨어져 내 뒤로 숨는다.

"크~응."

그렇게 커다란 몸은 내 몸으로 감출 수는 없어.

물론 국왕이 그런 짓을 하려고 든다면 지킬 테지만.

국왕은 도망친 곰순이를 본다.

내가 「농담이라도 하지 마시죠」라고 말하려고 한 순간, 사쿠라가 먼저 입을 뗀다.

"숙부님! 말씀 조심해주세요. 시노부 일행이 얼마나 고생해서 유나 님과 곰돌이 님, 곰순이 님을 데리고 와줬다고 생각하시는 건가요. 만약 유나 님이 숙부님의 말에 화가 나 이 나라를 떠나버린다면 어쩌시려는 거예요!"

국왕을 향해 사쿠라가 화낸다.

"미안하구나. 딱히 모피로 쓸 생각은 없었어. 단지, 기분이 좋아서 말했을 뿐이다."

국왕은 순순히 사과한다.

어라? 지금, 국왕에게 「숙부님」이라고 말하지 않았나?

"그건 이해해요. 하지만, 말을 해도 되는 것과 하면 안 되는 것이 있는 겁니다. 자신의 말에는 책임을 지고 발언해 주세요. 그

말 한마디에 나라의 운명이 걸려있습니다."

"알았어, 알았으니까 화내지 말거라. 그리고 사쿠라, 이곳에선 국왕이라고 부르렴."

"죄송합니다."

이번엔 사쿠라가 사죄한다.

"숙부님이라니, 두 분의 관계는?"

"사쿠라는 내 누이의 딸이네."

"그렇다면 사쿠라는 왕족인 거예요?"

"아니에요. 어머니는 아버지와 결혼하셔서 더는 왕족이 아닙니다."

일반인과 결혼하면 왕족에서 물러난다는 이야기는 원래의 세계에서도 들은 적이 있다.

"그래서 저는 평범한 무녀이고요."

보통의 무녀는 예지몽을 꿀 수는 없을 것 같은데.

하지만 국왕이 사쿠라의 말을 믿은 이유를 알 것 같았다. 굳이 따지자면 주위의 인간들이 부정적이었던 느낌이다.

"그러니 국왕님은 사쿠라의 말을 믿고 있군요."

"그래, 누이도 신기한 힘을 가지고 있었거든."

국왕은 무언가 아련한 표정을 지었다. 그 말에 사쿠라와 나머지 두 사람은 말이 없어졌다.

그러던 중 사쿠라가 입을 열었다.

"어머니와 아버지는 제가 어릴 적에 돌아가셨어요."

사쿠라는 무거운 이야기를 아무렇지 않게 말했다.

“그래서 내가 아비를 대신하고 있지. 하지만 입장이란 게 있어서 공적인 공간에서는 국왕이라고 부르도록 하고 있네.”

그래서 조금 전 국왕 폐하 호칭의 이야기가 있던 거구나.

10살인데 부모가 없다는 건 가엽게는 생각된다. 하지만 나는 부모를 잃기도, 버려지기도 한 아이들을 많이 알고 있다. 고아원 아이들의 얼굴이 떠올랐다. 사쿠라 보다도 어린아이들이다. 그런데도 슬퍼하지 않고 활기차게 생활하고 있다. 아이는 부모가 없어도 성장하지만, 어른의 도움은 필요하다. 그래서 원장 선생과 리즈 씨가 있는 거다.

사쿠라에게는 국왕과 시노부가 있기도 하고, 성격도 올곧게 자라고 있는 모양이니 걱정은 없을 것 같다.

나처럼 비뚤어진 성격이 되지 않도록 잘 자라주면 좋겠다.

“그럼, 나랑 같네. 나도 부모님과는 더 이상 만날 수 없거든.”

“유나 님도 그런가요?”

거짓말은 하지 않았다.

원래의 세계로 돌아갈 수 있는 수단이 없다. 그러니 만날 가능성은 적다. 게다가 애초에 돌아가고 싶냐 누군가 묻는다면 고민된다.

왕래할 수 있는 거라면 돌아가도 되겠지만, 두 번 다시 이쪽으로 돌아올 수 없다면 그냥 이쪽을 선택할 것 같다. 이쪽에는 소중한 사람들이 많이 생겼으니까 말이다.

"응, 하지만, 나에겐 곰돌이와 곰순이가 있어서 괜찮아."

나는 가족인 곰돌이와 곰순이를 본다.

곰돌이와 곰순이는 기쁘게 「「크~응」」하고 운다.

"저도 숙부님과 다른 사람들이 있어서 괜찮아요."

사쿠라는 웃는 얼굴로 대답한다.

그 얼굴에서 쓸쓸함은 느껴지지 않는다.

"그래서 유나라고 했던가. 이야기는 어디까지 들었지?"

나는 사쿠라에게서 오로치의 존재와 봉인이 풀려가고 있다는 사실, 약하게 만든 뒤 다시 봉인한다는 이야기를 듣고 오로치와 싸울 것을 승낙했다고 얘기했다.

"목숨이 위험할지도 모르는데, 정말로 괜찮겠나?"

"나라를 위해 목숨을 걸면서까지 싸운 시노부와 쥬베이 씨. 그리고 어린 몸으로 고생하고 있는 사쿠라. 이야기를 들으니까 거절할 수가 없었어요."

원래는 귀찮은 일은 거절하지만. 아직 화의 나라를 만끽하지 않았다. 그리고 만일 화의 나라가 멸망해버린다면 된장과 간장 등의 식재료를 잃어버리게 될지도 모른다. 화의 나라가 망하는 건 피하고 싶다.

"그렇군. 고맙네."

게다가 이런 어린 여자아이를 모른 척할 수는 없다.

"미리 말해두는 거지만, 쓰러뜨릴 수 있다는 확증 같은 건 없어요."

그렇다고 해서 경솔하게 맡을 수는 없다.

오로치와 싸운 적은 없거니와 본 적도 없다. 곰 마법이 어디까지 통용될지는 싸워보지 않으면 모르는 일이다.

"사쿠라가 희망의 빛이라고 말한 본인이 힘을 빌려주는 것만으로도 고마운 일이지."

"유나 님이 있으면 분명 미래는 바뀔 거예요."

사쿠라는 확신하는 눈으로 나를 보았다.

"할 수 있는 데까지 열심히 할게."

사쿠라의 기대에 어디까지 부응할 수 있을지 모르지만, 받아들였으니 열심히 할 생각이었다.

"그래서, 이번 일이 무사히 마치면 보답을 하고 싶은데. 내가 들어줄 수 있는 부탁이라면 들어줄 생각이다. 뭔가 필요한 물건은 있나? 돈인가? 지위인가?"

어느 쪽도 나에게는 불필요한 것이다.

굳이 말하라고 한다면, 곰 이동문을 설치할 장소가 필요했다. 곰 이동문을 설치하지 않으면 크리모니아로 돌아갈 수도 없고, 이곳으로 올 수도 없다. 가능하면 드나들어도 눈에 띄지 않는 장소가 좋다. 하지만 집이라면 살 수 있기도 하고, 뭔가 손쉽게 얻지 못하는 게 좋겠는데.

그래서 나는 이렇게 대답한다.

"돈도 지위도 필요 없어요. 보답에 대해선 오로치를 무사히 봉

인하고 제 공헌도에 따라 판단해주시면 돼요. 그때 다시 부탁할 게요."

즉, 끝난 뒤에 부탁하겠다는 뜻이다.

"알았네. 그때는 가능한 희망하는 걸 이뤄주도록 하지."

국왕은 약속했다.

만약 봉인에 성공하면 온천이 있는 집을 부탁해도 좋을지도? 곰 이동문도 설치할 수 있으니 일거양득이다.

그 정도라면 허용 범위 내의 부탁이겠지?

"그러면 나는 돌아가지. 사쿠라, 유나를 부탁하마."

국왕은 나를 사쿠라에게 부탁하더니 「이번 일로 아직 할 일이 있어」라고 말하며 방을 뒤로 했다. 쥬베이 씨도 고개를 숙이더니 국왕과 함께 방을 나선다.

방에는 사쿠라, 시노부, 나와 곰돌이와 곰순이가 남겨진다.

그리고 나를 맡은 사쿠라에게 앞으로의 일을 묻기로 한다.

"그래서 나는 봉인이 풀리기 전까지 기다리면 되는 거야?"

하지만 언제 풀릴지 알 수 없는 봉인을 기다리는 건 무리다. 한 번 어딘가에 곰 이동문을 설치하고 봉인이 풀릴 무렵에 돌아오는 방법도 있다.

"그 부분 말이지만, 유나 님에게는 카가리 님을 만나주셨으면 좋겠는데, 괜찮으신가요?"

"카가리 님?"

또 새로운 이름이 나왔다.

“카가리 님은 오로치가 봉인된 리네스 섬에서 긴 세월 결계를 관리해온 분이세요. 결계와 봉인된 마물에 관해 가장 자세히 아시는 분이죠.”

긴 세월이라니 꽤 연세가 있는 여자의 이미지가 떠오른다. 어쩌면 인생의 절반을 오로치 봉인에 바쳐왔을지도 모른다. 그런 만화나 소설을 읽은 적이 있다.

대대로 그 봉인을 지키기 위해 많은 사람이 인생을 허무하게 보내왔을지도 모른다. 그렇게 생각하니 가엽게 느껴진다.

가능할지 모르지만, 그 역할에서 해방해주고 싶다.

“응, 알았어. 그 카가리 님이라는 사람을 만날게.”

무엇보다 조금이라도 오로치 토벌의 방법에 대한 정보가 필요하다.

“고맙습니다. 그러면 내일 카가리 님이 계신 곳으로 안내하죠.”

“그럼, 저는 배를 수배해둘게요.”

“시노부, 잠깐 기다려주세요.”

방에서 나가려는 시노부를 사쿠라가 막더니 나를 본 뒤에 곰돌이와 곰순이에게로 시선을 옮겼다.

“저기, 유나 님, 한 가지 여쭤봐도 될까요?”

“뭐지?”

“유나 님은 곰돌이 님과 곰순이 님을 타고 바다 위를 건너 이

나라에 오셨다고 들었는데, 사실인가요?"

시노부가 발견하고 보고를 마친 거라면 어물쩍 넘긴다 해도 방법이 없으니 고개를 끄덕였다.

"사실이야."

"그, 가능하시다면……."

당장에라도 사라져버릴 것 같은 작은 목소리다.

"설마, 타고 싶은 거야?"

사쿠라의 얼굴을 보니 그런 표정을 짓고 있었다.

타고 싶지만, 응석을 피울 수는 없다는 느낌이다.

"저기, 그게, 그러니까, 네."

사쿠라는 아래를 바라본 채 망설이는 모양으로 작게 끄덕였다.

"이야기를 들었을 때, 바다 위를 달린다는 건 꿈같은 이야기라고 생각했어요. 그러니까, 민폐가 아니라면—."

흘깃 곰돌이와 곰순이를 봤다.

아무래도 곰돌이와 곰순이를 타고 리네스 섬까지 가고 싶은 모양이다.

뭐, 이미 알려져 있는데 이제 와서 고민할 것도 없나. 게다가 배를 타고 가게 된다면 배를 탈 때 내 옷차림을 사람들이 본다는 뜻이 된다. 그건 그거대로 귀찮게 될 것 같다.

나로서도 곰돌이와 곰순이를 타고 가는 편이 마음이 편하다.

"딱히 상관없는데, 사람들 앞에선 탈 수 없어. 곰이 나타나면

놀라기도 할 테고, 곰이 바다 위를 달리는 모습을 보고 소동이 일어나도 곤란하니까 말이야."

일반적인 곰은 바다 위를 달리지 않는다.

"……시노부."

사쿠라는 시노부에게 도움을 요청하듯 시선을 보냈다.

"그렇네요. 그런 거라면 사람들에게 안 들키고 바다로 나갈 수 있는 좋은 곳이 있어요."

시노부는 조금 생각하더니 대답했다.

"진짜인가요?"

"정말이에요. 그럼, 배를 수배하는 건 관두기로 하고 다 같이 곰돌이와 곰순이를 타고 카가리 님을 만나러 가죠."

아무래도 시노부도 곰돌이와 곰순이를 타고 싶은 마음이었던 모양이다.

우선 우리는 곰돌이와 곰순이를 타고 리네스 섬으로 가게 되었다.

# 485 곰 씨, 앞으로의 일을 얘기하다

"그런데 사쿠라도 같이 가는 거야? 안내라면 시노부에게 맡기면 되지 않아? 오로치가 봉인된 섬에 가기엔 위험하지 않겠어?"

"아직 봉인은 풀리지 않아서 괜찮아요. 게다가 제가 가지 않으면 카가리 님은 유나 님과 얘기를 나누지 않으실 수도 있어요."

사쿠라는 나를 가만히 보더니 조금 말하기 어렵다는 듯 말을 이어간다.

"그, 유나 님의 복장은, 곰이기 때문에……."

확실히 곰 옷차림인 내가 「제가 사쿠라가 말했던 희망의 빛입니다」라고 소개한들 농담하는 거로밖에 들리지 않는다.

하지만 국왕의 조카이자 무녀로서 알려진 사쿠라가 함께라면 신용해줄 가능성이 크다. 애초에 내가 스스로 희망의 빛이라는 말 같은 건 창피해서 할 수 없다. 그렇게 생각하니 사쿠라가 함께 가주는 편이 좋을 것 같다.

"게다가 카가리 님은 좋고 싫음이 분명한 사람이니까요."

나도 호불호가 확실하니 그 카가리 님이라는 사람은 나와 닮았을지도.

내일 예정은 정해졌고 오늘 밤엔 이 저택에 머물게 되었다.

"아 참, 시노부, 이건 돌려줄게."

나는 시노부에게 받았던 돈이 든 봉투를 꺼냈다.

조금 전 국왕과 보상에 대해 이야기를 할 때 떠올랐다.

만약 시노부가 죽었을 경우 대신해서 부모의 원수였던 쥬베이 씨를 쓰러뜨리는 것이 시노부에게 부탁 받았던 내 역할이었다. 하지만 시노부는 죽지 않았다. 시노부가 살아 있으니 돈은 돌려주게 되었다.

"그건……."

시노부는 돈이 든 봉투를 보고 손을 뻗으려 했지만, 곧바로 거뒀다.

"못 받아요. 유나는 저와 약속을 지키고 사부와 싸워줬잖아요. 그리고 사부를 이겼고요. 그러니 그 돈은 유나의 것이에요."

"확인하는 건데, 이 돈은 나라에서 나온 거야?"

"아니에요. 제 개인 돈이에요. 그때는 어떻게 해서든 유나를 사부와 싸우도록 해야 했죠. 그래서 그 돈은 개인적으로 판단해서 정한 거예요."

시노부가 자신의 돈을 낸 모양이다.

이 돈이 나라에서 나온 거라면 받았겠지만, 시노부 개인의 돈이라면 이야기는 다르다. 돈을 버는 게 얼마나 힘든지를 나는 알고 있다.

그리고 연기라고는 해도 목숨을 걸고 쥬베이 씨와 진심으로 겨

렸다. 자칫 잘못했으면 정말로 죽었을지도 모른다. 그런 마음이 담긴 돈은 받을 수 없다.

"돌려줄게."

나는 한 번 더 말하고 돈이 든 천 봉투를 내밀었다.

"유나?"

"시노부가 죽었을 때 받기로 약속했던 거잖아. 그런데 시노부는 제대로 살아 있으니 말이야."

"그렇긴 해도, 유나는 부모의 원수인 사부를 이겼는걸요. 약속으로는 유나가 원수를 갚아주는 거였어요. 그게 연기였다곤 해도 유나는 약속을 지켜줬죠. 그걸 받으면 모든 게 거짓이 되는 기분이 들어요. 그때의 저는 죽을 각오로 사부와 싸웠던 거예요. 사부도 저도 서로를 죽을 마음으로 싸웠다고요. 그 마음은 거짓이 아니에요."

알고 있다. 그때 시노부의 표정은 진짜라고 생각했기에 받았다. 그렇기에 더욱 이 돈은 받을 수 없다. 이 돈에는 시노부의 마음이 담겨있다.

하지만 돈을 돌려주려고 해도 시노부는 받을 마음은 없는 모양이다. 하지만 그건 나도 마찬가지였다.

그래서 나는 만화나 애니메이션에 자주 나오는 장면을 흉내내 보았다.

"그럼, 이것만 받을게."

돈이 든 천 봉투에서 금화 한 장을 꺼냈다.

"유나?"

"이것으로 돈을 받은 게 되고, 그와 동시에 시노부가 살아 있으니 돌려주겠단 약속도 지키는 거잖아. 이거라면 서로의 약속을 지킬 수 있게 되는 거지?"

내 말에 시노부는 당황하는 표정으로 나를 보고 있었다.

"유나는 사부와 싸웠을 때도 그랬지만, 사내답네요. 저를 지켜줬을 때 멋있었어요. 게다가 이런 모습을 보이면 저, 반해버릴 거예요."

나는 시노부에게서 떨어졌다.

"어째서 멀어지는 거예요?!"

미안하지만, 남자에게 흥미는 없더라도 그쪽 취향인 것도 아니라서.

"후후, 후훗."

사쿠라가 웃는다.

"사쿠라 님?"

"미안해요. 유나 님의 옷차림으로 사내답다는 말을 들으니 이상해서요."

확실히 잘생긴 남자가 인형 옷차림에, 멋있다고 말해도 웃길 뿐이다.

말도 그렇지만, 그 상황의 복장도 중요하네.

사쿠라의 말에 분위기가 풀렸고, 시노부는 돈을 순순히 받아줬다.

저녁 식사는 호화로운 요리가 나와서 맛있게 먹었다.

"항상 이런 호화로운 요리를 먹는 거야?"

"아뇨, 오늘은 유나 님이 계셔서 특별한 거예요. 숙부님이 유나 님을 잘 대접하라고 전해둔 모양이에요."

"과연, 국왕님이시네요. 유나가 거절 못 하게 하려고 말이에요."

분명, 매실장아찌와 밥만 나오는 것보다 호화로운 요리로 대접을 받는 편이 거절하기 어렵겠지.

"그렇지 않아요. 손님을 잘 대접하는 건 당연한 거죠. 시노부, 이상한 소리 하지 마세요."

"미안해요."

뭐, 어떤 대접을 받고 있는지, 환영받고 있는지 아닌지는 요리를 보면 알 수 있긴 하다.

저녁 식사를 마친 뒤엔 목욕하게 되었다.

극진한 대접이구만.

확실히 시노부의 말대로 이렇게까지 받으면 거절하기 어려워진다.

"이곳 목욕은 온천물이라 최고예요."

그건 기대된다.

나는 꼬맹이화 시킨 곰돌이와 곰순이를 안아 들고 사쿠라의 안

내를 받으며 목욕탕으로 향했다.

모르는 곳에서 곰 장비를 벗기엔 조금 불안하기도 하지만, 꼬맹이화 된 곰돌이와 곰순이도 함께하니까 무슨 일이 생겼을 때도 안심이다.

"저는 밖에 있을 테니까 무슨 일 있으면 부르세요."

시노부는 탈의실을 지키듯 섰다. 탈의실 안에는 나와 사쿠라가 들어갔다.

"저기, 어째서, 사쿠라도 같이 들어온 걸까나?"

"유나 님의 등을 닦아 드려야죠."

"혼자서 씻을 수 있으니까 괜찮아."

"그러면 곰돌이 님과 곰순이 님을 씻겨드릴게요."

그게 진심일지도 모르겠다.

"곰돌이, 곰순이, 어떻게 할래?"

본인에게 묻는다. 곰돌이와 곰순이는 「괜찮아」라는 느낌으로 「「크~응」」하고 운다.

"괜찮대."

"정말요?! 곰순이 님, 곰돌이 님, 고마워요."

사쿠라는 만면의 미소를 짓는다.

사쿠라는 기쁘게 옷을 벗고 목욕탕으로 들어서더니 곤란한 표정을 지었다. 사쿠라는 가만히 곰돌이와 곰순이를 보았다.

"왜 그래?"

"누구부터 씻겨야 좋을까요? 저는 못 정하겠어요."

"그럼, 내가 한쪽을 맡아서 씻길까?"

"아뇨, 안 돼요. 그러면 제 마음이 닿지 않는걸요. 이렇게 되면 동시에 씻기도록 할게요. 곰순이 님, 곰돌이 님, 죄송하지만, 제 앞으로 와주실래요?"

곰돌이와 곰순이는 사쿠라 앞으로 이동한다.

그러자 사쿠라는 눈앞에 곰돌이와 곰순이를 앉히곤 동시에 씻기기 시작한다.

"곰돌이 님, 기분 좋으세요?"

"크~응."

"곰순이 님은 어떠세요?"

"크~응."

사쿠라는 꼬맹이화 된 곰돌이와 곰순이를 번갈아 씻겼다. 곰돌이와 곰순이는 기분 좋아했다.

곰돌이와 곰순이는 사쿠라에게 맡기고 나는 자신의 몸을 닦고 선 욕조 안으로 들어섰다.

"으으, 기분 좋다."

역시, 보답을 부탁한다면 온천이 딸린 집으로 해야겠어.

뭐, 그것도 봉인된 마물을 무사히 어떻게든 했을 때의 이야기지만 말이다.

"사쿠라, 한 가지 물어봐도 될까?"

"네, 뭐죠?"

곰돌이와 곰순이를 씻기는 사쿠라가 나를 보았다.

"어제라고 해야 할지, 오늘 아침엔 꿈을 꿨니?"

사쿠라는 몇 번이나 자신이 죽는 꿈을 꿨다. 하지만 내가 나타남으로 인해 바뀌었을지도 모른다.

"죄송해요. 유나 님이 시노부와 만난 뒤로는 한 번도 꿈은 꾸지 않았어요."

"그럼, 미래가 바뀌었는지는 알 수 없는 거네."

"네, 하지만 절망이 아니라 밝은 미래가 기다리고 있을지도 모른다고 생각하니, 저는 기뻐요."

즉, 미래는 우리가 정한다는 뜻이다.

어디 있을 법한 청춘 만화 같군.

그리고 온천을 즐긴 나는 사쿠라와 함께 자기 위해 사쿠라의 방으로 이동했다.

욕실에 들어갔을 때 말하기 어려운 듯한 모습으로 함께 자도 되냐고 부탁하기에 허락했다.

"그럼, 저는 옆방에 있을 테니까 무슨 일 있으면 부르세요."

시노부는 옆방에서 잔다고 했다.

국왕에게 들은 대로 나를 봐주고 있는 모양이었다.

"그럼, 자볼까."

"네, 곰순이 님, 오늘 밤 잘 부탁드릴게요."

"크~응."

사쿠라는 꼬맹이화 된 곰순이를 인형처럼 품에 안은 채로 이불 안으로 들어간다.

"곰돌이는 나랑 같이 자자."

"크~응."

나는 이불 속으로 곰돌이와 함께 들어갔다.

옆에서는 곧바로 잠든 숨소리가 들려왔다.

사쿠라는 피곤했던 건지 안도한 건지 모르겠지만, 오늘도 악몽은 꾸지 않길 바랄 뿐이다.

이런 어린 여자애가 몇 번이나 죽는 경험은 하지 않길 바랐다.

그리고 나도 온천의 효과 덕인지 곧장 잠에 빠져들었다.

## 486 곰 씨, 리네스 섬으로 향하다

다음 날 아침, 일어나자 사쿠라가 이불 위에 무릎을 꿇고 앉아 곰순이를 무릎 위에 올려놓고 있었다.

"좋은 아침이에요."

"벌써 일어났구나."

"네, 무척 좋은 꿈을 꿔서 그 여운에 잠겨 있었어요."

사쿠라는 상쾌한 표정으로 대답한다.

"꿈?"

"네, 곰순이 님이 지켜주시는 꿈이요. 암흑 속에 제가 혼자서 울고 있는데 곰순이 님이 어디선가 나타나 저를 따뜻하게 안아주셨어요. 따스하고, 불안감이 사라지는 듯한 안도감에 휩싸였죠. 게다가 곰순이 님은 「크~응」하며 우시며 눈부신 빛으로 암흑을 쫓아내 저를 지켜주셨어요. 그 모습은 굉장히 늠름하고 멋있었어요. 이렇게 편안하게 잠든 건 오랜만이에요. 곰순이 님, 고맙습니다."

"크~응."

곰순이는 그렇지 않아, 라는 표정으로 울었다.

이것도 예지몽이 되려나.

"그럼, 오로치의 봉인은 성공하는 거야?"

내 질문에 사쿠라는 고개를 저었다.

"모르겠어요. 아마, 이 꿈은 예지몽이 아닌 것 같아요. 제 불안감이 보인 꿈속에서 곰순이 님이 도와주신 게 아닌가 싶어요."

나도 곰순이와 곰돌이가 함께 있으면 안심하고 잠들 수 있다. 평온함을 준다. 어쩌면 곰돌이와 곰순이에게는 그런 힘이 있을지도 모르겠다.

일단 신님이 준 곰이기도 하니 말이다. 얼굴을 보면 그런 식으로는 안 보이는데 말이야.

그리고 시노부가 찾아와 다 같이 아침 식사를 하고, 리네스 섬을 향해 출발했다.

시노부의 얘기에 따르면, 마차로 해안까지 가서 그곳에서부터 곰돌이와 곰순이를 타고 리네스 섬으로 갈 예정이라고 한다.

준비된 마차를 보니 하야테마루가 연결되어 있었다.

"얼른 타세요."

시노부가 마부석에 앉더니 우리에게 말했다.

아무래도 시노부가 마차를 조종할 모양인 것 같았다.

뭐, 다른 사람이 있다면 곰돌이와 곰순이가 바다 위를 걸을 순 없다.

"그럼, 갑니다."

우리가 마차에 올라탄 것을 확인하더니 시노부는 마차를 움직였다.

"사쿠라 님, 곰순이가 마음에 드신 모양이네요."

마부석에 앉은 시노부가 말을 건넸다.

사쿠라는 소중한 물건을 껴안듯 꼬맹이화 된 곰순이를 무릎 위에 올려놓고 있었다. 피나와 노아가 귀여워하는 것과는 조금 다른 느낌이다.

참고로 나는 무릎 위에 꼬맹이화 된 곰돌이를 올려뒀다.

"곰순이 님과 같이 있으면 안심이 돼요."

"그 마음은 이해가 되네요. 부드럽고, 기분 좋잖아요."

그 말에는 동의한다. 곰돌이와 곰순이를 안고 있으면 굉장히 기분이 좋다.

"물론, 기분도 좋긴 하지만, 곰순이 님을 안고 있으면 불안한 마음이 진정되네요."

꿈에 나온 곰순이의 활약 덕분인 것도 있는 모양이다.

"그리고 화의 나라에서는 흰색은 행복을 옮겨다 준다거나, 깨끗함을 상징하는 색이라 여겨져요. 그래서 더 그렇게 생각되는 걸지도 모르죠."

"크~응."

색이 검은 곰돌이가 조금 슬프게 울었다.

"그렇다고 곰돌이 님이 더럽혀져 있다거나 불행을 부른다는 건 아니니 그런 얼굴을 하지 말아주세요."

내 무릎 위에 놓인 곰돌이의 슬픈 표정을 본 사쿠라가 손을 뻗

어 곰돌이의 얼굴을 쓰다듬었다.

확실히 흰 새나 흰 뱀, 흰 고양이 등은 행복을 불러들인다는 이야기는 들은 적 있다. 인연을 만들어주는 흰 토끼 이야기도 있다. 그렇게 생각하니 흰색은 행운을 옮겨와 준다는 말도 수긍이 되었다.

게다가 그와 반대로 검정은 굳이 따지자면 사악, 불길, 더럽혀져 있다는 등, 나쁜 이미지 쪽이 많다.

그렇지만, 나에게는 상관없다.

"곰돌이, 곰순이, 둘 다 나에게는 행복을 옮겨다 주는 곰이야."

내 말에 곰순이는 물론이고 곰돌이도 기쁘게 「「크~응」」하고 울었다.

실제로 곰돌이와 곰순이가 있어서 매일이 즐겁다. 둘이 없는 생활은 생각할 수가 없다.

머지않아 마차는 마을을 벗어나 해안가에 다다랐다.

"여기서부터는 안 보일 거예요. 하지만 바다로 나간 배에는 조심해주세요."

뭐, 거리를 둔다면 알아차리지 못할 거다.

시노부는 하야테마루를 송환했다. 짐칸은 내 곰박스에 담았다. 이미 다다미를 몇십 장을 담는 모습을 보였기 때문에 새삼스러울 건 없었다.

그리고 바다를 건너기 위해 나는 꼬맹이화 된 곰돌이와 곰순이

를 통상의 사이즈로 되돌렸다.

"그럼, 사쿠라랑 시노부는 곰순이를 탔으면 하는데, 곰순이, 괜찮겠니?"

"크~응."

내가 확인하자 곰순이는 사쿠라 앞에서 허리를 숙인다.

"곰순이 님, 잘 부탁드릴게요."

사쿠라는 머뭇머뭇 곰순이에 올라탔다. 조금 균형을 잃을 뻔했지만, 곰순이가 도와줬다.

"곰순이 님, 고마워요."

"크~응."

"곰 님을 타는 건 처음이에요."

뭐, 곰에 올라탈 기회 같은 건 그다지 없겠지. 애초에 태워줄 법한 동물이 아니고 말이다.

"그럼, 저도 부탁할게요."

시노부는 사쿠라의 뒤에 껴안듯 곰순이에 올라탔고, 나는 곰돌이에게 올라탔다.

"정말로 바다 위를 달릴 수 있는 거죠? 헤엄치는 건 아니죠?"

"시노부는 보지 않았나?"

"봤지만, 곰이 바다 위를 달리다니, 여전히 믿기지 않아서요."

"그럼, 시노부는 혼자서 배로 갈래?"

"유나가 괴롭혀요."

"딱히 괴롭히는 건 아닌데. 불안하면 배로 가면 된다고 생각했을 뿐."

무리해서 타지 않아도 된다.

"미안해요. 믿을게요."

시노부는 곰순이를 껴안고 내리지 않겠다는 어필을 했다.

"그럼, 바다 위를 달릴 건데, 놀라거나 난동을 피워선 안 돼."

그러다가 떨어져도 내 책임은 아니다.

"앗, 네."

"알겠어요."

"곰돌이, 곰순이, 가자."

""크~응.""

나를 태운 곰돌이와 사쿠라와 시노부를 태운 곰순이는 바다로 뛰어들어 바다 위를 달렸다.

"정말로 바다 위를 달리고 있네요."

"굉장해요."

"꿈만 같아요."

사쿠라는 만면의 미소로 곰순이를 타고 있었다. 어린아이가 유원지에서 즐거워할 때의 미소다. 사쿠라는 다른 어린아이와 달리 어른스럽다. 말투도 예의 바르고 조금은 시노부가 보고 배웠으면 싶을 정도다.

"뭐죠?"

내가 시노부에게로 시선을 보낸 걸 알아차린 모양이었다.

"아무것도 아니야. 그럼 속도를 올릴 테니까, 확실하게 잡고 있어야 해."

뭐, 곰돌이와 곰순이의 효과로 떨어질 일은 없겠지만, 만일을 위해서였다. 스스로 내릴 의사가 있으면 떨어져 버린다.

곰돌이와 곰순이는 리네스 섬을 향해 속도를 올렸다.

리네스 섬은 여기서부터도 보이는 위치에 있었다. 보인다고는 해도 거리는 꽤 떨어져 있었다.

나아가면 갈수록 섬의 크기가 보였다. 타르구이와 같은 정도?

확실히는 모르겠지만, 그 정도의 사이즈로 보였다.

그리고 섬 위를 보니 검은 새 같은 것이 날고 있는 게 보였다. 조금 불길한 느낌이었다.

그다지 시간을 소요하지 않고 리네스 섬의 선착장에 도착했다.

"정말로 곰을 타고 바다를 건너왔네요."

"바다 위를 달리다니, 곰순이와 곰돌이는 정말이지 대단한데요."

"곰순이 님, 고맙습니다."

"귀중한 체험을 했어요. 고마워요."

두 사람에게 고맙단 말을 듣고 곰순이는 기뻐했다.

"곰돌이도 고마워."

"크~응."

리네스 섬에 도착한 우리는 곰돌이와 곰순이를 올라탄 채로 숲

속으로 들어갔다.

섬은 숲으로 뒤덮여 있었고, 그 숲 안에 잘 만들어진 하나의 길이 이어졌다. 그 안쪽에 카가리라는 사람이 있는 모양이다.

"카가리 님이라는 분, 혼자서 이곳에 사는 거야?"

"네, 가끔 수발을 드는 사람이 섬에 찾아오긴 하지만, 기본적으론 혼자서 살고 계세요."

"이런 곳에 혼자라니, 불쌍하지 않아?"

과연 전직 은둔형 외톨이인 나라도 무인도 같은 곳에서 혼자 살고 싶진 않다. 심지어 인터넷도, TV도 없다.

응, 무리야.

"원래 혼자서 있는 걸 좋아하는 분이라서요. 게다가 기분 전환으로 가끔 성 아랫마을에 오신다고 해요. 아무리 그래도 길게는 나가계시진 않지만, 유나 님이 생각하시는 것 같은 일은 없으니 걱정 마세요."

그렇다면 다행인데. 사람을 희생시키고 갇혀놓고 있는 것 같은 거라면 불쌍하니까 말이다.

우리를 태운 곰돌이와 곰순이는 포장된 길을 걸어간다. 길은 곧장 섬 중심으로 향해있었다.

"곧 보일 거예요."

사쿠라가 말한 대로 신사 같은 대단한 건물이 보였다.

우리는 곰돌이와 곰순이에서 내려와 신사 같은 건물 안으로 들

어갔다.

"카가리 님, 계신가요?"

사쿠라는 건물 안을 향해 말을 건넸다.

"누구지?"

"사쿠라예요."

"또 왔니. 다른 나라로 도망가라고 했거늘."

안쪽에서 나타난 건 20대 초반 정도의 어여쁜 여성이었다. 긴 황금색 같은 예쁜 머리를 흩날리며 우리가 있는 곳으로 다가왔다. 여자는 고운 기모노를 입고 있었고 금색 머리에서 빛이 났다.

하지만 여자는 기모노를 헐겁게 입고 있어서 커다란 가슴이 당장에라도 쏟아져 나올 것 같았다.

"아아, 또 그런 차림을 하고 계시다니. 옷은 제대로 입어주세요."

여자인 내가 봐도 눈을 어디에 둬야 할지 모르겠다.

하지만, 그 모습은 요염했다.

무엇보다 눈에 띄는 건 가슴의 볼록함이다. 크네. 미래의 내 사이즈 정도다.

"시끄럽네. 딱히 누가 보는 것도 아니니까 괜찮잖니."

"우리가 보고 있잖아요."

"다 같은 여자인걸. 문제는 없잖아."

"안 돼요. 제대로 입어주세요. 손님도 데리고 왔으니까. 시노부, 도와주세요."

"알겠어요."

사쿠라와 시노부가 카가리라 불린 여자에게 다가가 익숙한 손놀림으로 여자의 복장을 정돈한다.

이 금발의 단정치 못한 미인이 결계를 관리하는 카가리 님?

# 487 곰 씨, 카가리 님과 얘기하다

카가리 님이라 불린 여자는 사쿠라와 시노부 덕분에 옷을 단정하게 정리할 수 있었다. 하지만 여자는 양반다리를 하듯 앉았기에 모처럼 예쁜 모습이 볼품없게 됐다. 아무래도 항상 있는 일인지 사쿠라는 작게 한숨을 내쉬었다.

"사쿠라, 이 나라에서 도망치라고 했잖니."

여자는 조금 전 사쿠라에게 한 말을 한 번 더 했다.

"카가리 님을 두고 도망칠 수는 없어요."

"이 몸은 어찌 돼도 괜찮다니까."

어쩐지 체념한 표정을 지었다.

"카가리 님……."

"게다가 사쿠라를 지키라는 네 어머니와의 약속도 있는걸."

"어머님의……. 그렇지만."

"그래, 저 녀석에게 죽기 전에 부탁받았어. 그러니까 너를 지켜야 해. 내 몸을 던져서라도 말이야."

"카가리 님. 그렇지만, 저는……."

"오로치가 부활한다면 어떻게 될지는 나도 몰라. 다만 많은 사람이 죽는다는 건 틀림없어. 나는 그 속에 네가 없길 바라고 있어."

여자는 부드럽게 사쿠라에게 말한다. 그 얼굴은 진심으로 걱정

하는 표정이다.

"그래서, 그 기묘한 옷차림을 한 계집은 누구지? 곰 같은 걸 데리고 와서."

여자는 사쿠라 뒤에 있던 내게로 눈을 돌린다.

"얼마 전에 전해드린 꿈에서 본 희망의 빛의 유나 님이세요. 그리고 흰 곰이 곰순이 님, 검은 곰이 곰돌이 님이에요."

사쿠라는 우리를 소개한다.

다시 한 번 희망의 빛이라는 말을 들으니 낯간지럽다. 정정하고 싶어도 사쿠라의 꿈속에서는 나는 빛나고 있었다니까, 부정할 수도 없다.

"유나 님, 이 섬에서 결계를 관리하는 카가리 님이세요."

서로가 소개를 받고 서로 정면으로 마주했다.

"사쿠라, 네가 미래의 일어나는 일을 꿈으로 볼 수 있다는 건 알아. 하지만 너에게는 이 기묘한 곰 옷차림을 한 계집아이가 정말 희망의 빛으로 보이는 거니?"

카가리 님은 나를 수상쩍게 보았다.

뭐, 보통은 그렇게 안 보이지.

하지만 사쿠라는 나를 보더니, 고민할 것도 없이 「네, 그렇게 보여요」라고 딱 잘라서 대답했다.

"너, 미래를 보는 꿈의 힘이 사라진 게 아닐까?"

"유나 님은 카가리 님을 도와주시려고 해요."

사쿠라의 말에 카가리 씨는 똑바른 눈으로 나를 바라봤다.

"유나라고 했나. 너는 어디까지 이야기를 들었지?"

"이 섬에 봉인된 오로치의 봉인이 풀리려고 하니 도와주면 좋겠다 정도?"

그런 뒤 사쿠라에게 들은 이야기를 간단하게 설명했다.

"거기까지 이야기를 듣고 어째서 오로치와 싸우려고 하지? 사쿠라에게 『희망의 빛』이라는 말을 듣고 우쭐대서 자신이라면 무찌를 수 있을 거라고 생각했나? 만약 그런 생각을 하고 있는 거라면 그저 멍청이거나 죽음을 무서워하지 않는 멍청이잖아."

어느 쪽이든 멍청이인 거네.

"본 적도 없는 오로치를 무찌를 수 있을지 어떨지는 몰라요. 무리라면 도망칠 생각이고 말이죠. 그저 사쿠라의 마음에 응해주고 싶은 것뿐이에요."

"유나 님……."

사쿠라는 내 말에 기뻐한다.

실제로 싸워본 적 없으니 알지 못한다. 하지만 목숨을 거는 거냐 묻는다면 NO다.

그래도 신님에게 받은 곰 장비도 있고, 열심히 운명과 싸우는 사쿠라를 모른 척하는 짓은 하고 싶지 않다.

하지만 카가리 씨에게는 사쿠라의 말도 내 말도 닿지 않았다.

"며칠 전에도 다른 자가 오로치와 싸우겠다는 자를 데리고 왔

지만, 아무도 오로치와 싸울 정도의 힘은 갖고 있지 않아서 내쫓아 보냈어. 싸웠다간 괜히 목숨만 잃을 뿐이잖아. 너도 그런 젊은 나이에 죽을 필요는 없어. 나무라지 않을 테니까 얼른 나라를 떠나길 권하지."

손목을 젖히며 돌아가라는 제스처를 취했다.

"카가리 님! 유나 님은 정말로 희망의 빛이세요. 실력도 있다고요."

"아무리 사쿠라의 말이 옳아도 나는 지쳤어. 희망은 없어. 저 오로치의 강함을 아는 건 나뿐이야. 그 강함은 싸워본 자만 알 수 있지."

"……그렇긴 하지만."

지금, 오로치와 싸웠다고 한 건가?

"싸운 자라니, 100년도 더 전의 일 아니에요? 카가리 씨라고 했나, 그런 나이로는 안 보이는데요."

아무리 봐도 20대 여자다. 어딘가의 엘레로라 씨처럼 동안이라고 해도 30대다. 그런데 100년도 더 전의 오로치와 싸웠다는 건 어떤 의미지?

엘프인가 싶어 귀를 확인하지만, 길지 않았다.

"사쿠라, 나에 대해 말 안 했니?"

"네, 거짓말이라 여겨서 안 받아주면 곤란하니까요."

사쿠라는 미안하다는 듯 나를 보았다.

"게다가 카가리 님에 대해서는 일부 사람들만 알잖아요. 쉽게

발설할 수는 없었어요."

"사쿠라가 아무에게나 말하지 않는다는 건 알고 있어. 사쿠라, 너의 눈으로 봤을 때 이 아이는 믿을 수 있는 거니?"

사쿠라는 가만히 나를 바라보았다.

"믿을 수 있어요."

"그렇구나. 그렇다면, 괜찮겠지."

카가리 씨가 그렇게 말하고 머리카락이 움직이자 머리에서 갈색의 긴 귀가 나타났다. 게다가 기모노 아래가 꾸물꾸물 움직이더니 갈색의 모피 같은 것이 보였다.

동물의 귀와 꼬리?

"이 몸은 몇백 년째 사는 여우란다. 수백 년 전, 오로치와 싸웠고, 그래서 그 무서움을 알고 있지."

"여우……."

그건, 여우 요괴라는 건가?

"그래, 이 몸은 여우 괴물이야. 무섭지 않나?"

기모노 아래로 보이는 꼬리가 흔들렸다.

"딱히 무섭지는 않은데요."

마물이 사는 세계다. 인간으로 변신하는 여우가 있어도 놀랍지는 않다.

"뭐야, 재미없네. 이럴 땐 나를 거짓말쟁이 취급을 할 거라고 생각했는데 말이야. 하지만 이제 알았겠지. 내가 몇백 년이나 살아

가고 있다는 것을 말이야."

뭐, 엘프도 있는 세계이니 몇백 년이나 사는 여우 요괴가 있어도 이상하지는 않다.

"그리고 그 마물과 싸운 이 몸이 말하는 말의 무게도 알았겠지. 무찌르지 못할 거라곤 하지 않아. 저번엔 어떻게든 약하게 만들어서 봉인할 수가 있었지. 그렇지만, 그런데도 피해는 컸어. 무엇보다 다른 건 그때 함께 싸웠던 동료는 아무도 남아 있지 않다는 사실이지."

카가리 씨는 먼눈을 한다.

"그렇지 않아요. 유나 님과 카가리 님이라면."

"과대평가야. 지금의 이 몸은 결계를 억누르는 것만으로도 벅차서 이 몸에게 싸울 힘은 없어."

"그 결계라는 건 어느 정도 가는데요?"

"이젠 시간 문제야."

"카가리 님, 그렇다면 유나 님의 힘을 빌려서."

카가리 씨는 사쿠라를 가만히 바라본다.

"정말로 그 이상한 차림을 한 계집을 믿고 있구나. ……알았어."

"카가리 님!"

카가리 씨의 고개를 끄덕이게 만드는 데 성공한 사쿠라는 기뻐한다.

"그렇다면 네가 정말로 희망의 빛이라면, 이 몸에게도 희망을

보여주겠니."

"보여주라니, 어떻게요? 당신과 싸워서 실력을 보이면 되는 거예요?"

"아니, 이 몸이 지금 제일 곁에 있어 주길 바라는 인물을 데리고 와주면 좋겠어. 만약, 그렇게 할 수 있다면 이 몸도 너를 희망의 빛이라 인정하지."

갑자기 무리한 요구를 해왔다.

나한테 화의 나라에 지인 같은 건 없다.

"누군데요?"

일단 확인했다.

"당시, 오로치가 요동쳤던 때 이 몸과 함께 싸웠던 동료 중 하나야."

"카가리 님, 그건."

"후후, 알고 있어. 절대로 무리라는 걸 말이야. 그러니 그런 기적은 일어나지 않을 거라고, 무리한 요구라는 건 알고 있어. 그렇지만, 이 몸에게 있어선 그게 희망인 거야."

"아무리 그래도 죽은 사람은 무리죠."

수백 년 전의 인물을 데리고 오는 건 과연 불가능하다.

"그자는 살해당한 게 아니라면 지금도 어딘가에서 살아 있을 거야."

"살아 있다고요? 설마, 당신과 같이 여우?"

카가리 씨는 고개를 젓는다.

"그자는 엘프야."

엘프…….

"지금은 어디에 있는지도 모를 남자지. 이 오로치를 봉인한 결계를 만든 것도 그 남자야. 그러니 그자가 온다면 어떻게든 될 거야. 네가 사쿠라의 희망의 빛이라면 이 몸에게도 희망의 빛을 보여주렴. 이 몸에게도 한 번 더 무무르트와 만나게 해줘! 무리라면 돌아가렴."

"……?!"

나와 곰돌이, 곰순이는 카가리 씨의 입에서 나온 이름에 반응한다.

"……카가리 님, 아무리 그래도 그건."

"알고 있어. 말하면서도 헛된 꿈이라는 건 나 스스로 알고 있어. 무리한 부탁이라는 것도 말이야. 무무르트가 어디에 있는지도 모른다. 어쩌면 불의의 사고로 죽었을 가능성도 있지. 그저 무무르트가 있어 주길 몇 번이고 생각했어. 그 남자가 있다면 어떻게든 할 수 있지 않을까 하고 말이야. 하지만, 그 남자는 없어. 데리고 오는 일 따위 불가능해."

카가리 씨의 목소리가 작아지고, 당장에라도 울 것 같은 얼굴이 되었다.

그래도 무무르트 씨라니, 그 무무르트 씨?

“그 무무르트 씨라는 엘프가 이 나라에 온 적이 있어요?”

“그래, 이 몸이 아직 젊었을 때 말이야.”

겉모습으로 말하자면 지금도 매우 젊다.

“오로치가 나타나 곤란에 처했을 때 그 모험가들은 찾아왔지. 무무르트는 엘프의 비술이라고 말하며 이 섬에 봉인의 진을 만들어 쇠약해진 오로치를 봉인하는 데에 성공했어. 이 몸은 그 결계를 지키기 위해 이 땅에 남았지.”

내가 아는 무무르트 씨인 건가?

“그러니 네가 희망의 빛이라고 한다면, 무무르트를 데리고 와줘. 이 몸에게도 희망의 빛을 보여주렴.”

비통한 목소리로 말한다.

“카가리 님…….”

“……….”

사쿠라와 시노부는 아무런 말도 못 하고 입을 다물어버린다.

두 사람 모두 카가리 씨의 부탁을 이루기 어렵다고 생각하고 있기 때문이다.

하지만 나는 동성동명에 동족의 무무르트 씨를 알고 있다.

그리고 데리고 오는 것도 가능하다.

“그 무무르트 씨를 데리고 와주면 오로치를 무찌를 수 있는 거예요?”

“그건 몰라. 하지만, 무찌를 가능성은 커지지. 그리고 만약 무

무르트를 데리고 와줄 수 있다면 이 몸은 너를 희망의 빛으로써 전면적으로 신용할게. 후후, 그런 기적 같은 일은 천지가 개벽한다 해도 있을 수 없겠지만 말이야."

그럼, 어떻게 할까.

우선 카가리 씨가 말하는 무무르트 씨가 내가 아는 무무르트 씨라면 데리고 오는 건 OK다. 하지만 그러려면 곰 이동문에 대해 말해야 한다. 게다가 다른 사람일 경우엔 어떻게 할 거냐는 것도 문제다. 하지만 무무르트 씨는 결계와 마법진에 대해 잘 안다. 거의 틀림없는 것 같다.

"그러니까, 포기하고 돌아가."

"카가리 씨는 어떻게 할 건데요?"

"결계를 관리하는 자의 운명이지. 마지막까지 오로치의 상대를 할 뿐."

그렇다는 건, 죽을 생각이라는 거?

"카가리 님, 어떻게든 유나 님을 믿어주세요."

사쿠라가 고개를 숙인다.

"너는 얼른 나라를 떠나. 곰 복장을 한 아가씨. 네가 사쿠라의 희망의 빛이라면 사쿠라를 놓아주지 않겠니. 부탁한다."

카가리 씨는 나를 향해 고개를 깊게 숙인다.

딱히 나를 믿지 않는다거나 그런 건 아닌 모양이다. 정말로 사쿠라의 몸을 생각해주고 있을 뿐인 모양이다.

"카가리 님……."

사쿠라는 카가리 씨의 말에 입을 닫아버린다.

"……알았어요. 그 무무르트 씨를 데리고 오면 되는 거죠."

이대로 그녀를 모른 척할 수는 없었다. 모른 척한다면 뒷맛이 좋지 않겠다. 게다가 화의 나라가 멸망하는 건 피하고 싶다.

"……너, 무슨 말을 하는 거야? 어디에 있는지도 모르는 남자야. 그런데 데리고 오겠다고?"

카가리 씨는 무언가를 알아차린 듯 몸을 일으켰다.

"너, 설마, 알고 있는 거야?!"

카가리 씨는 천천히 나에게 다가오더니 양 어깨를 붙잡았다.

"무무르트라는 이름의 엘프 지인은 있어요."

"유나 님, 정말로 아시는 건가요?"

"동성동명이고 동종이니까, 다른 사람은 아닐 것 같은데. 확인해 보지 않으면 카가리 씨가 말하는 본인인지는 모르겠지만."

"그 엘프인 무무르트는 어디에 있는데! 근처에 있는 거야! 정말로 데리고 오는 게 가능한 거냐고?!"

나를 붙잡은 어깨를 흔드는 힘이 강해진다.

"이곳에 있는 전원이 제 비밀을 지켜줘야 해요."

"유나 님의 비밀이요?"

"설령, 국왕이나, 사부한테라도 말이죠."

나는 이곳에 있는 세 사람을 바라보았다.

곰 이동문에 대해서는 퍼트리고 싶지 않다.

"저는 아무에게도 말 안 할게요. 유나 님의 말을 따르겠습니다."

"물론, 이 몸도 그럴 거야. 무무르트를 만날 수 있다면, 어떤 약속이라도 지키지."

모두가 시노부를 보았다.

"물론 저도 아무에게도 말 안 할 거예요."

"편지에 적거나 하는 것도 안 돼."

"무, 물론이죠."

눈이 흔들렸다.

시노부에게는 계약 마법이 필요하려나?

닌자이기도 하니까 말이다.

## 488 곰 씨, 약속하다

"그럼, 확인할 테니 조금만 기다려줘."

나는 곰 폰을 사용하기 위해 방에서 나섰다.

"어디로 가는 거야?"

"무무르트 씨에게 확인하려고요."

어떻게 확인한다는 거니. 설마, 지금부터 무무르트 녀석이 있는 곳으로 가려는 거야?"

으~음, 곰 폰으로 확인할 건데. 보통이라면 어떻게 확인하는지도 궁금해 하겠네.

"그런 건 아니지만, 연락 방법도 비밀이라고나 할까요?"

"뭐야, 우리를 못 믿는 건가? 우리는 너의 비밀을 지킬 거야."

"네, 약속합니다."

"할게요."

어쩐지 시노부만 말이 가벼운 듯한 느낌이 드는 것 기분 탓일까?

하지만 나중에 추궁을 당하거나 여러 가지로 물어보면 귀찮아지니 계약 마법에 대해서도 머리에 새겨두기로 했다.

"몇 번이고 말하지만, 아무에게도 말하면 안 돼요."

나는 곰 폰을 꺼내 루이밍에게 걸었다. 잠시 시간이 흐르고 루이밍의 목소리가 곰 폰을 통해 들려왔다.

『유나 님?』

"지금, 잠깐 괜찮을까?"

『네, 괜찮아요. 무슨 일이세요?』

곰 폰에서 평화롭고 느긋한 목소리로 루이밍이 물었다.

"무무르트 씨를 만나고 싶은데, 가도 될까?"

『할아버지요? 잠시만 기다려주세요. 확인해 볼게요. 할아버지, 유나 님이 뵙고 싶대요.』

곰 폰에서 무무르트 씨가 「괜찮아」라고 말하는 목소리가 들렸다.

『괜찮으시대요.』

"무무르트 씨, 옆에 계셔?"

『지금 할아버지랑 낚시하는 중이에요. 유나 님도 생선, 드실래요? 저, 커다란 물고기를 낚았거든요.』

이쪽 멤버는 오로치로 고민에 빠져있는데 곰 폰에서 루이밍의 즐거운 목소리가 들렸다. 루이밍은 언제나 밝고 즐거워 보였다.

"그것도 좋긴 한데. 그럼 지금 만나 뵈러 가겠다고 무무르트 씨에게 전해줄래?"

『네, 알겠어요. 그럼 지금부터 돌아갈게요.』

"고마워. 괜찮다면 신성수가 있는 곳까지 와줄 수 있을까?"

『신성수요?』

"그리고 미안한데, 전에 루이밍이랑 무무르트 씨가 했던 계약 마법이 있었잖아. 그걸 준비해달라고 무무르트 씨에게 부탁해줄

수 있어?"

『계약 마법이요?』

"응, 내 비밀을 말하면 「죽는다」라는 거 말이야."

나는 「죽는다」라는 단어 부분을 강조하며 시노부 쪽을 흘깃 봤다.

『아아, 유나 님에 대해 발설하면 괴롭게 죽게 되는 계약 말씀이시죠. 누구랑 계약하시려는 거예요?』

"응, 내 비밀을 발설하면 안 되는데, 여기에 한 명, 말할 것 같은 사람이 있어서 말이야."

나는 재차 흘깃 시노부를 본다.

"그러니까 얘기하면 「죽는다」라는 계약 마법을 준비해줄 수 있을까?"

『알겠어요. 할아버지께 말해서 곧장 준비할게요.』

죽는다고 연호하고 있는데 곰 폰에서 들려오는 루이밍의 목소리는 밝았다.

"미안, 낚시하고 있는데 말이야."

『낚시는 언제나 할 수 있으니까 괜찮아요. 그것보다 유나 님을 만날 수 있는 게 기쁜걸요.』

"고마워. 그럼, 부탁할게."

나는 곰 폰의 통화를 끊었다.

이것으로 무무르트 씨를 데리고 온다면 괜찮을 것이다.

"어쩐지 제 쪽을 보고 흉흉한 말을 하던 게 신경 쓰이는데, 그

이상한 도구에서 들려온 목소리는 누구죠?"
"귀여운 여자아이 목소리였어요."
"할아버지라고 말하던데, 설마."
"지금 목소리는 무무르트 씨의 손녀야."
"그녀석 결혼해서 손녀까지 있는 거야?!"
"손주는 알고 있는 것만으로도 3명 있어요. 자식이 몇 명인지는 전혀 모르지만 말이죠."
자식이 달리 있다면 손주의 수는 더욱 늘어날 거다. 내가 아는 건 루이밍과 사냐 씨의 가족뿐이다.
"그것보다도 다들 할 말 있지 않나요? 그 곰 모양을 한 물건은 뭐죠?"
모두의 시선이 내 손 위에 놓인 곰 폰으로 모였다.
"귀여운 곰이네요."
"여우 쪽이 귀엽지."
""크~응.""
카가리 씨의 말에 곰돌이와 곰순이가 반론하듯 목소리를 올린다.
"나는 곰을 좋아해요."
내 말에 곰돌이와 곰순이는 기뻐한다.
"그래서, 그건 뭐죠?"
시노부는 이야기를 원래로 되돌리며 곰 폰을 봤다.
"멀리 있는 사람과 대화할 수 있는 마법 도구야."

"그런 마법 도구를 가지고 있나요. 그럼, 어디서든 곧바로 보고 할 수 있는 거예요? 저도 갖고 싶어요."

시노부는 곰 폰으로 손을 뻗으려 하기에 곰 폰을 숨기듯 곰 박스에 담았다.

"아아~."

"아쉽지만, 나에게만 쓸 수 있어."

"그래요? 으으, 그런 편리한 마법 도구가 있다면 일이 편해질 텐데."

시노부는 슬픈 얼굴을 지었지만, 시노부에게 선물해도 나하고만 대화할 수 있다.

그래도 일이라니, 역시 닌자 쪽?

"그런데, 유나 님, 조금 전에 만나러 가신다고 하셨는데, 어떻게 무무르트 님을 뵈러 가시는 건가요? 설마, 여기서 가까운 곳에 계신가요?"

"뭐야, 무무르트 녀석, 이 근처에 있는 거야?!"

사쿠라의 말에 카가리 씨가 몸을 일으켰다.

"아니, 멀리 떨어진 곳에 있을 거야."

타르구이가 얼마나 이동했을지 모르지만, 엘프 마을 근처는 아닐 거다.

"그럼, 어떻게 만나러 간다는 거니?"

곰 이동문인데. 하지만 그 전에 확인할 게 있다.

"제가 확인하는 건데, 무무르트 씨를 섬에 데리고 와도 되는 거예요? 남자는 들어올 수 없다고 들었는데요."

이 섬에는 남자 금지인 결계가 쳐 있다. 무무르트 씨를 데리고 와도 들어갈 수 없다면 의미가 없다.

"네가 말하는 무무르트가 이 몸이 말하는 무무르트과 같다면 괜찮아. 조금 전에도 말했지만, 오로치를 봉인하는 결계를 만든 건 무무르트야. 그 결계에는 무무르트의 마력이 담겨있지. 그 마법진에 이 몸이 남자를 제외하는 마법진을 덧붙인 거야. 네가 말하는 무무르트가 오로치를 봉인한 결계를 만든 무무르트 본인이라면, 괜찮아. 게다가 무무르트가 언제든 이 섬을 방문할 수 있도록 100년도 더 기다리고 있었다고."

100년 넘게 기다렸다니. 설마, 연애 감정이 있었다거나 그런 건가?

카가리 씨는 미래의 나처럼 몸매도 좋으니, 무무르트 씨와 뭔가가 있었다고 해도 이상하지는 않다.

하지만 무무르트 씨에게는 부인도 자식도 손주도 있다. 그런데 결혼하기 전이라면 상관없으려나?

"그런 거라면 무무르트 씨를 데리고 와도 괜찮겠네요."

"그래, 괜찮아. 무무르트를 포함해서 이 결계에 관련된 사람들은 들어올 수 있어. 어차피 살아 있는 건 무무르트 정도겠지만 말이야."

사람은 엘프처럼 장수할 수 없다. 그러니 결계 안으로 들어갈

수 있는 남자는 무무르트 씨뿐인 게 된다.

"그래서 유나 님, 무무르트 님을 어떻게 데리고 오시는 건가요?"

"원래는 비밀인데. 이번엔 많은 사람의 목숨이 달려 있기도 하고, 무무르트 씨가 있으면 어떻게든 해결될 가능성도 있다는 거잖아? 그래서 내 비밀을 알려줄 건데, 아까도 말했다시피 아무에게도 말하지 않았으면 해. 원래라면 계약 마법을 걸고 싶은 심정이지만."

사쿠라는 제쳐두고 시노부는 입이 가벼울 것 같다. 그보다, 국왕 폐하의 명령이면 말해버릴 것 같다.

"조금 전에 말씀하셨던 유나 님의 비밀을 말하면 죽는다는 걸 말씀하시는 거예요?"

"뭐, 그렇지."

"아까도 말했지만, 저는 아무에게도 말하지 않을 거예요. 그러니 유나 님이 안심하실 수 있다면, 그 계약 마법을 받을게요."

"이 몸도 그렇게 하지. 무무르트를 데리고 와줄 수 있다면, 어떤 계약이든 할게."

사쿠라도 카가리도 망설임도 없이 내가 「죽는다」라고 말한 계약 마법을 승낙한다.

"정말로 괜찮겠어요? 말해두는데, 죽을지도 몰라요."

"상관없어요. 애초에 얘기할 생각은 없으니 죽는 일은 없을 거예요."

"이 몸은 그렇게 입이 가벼운 여자가 아니야."

두 사람은 절대로 입을 열지 않겠다는 마음이 있기에 계약을 무서워하지 않았다.

그리고 남겨진 시노부에게로 시선이 쏠렸다.

"생각할 것도 없죠. 저는 유나가 목숨을 구해줬어요. 유나는 이 나라를 구해줄 사람이고요. 유나가 입을 다물어 달라고 한다면, 누가 묻는다고 해도 발설하지 않을 거예요."

"정말로 괜찮겠지?"

"제 목숨은 유나의 것이에요."

시노부는 오른손으로 심장을 눌렀다.

"목숨 같은 건 필요 없어. 나는 입만 다물어주길 바라는 거야."

모두와 약속을 한 나는 곰 이동문을 꺼냈다.

"문이 나왔네요."

"곰이잖아."

"곰이네요."

세 사람이 곰 이동문을 보고 각자의 감상을 쏟아냈다.

"이 문을 열면 무무르트 씨가 사는 마을로 이어질 거야."

"그럼, 이 문 너머에 무무르트가……."

카가리 씨는 문을 열려고 했다.

"그 문은 저만 열 수 있어요. 아까 멀리 있는 사람과 얘기할 수 있는 마법 도구도 그렇지만, 저만 쓸 수 있죠."

대화를 나누고 있는데 곰 박스에 담았던 곰 폰이 「크~응, 크~응, 크~응」하고 운다.

나는 곰 폰을 꺼내 든다.

『유나 님, 신성수 근처까지 왔는데요.』

"그럼, 지금부터 갈게."

『네, 기다릴게요.』

다시 통화를 마쳤다.

"그럼, 갈 건데, 곰돌이랑 곰순이는 시노부가 수상한 행동 하지 않는지 지켜봐 줘."

""크~응.""

"어째서 저만이죠?"

"……농담이야."

"너무해요. 이만큼 목숨을 걸고 유나를 믿고 있다고 말했는데, 그런 농담을 하다니."

시노부는 슬픈 얼굴을 했다. 조금 장난이 심했던 모양이다.

어쨌든 세 사람은 곰돌이와 곰순이에게 맡기고 곰 이동문을 써서 신성수의 결계 안에 있는 곰 하우스로 향해 문을 열었다.

문 너머는 신성수 옆 곰 하우스 안이다. 문 너머가 다른 방으로 되어있었다. 문 안을 들여다 본 세 사람은 놀란 표정을 지었다.

"이 밖에 무무르트가."

카가리 씨가 움직이려 하기에 저지했다.

"엘프의 결계 안이라서 위험할지도 모르니 들어가지 마세요."

카가리 씨는 곰 이동문 안으로 들어가고 싶은 걸 참았다.

"그럼, 무무르트 씨를 데리고 올 테니까."

나는 곰 이동문 안으로 들어가 신성수의 결계 안 곰 하우스로 이동했다.

그리고 곰 이동문을 닫고 신성수를 에워싸듯 만들어진 바위산을 빠져나가 신성수 밖으로 나가자 루이밍과 무무르트 씨의 모습이 보였다.

## 489 곰 씨, 무무르트 씨에게 설명하다

"유나 님!"

나를 보자 루이밍이 기뻐하며 달려왔다. 카가리 씨처럼 꼬리가 있었다면 강아지 같이 흔들거렸을지도 모르겠다.

"유나 님, 오늘 식사하실 시간 있으세요? 제가 커다란 생선을 낚았거든요."

큰 물고기를 잡은 게 무척 기쁜지, 얼굴에 미소가 가득했다.

"으~음, 오늘은 조금 무리일지도. 미안."

사쿠라 일행에게 곰 이동문에 대해서는 알리게 되었으니 식사할 때 먹으러 올 수는 있다. 하지만 화의 나라의 상황을 생각하면 자중하고 싶었다.

"그런가요. 아쉽네요."

루이밍의 표정이 조금 어두워졌다. 짐승의 귀가 달렸더라면 축 처졌을지도.

카가리 씨의 귀와 꼬리를 본 뒤로 그런 생각을 해버린다.

"다음번에 연락해주면 먹으러 올 테니까. 또 잡으면 알려줘."

"정말요? 약속이에요."

귀와 꼬리가 쫑긋 섰다(내 이미지).

루이밍과 약속하고 나는 무무르트 씨에게 말을 건넸다.

"무무르트 씨, 와주셔서 고마워요."

"아니, 아가씨에겐 신세를 졌으니 마음 쓰지 말게. 그래서 계약 마법이라니, 아가씨의 비밀을 말하면 안 되는 상대라도 있나?"

"그렇긴 한데요, 그거랑 무무르트 씨를 만나고 싶다는 분이 있어요."

"나를?"

"무무르트 씨, 예전에 화의 나라로 가서 오로치라는 마물의 봉인을 도운 적이 있나요? 그리고 카가리라는 여우 여자를 알고 계세요?"

"화의 나라…… 오로치…… 봉인…… 카가리…… 여우……."

내 말에 무무르트 씨는 생각에 잠겼다. 100년도 더 전의 일이다. 간단하게는 떠오르지 않는 모양이다. 하지만 서서히 기억이 돌아왔는지 표정이 변해갔다.

"오로치라, 오랜만이군. 그런 일도 있었지."

무무르트 씨는 옛일이라는 듯 말했다.

역시 본인이었던 것 같다.

"그런데, 어째서 아가씨가 그 사실을 알고 있지?"

"그게, 지금, 저는 그 화의 나라에 머물고 있고, 오로치가 부활할 것 같아서, 그래서 무찌른다고 해야 하나? 다시 봉인? 하기로 되었거든요. 카가리 씨가 당시 모험가였던 무무르트 씨라는 이름의 엘프의 도움으로 오로치를 봉인했단 말을 해서—. 어쩌면 무

무르트 씨일지도 모르겠다는 생각이 들어 루이밍에게 연락한 거예요."

나는 간단하게 화의 나라의 상황을 전했다.

"그렇군."

"할아버지, 그런 걸 하셨어요?"

"젊을 때란다. 그건 그렇고, 오로치의 봉인이 풀린다니. 카가리는 봉인을 지금까지 쭉 지켜왔던 거로군."

"그래서 무무르트 씨가 화의 나라에 와주셨으면 하나 봐요."

"화의 나라는 멀지 않나요?"

루이밍이 물었다.

어떠려나? 나로서는 거리를 알지 못한다. 내가 대답에 곤란해하자 무무르트 씨가 대답했다.

"멀지. 당시의 나도 여행하던 도중에 우연히 들린 것뿐이란다. 그런데, 어째서 아가씨가 이번 일에 얽히게 된 건가?"

"저도 화의 나라에 살짝 들렸을 뿐이에요. 그런데 여러 일이 생겨서 오로치 이야기를 듣게 되었고, 카가리 씨를 만나게 되어 무무르트 씨의 이야기를 들은 거죠."

지금 생각하면 나는 무무르트 씨를 데리고 와줄 수 있었기에 사쿠라의 꿈에 나온 희망의 빛이었을지도 모르겠다.

무무르트 씨를 데리고 가줄 수 있는 건 나밖에 없다.

"살짝 들렸다니, 간단하게는 할 수 없을 일 같은데 말이야."

타르구이와 곰 이동문의 콤보다.

나는 타르구이의 일을 숨기고 움직이는 섬에 곰 이동문을 설치했단 사실, 우연히 화의 나라 근처를 지나갔다는 사실을 설명했다.

“바다라, 굉장히 커다란 호수를 말하는 거죠.”

“훨씬 크지.”

“바다, 보고 싶네요.”

루이밍은 곰 이동문에 대해 알고 있으니 데리고 가주는 건 가능하다. 다음에 피나와 함께 데리고 가는 것도 좋을지 모르겠다.

“그래서, 무무르트 씨, 화의 나라에 가주실래요?”

“그래, 당연하지. 카가리가 도움을 청하고 있는 거라면 거절할 이유는 없네.”

“고마워요.”

“감사 인사를 들을 일이 아닐세. 마무리하지 못한 일 중 하나이니 말이야. 살아 있을 때 해결하는 편이 마음에 걸리는 일 없이 여생을 보낼 수 있을 거야.”

마음에 걸리는 일 없는 여생이라니, 조금 전까지 잊고 계셨잖아요. 게다가 여생이라도, 몇 년을 말씀하시는지? 내가 죽어도 무무르트 씨는 계속 살고 계실 거잖아요?

나는 여러 부분을 지적하고 싶었지만, 참기로 한다.

“카가리를 만나러 가지.”

무무르트 씨가 화의 나라로 가주기로 했다. 그러자 루이밍이 입

을 열었다.

"유나 님, 저도 따라가도 돼요?"

"이제부터 싸움이 펼쳐질지도 모르니 루이밍은 남는 편이 좋아."

게다가 루이밍이 있어도 도움은 되지 않는다.

"아무것도 못 할 수도 있지만, 유나 님과 할아버지를 돕고 싶어요."

"루이밍……."

"그리고 그 카가리 씨라는 분이 궁금해요. 할아버지의 옛 여자 친구인 거예요?"

설마, 그쪽이 진심?

"루이밍, 무슨 말을 하는 거니?"

"어머니가 말씀하셨는걸요. 남자가 목숨을 거는 건 좋아하는 여자를 위해서라고 말이에요."

"따, 딱히 옛 연인은 아니란다. 곤경에 빠졌으니 도우러 가는 거지."

"할아버지, 당황하시네요."

"손녀에게 그런 말을 들으면 누구라도 이렇게 되지. 아가씨도 그렇게 생각하지?"

나에게 동의를 구하려 한들 곤란하다. 손녀는커녕 자식도 없다. 하지만 무슨 말을 하고 싶은지 알겠다.

"그럼, 내가 카가리 씨를 만나러 가도 되는 거죠?"

"……뭐, 그렇지."

결국, 무무르트 씨가 꺾인 느낌이라 루이밍도 같이 가게 되었다.

"하지만 위험한 것 같으면 곧장 돌아가야 한다."

"네."

만일 싸움이 벌어진다면 돌려보내면 된다. 게다가 사쿠라를 일시적으로 엘프 마을로 데리고 가도록 부탁해서 맡기는 것도 가능하다. 그 정도의 여유는 있을 거다.

내가 사용한 곰 이동문은 신성수 결계 안에 있어서 나는 새롭게 곰 이동문을 꺼내 카가리 씨가 있는 곰 이동문의 문으로 연결했다.

문을 열자 눈앞에는 곰돌이에 짓눌린 시노부의 모습이 있었다.

"뭘 하는 거야?"

"유나, 도와주세요."

나는 사쿠라를 「왜 그러고 있는 거야?」라는 눈으로 보았다.

"그게, 유나 님이 문 안으로 들어간 뒤 신기하다고 생각한 시노부가 문을 조사하기 시작했어요. 저는 말렸지만, 「살짝만이에요」라며 시노부가 말해서—."

사쿠라는 시노부의 말투를 따라 한다. 조금 귀엽네.

"그래서 곰순이 님과 곰돌이 님이 막아내고 이렇게 되었어요."

곰돌이와 곰순이가 칭찬해줘, 라는 표정을 지었다.

"곰돌이, 곰순이, 고마워."

시노부를 짓누르고 있는 곰돌이와 가까이에 있는 곰순이의 머리를 쓰다듬었다.

“으으, 무거워요. 얼른 도와주세요.”

“크~응.”

“안 무겁대.”

“아니, 무겁다고요. 곰이잖아요. 곰이 올라타고 있는 거라고요. 게다가 체중을 신경 쓰다니, 곰돌이는 소녀인가요?”

“글쎄.”

딱히 소녀가 아니더라도 돼지라는 말을 들으면 화나지. 누구든 살쪘다는 말은 듣고 싶지 않을 거다.

“곰돌이, 나와줘.”

“크~응.”

곰돌이는 시노부 위에서 내려왔다.

“무거웠어요.”

“시노부가 잘못한 거지.”

사쿠라가 부드럽게 주의를 줬다.

“그거야, 궁금한걸요. 문을 열면 다른 공간으로 갈 수 있다뇨. 신비하잖아요.”

그 마음은 이해가 안 가는 건 아니다. 나도 마법을 처음 보고, 썼을 때는 감동했으니까 말이다.

“아가씨, 들어가도 되나.”

“아아, 죄송해요. 들어오세요.”

곰 이동문 밖에 있던 무무르트 씨와 루이밍이 곰 이동문을 통

해 이쪽으로 다가왔다.
"무무르트인가?"
"카가리?"
카가리 씨는 천천히 무무르트 씨에게 다가갔다.
"정말로 무무르트인 거야?"
재차 확인한다.
"오랜만이로군."
"이 몸이 얼마나 기다렸는지 아는 거야. 이 바보."
카가리 씨가 무무르트 씨의 가슴을 가볍게 친다. 100년 이상만의 재회다. 내가 생각하는 재회와는 레벨이 다를지 모르겠다. 나로서는 100년 이상만의 재회의 마음은 상상도 할 수 없다.
"무무르트, 무무르트."
"미안해."
카가리 씨는 무무르트 씨의 품속에서 훌쩍훌쩍 울었다.
우리는 두 사람의 재회를 방해하지 않도록 조용히 기다렸다.
"진정됐나?"
잠시 시간이 흐르자 카가리 씨는 무무르트 씨에게서 떨어졌다.
"미안, 사쿠라도 시노부도 지금 본 건 잊어줘."
"네."
"아무것도 못 봤으니까, 걱정하지 마세요."
두 사람은 못 본 척했다.

두 사람 모두 착하다.

"그래서, 이쪽의 귀여운 여자아이는 아가씨가 말했던 무무르트의 손녀인가?"

카가리 씨가 루이밍을 봤다.

"아, 네. 루이밍이라고 합니다."

루이밍은 작게 고개를 숙이고 이름을 말했다.

"무무르트를 닮지 않아 귀여운 손녀네. 이 몸은 카가리라고 해. 예전에 무무르트에게 신세를 졌지."

"저는 사쿠라라고 합니다. 루이밍 님, 잘 부탁드리겠습니다."

카가리 씨가 이름을 말하고, 함께 사쿠라도 이름을 말한다.

"님? 루이밍이라고만 불러도 돼요."

루이밍은 손을 크게 옆으로 흔들며 존칭을 거절했다.

"그렇지만, 과거에 오로치 봉인을 도와주셨던 분의 손녀님이신걸요. 그럴 수는—."

"저는 그런 호칭을 쓸 정도로 대단하지 않으니 그만둬주세요."

"그렇군요. 그렇다면 루이밍 씨라고 불러도 될까요?"

"네, 그거라면. 나는 사쿠라라고 불러도 될까?"

"네."

사쿠라는 기뻐한다. 어쩌면 사쿠라라는 호칭이 기쁜 걸지도 모른다.

"저는 시노부라도 해요. 루이밍, 잘 부탁해요."

이쪽은 가볍다. 하지만, 루이밍은 신경 쓰는 기색은 없었다.

"네, 잘 부탁드릴게요. 시노부 씨."

모두의 소개가 끝났다.

# 490 곰 씨, 과거 이야기를 듣다

“그건 그렇고 무무르트, 늙었네.”

“그 뒤로 시간이 흘렀으니까. 사람이라면 몇 대나 세대가 변했어. 그만큼 시간이 흐르면 엘프라고 해도 나이는 먹게 되지. 그에 반해 너는 변하지 않았군.”

“이 몸은 젊으니까.”

탱글탱글 커다란 가슴이 흔들렸다.

“저기, 카가리 씨는 엘프가 아닌 거죠?”

루이밍이 물었다.

“이 몸은 여우란다.”

그렇게 말하며 카가리 씨는 귀와 꼬리를 움직였다. 그걸 루이밍은 신기한 듯 보았다.

“만져봐도 되나요?”

“원래는 쉽게 만질 수 없는 거지만, 무무르트의 손녀이니, 특별히 만져봐도 좋아.”

“고맙습니다.”

루이밍은 기뻐하지만, 사쿠라와 시노부는 놀란 표정을 지었다.

그런 두 사람의 표정을 발견하지 못한 루이밍은 카가리 씨의 여우 귀와 꼬리를 만졌다.

"무척 부드럽고 폭신폭신해서 기분 좋네요."

"관리를 제대로 하고 있거든."

나도 만져보고 싶다. 그런 내 마음을 알아차린 건지, 곰돌이와 곰순이가 내 양옆에서 몸을 비벼왔다.

아무래도 만지려면 자신들을 만져달라는 뜻인 것 같다.

나는 곰 인형 장갑을 벗고 곰돌이와 곰순이의 몸을 만졌다. 부드럽고, 복슬복슬해서 기분 좋다.

"고맙습니다."

루이밍은 만족한 건지 카가리 씨에게서 떨어졌다.

"루이밍은 대단하네요. 카가리 님에게 그런 걸 부탁하다니."

"혹시, 안 되는 거였나요?"

"그런 건 아니지만, 우리로는 송구스러워서 카가리 님께 그런 걸 부탁할 수는 없거든요."

"사쿠라도 예전엔 졸라서 만졌었잖니."

"그건 카가리 님에 대해 잘 몰랐던 어릴 적 얘기인걸요."

사쿠라는 볼을 부풀리며 부정했다.

지금도 충분히 어린아이인 것 같은 건 나만의 생각인 걸까?

"그랬군요. 아무것도 모르고 죄송해요."

"후후, 괜찮아."

카가리 씨는 상냥하게 미소 지었다.

"그건 그렇고 무무르트, 얼굴을 앞으로 내밀어봐."

"뭐지?"

무무르트 씨는 카가리 씨에게 들은 대로 얼굴을 앞으로 내밀었다.

카가리 씨는 내민 얼굴을 부드럽게 만지듯 쓰다듬었다.

어쩐지, 야해.

하지만 그렇게 생각한 순간, 방에 둔탁한 소리가 퍼졌다. 카가리 씨가 무무르트 씨의 얼굴을 세게 친 것이었다.

무무르트 씨는 순간적으로 무슨 일이 일어났는지 이해가 가지 않는다는 듯한 표정을 지었다.

"잘도 너희는 이 몸을 두고 나라를 떠났군. 그 뒤에 이 몸이 얼마나 고생했는지 알아! 오로치를 봉인한 영웅으로 떠받들어져서 난리였다고."

"작별 인사는 제대로 했지 않았나."

"그랬지만, 국왕에게 감사 말씀을 듣기 전날 밤에 도망치는 건 아니지. 이 몸 혼자서 가게 됐잖아."

"우리는 방랑하는 모험가들이었어. 다 같이 의논하고 도망치기로 한 거지. 나만의 탓이 아니야."

"그러면 어째서 이 몸을 데리고 가주지 않았던 거야."

"카가리는 이 땅에 사는 자이지 않은가. 게다가 자네에겐 이곳에서 지킬 것이 있었지. 그러니 모두와 의논한 뒤 우리만 떠나게 된 거야. 만약 우리가 권했더라도 자네는 거절했을 거 아닌가."

"……그렇긴 해도, 권해주길 바랐어."

"……미안해."

무무르트 씨는 아래를 바라본 채 중얼거리는 카가리 씨의 머리에 손을 올렸다.

"그래도 와줬으니 봐주지."

"나도 카가리를 만나고 싶었어."

두 사람은 서로의 얼굴을 보고 미소를 지었다.

나는 무무르트 씨가 카가리 씨의 존재를 까맣게 잊고 있었던 사실은 마음속 깊이 넣어두기로 했다. 그런 말을 꺼낸다면 카가리 씨의 불벼락이 떨어질 것이기 때문이다. 나는 분위기를 읽을 줄 아는 여자다. 하지만 그런 분위기를 읽지 못하는 여자도 있었다.

"어라, 할아버지, 아까까지만 해도 카가리 씨를 잊고 있었잖아요."

루이밍, 악의가 없다는 건 알지만 분위기는 파악하도록 하자.

나도 도와줄 수가 없었고, 무무르트 씨는 카가리 씨에게 맞게 되었다.

"그래서, 카가리, 아가씨에게 오로치가 부활한다고 들었는데, 사실이니?"

무무르트 씨는 빨개진 볼을 문지르며 물었다.

"그래, 정말이야. 네가 봉인한 마법진이 약해지고 있어. 머지않아 봉인이 풀리고 오로치는 부활할 거야. 원래는 이 나라의 사람끼리 해결해야 하는데, 관계도 없는 너에게 두 번이나 손을 빌리

게 됐네. 너에겐 폐만 끼치게 됐어."

카가리 씨는 고개를 숙였다.

"그런 말 하지 마. 함께 싸웠던 동지잖아. 손을 빌릴 수 없는 곳에 있는 거라면 어쩔 수 없겠지. 하지만 아가씨 덕분에 이렇게 손을 내밀어줄 수 있게 됐어."

무무르트 씨는 카가리 씨의 손을 잡았다.

"그러게. 나를 도와줘."

"게다가 아가씨가 있다면, 어떻게든 되겠지."

무무르트 씨는 나를 보았다.

"그 곰 옷차림을 한 애는 뭐 하는 자야? 이 문도 그렇고, 사쿠라는 희망의 빛이라는 말을 하질 않나. 그리고 더는 못 만날 거라고 생각했던 너를 데리고 왔어."

"아가씨는 내 고향인 엘프 마을을 구해줬지. 문에 대해선 알지도 못하고, 듣지도 못했어. 그게 아가씨와의 약속이야."

"그렇군. 그렇다면 이 몸도 자세한 건 묻지 않도록 하지. 너를 만나게 해준 기적만으로도 충분해."

"기적, 확실히 그렇긴 하군. 너에게 다시 만날 수 있을 줄은 몰랐어. 아가씨에겐 어떤 감사의 말도 부족하겠군."

두 사람이 나를 봤다.

창피하니 그런 눈으로 보는 건 관둬주실래요.

"오로치 건은 뒤로 하고 우선은 곰 아가씨의 계약부터 시작하

지. 그래서 무무르트, 네가 계약 마법을 해주는 건가?"

"말하지 않겠다고 약속을 해준다면 계약은 하지 않아도 돼요."

"아뇨, 약속은 지킬 겁니다. 게다가 이곳에는 발설해버릴 것 같은 인물도 있으니까요."

사쿠라는 시노부를 봤다.

"말 안 해요."

"시노부가 약속을 안 지킬 거라곤 생각하지 않아요. 하지만 국왕 폐하의 명령이라면 말하겠죠."

"그건……."

"화를 내는 게 아니에요. 시노부의 입장이라면 어쩔 수 없겠죠. 그러니, 유나 님, 계약 마법을 부탁드릴게요."

시노부에게 말할 생각이 없더라도 국왕의 명령이라면 따를 수밖에 없을지도 모른다.

"그렇다면, 시노부만이어도."

"아뇨, 시노부만 시킬 수는 없어요."

"그래, 너는 약속을 지키고 무무르트를 데리고 와줬잖니. 그렇다면 이번엔 우리가 약속을 지킬 차례야. 딱히 시노부와 달리 누군가에게 말할 생각은 없으니 계약 마법을 해도 문제는 없으니 신경 쓸 일은 없어."

"네, 문제없습니다."

"무, 문제는 없어요."

카가리 씨의 말에 사쿠라와 시노부도 수긍한다.

"무무르트, 시작해줘."

"알았어."

무무르트 씨는 아이템 봉투에서 카펫을 꺼내 펼쳤다. 카펫에는 마법진이 그려져 있었다.

정말로 마법진 양탄자는 편리하다.

그리고 무무르트 씨에 의해 무사히 세 사람의 계약이 성사됐다.

# 곰곰곰 베어 18

## 에필로그

## 곰과의 조우 시노부 편 1

나는 사쿠라 님이 꿈에서 본 희망의 빛을 믿고, 나라를 구해줄 인물을 기다리고 있다.

어떤 인물일지는 알지 못한다. 알고 있는 건 동쪽 바다로부터 짐승을 타고 찾아오는, 따뜻한 빛 같은 인물이라는 것뿐이다.

바다에서부터 나타난다는 건 배를 타고 온다는 거겠지.

다른 나라와 무역을 하는 배도 있고, 배를 타고 이 나라에 찾아오는 사람도 있어서 그럴 가능성이 가장 크다.

하지만 지금 들어오는 배는 없다.

"온다면 빨리 와주지."

내가 바다를 한 번에 볼 수 있는 높은 지대에서 멍하니 바다를 바라보고 있는데, 바다 위를 검은 무언가가 움직이고 있었다.

"뭐지?"

나는 망원경을 꺼내곤 들여다보며 초점을 맞췄다. 이 부근이었을 텐데.

"………?!"

나는 망원경에서 눈을 떼고 눈을 비볐다.

말도 안 되는 광경을 봤다.

검은 곰이 바다 위를 달리고 있었다. 게다가 그 위에 검은 차림

을 한 인물이 타고 있었다.

곰이 바다 위를 달리는 것도 말도 안 되고, 곰 위에 올라탄 사람은 자세히 보니 기묘한 곰 옷차림이었다.

한 번 더 망원경을 들여다봤다.

틀림없이 검은 곰이 바다 위를 달리고 있었다.

게다가 가만히 보니 옆에 나란히 뛰듯 흰 곰도 뛰고 있었다.

동쪽 바다에서부터 찾아오는 짐승을 탄 인물.

"말도 안 돼."

상상하고 있던 것과는 다르다.

오로치와 견줄 법한 인물이라 들었기에 흉악한 짐승을 다루는 남자를 상상했다.

하지만 동쪽 바다에서부터 나타난 건 곰을 올라탄 기묘한 곰 옷차림을 한 여자아이였다.

동쪽 바다에서 짐승을 이끌고 온 인물. 사쿠라 님이 말했던 희망의 빛. 이 사람 이외엔 생각할 수 없었다.

곰을 탄 곰 옷차림을 한 여자아이는 이리저리 둘러보며 주위를 확인하면서 육지에 오른다.

"수상해."

여자아이가 곰에게 손을 가져가자 검은 곰과 흰 곰이 사라졌다.

"저 곰은 소환수인 건가?"

나에게도 하야테마루라는 소환마가 있다.

사라지는 장면을 보니 송환한 게 틀림없다.

과연 곰을 데리고 마을에 들어가면 소동이 날 거라고 생각했을지 모른다. 여자아이는 그대로 마을로 향해 걷기 시작했다.

나는 높은 곳을 벗어나 여자아이의 뒤를 쫓으며 마을 안으로 이동했다.

여자아이의 복장은 눈에 띄어서 곧장 발견할 수 있었다.

"굉장히 눈에 띄네."

지나쳐가는 사람들 대부분이 곰 옷차림을 한 여자아이를 쳐다봤다.

여자아이는 이리저리 즐거운 듯 주위를 둘러보며 걷고 있었다.

"설마, 관광이야?"

여자아이는 마을 안을 걷더니 한 채의 여관 앞에서 멈추고 가만히 보고 있는가 싶더니 안으로 들어갔다.

"혹시, 머무르려고?"

원래라면 여관 안으로 들어가서 확인하고 싶은 심정이지만, 아직 접촉은 이르다.

진중하게 행동해야 한다.

한동안 여관의 상황을 지켜봤지만, 나올 기색은 없었다.

이 여관에 머무는 모양이다.

나는 편지를 두 통 써서 연락책에 전달했다.

"부탁해."

연락책의 남자는 말 없이 받아 들곤 사라졌다.

"그럼, 어떻게 할까나."

같은 여관에 들어갈 수는 없다. 그렇다고 해서 이곳에서 벗어날 수도 없다.

"밖에서 지켜볼 수밖에 없겠네."

나는 여자아이가 여관에서 나올지도 모르기에 여관 밖에서 지켜보기로 했다.

해가 뜨고 있다.

조금 졸리다.

여자아이는 한 번도 여관에서 나오지 않았다.

해가 떠오르고 머지않아 여자아이가 여관에서 나왔다.

어제와 같은 곰 복장이다.

"저 곰 옷차림이 좋은 건가?"

여자아이는 마을 안을 걷기 시작하기에 나는 떨어진 위치에서 뒤를 쫓았다.

여전히 여자아이의 곰 옷차림은 눈에 띄었고, 지나치는 사람들은 무조건 여자아이를 쳐다보았다.

만약 내가 저 여자아이를 쳐다본다 한들 알아차리지 못할지도 모른다.

여자아이는 곰 얼굴을 한 후드를 깊게 눌러쓰고 걷기 시작했다.

"설마, 창피해 하나?"

그럼, 어째서 그런 귀여운 곰 옷차림을 한 거지?

그런 의문을 안으면서 관찰하고 있는데 한 채의 가게 앞에서 멈췄다.

"다다미?"

다다미를 파는 가게다.

여자아이는 다다미 가게로 들어갔다.

떨어진 위치에서 가게 안 상황을 들여다봤다.

대화는 들리지 않지만, 가게 여성이 여자아이의 옷차림을 보고 놀라고 있었다.

"곰 옷차림이니까."

시간이 흐르고 여자아이는 만족스러운 표정으로 가게에서 나왔다.

다다미를 60장 가까이 사는 게 보였다. 그만큼이 들어가는 아이템 봉투를 가지고 있는 것도 놀랍지만, 돈도 많이 가지고 있는 모양이다.

그런 뒤, 다다미를 산 뒤에도 가구를 사거나 포장마차에서 음식을 사며 즐기고 있었다.

곰 옷차림이라는 것 이외엔 평범한 여자아이로밖에 안 보였다.

도저히 오로치와 싸울 수 있을 것처럼은 여겨지지 않았다.

하지만 그녀가 가장, 사쿠라 님이 말했던 인물상과 일치했다.

동쪽 바다로부터 짐승을 타고 나타났다.

이것이 큰 남성이거나 대마법사와 같은 풍채라면 고민하지 않았을 것이다.

하지만, 곰이다. 심지어 귀여운 곰.

정말로 희망의 빛인지 아닌지, 판단이 서질 않았다.

"응?"

내가 고민하고 있는데 여자아이가 모험가 길드 안으로 들어갔다.

모험가 길드? 여자아이가 올 법한 곳이 아니었다.

일하러? 아니면 의뢰를 하러?

정보를 얻기 위해 알아차리지 못하도록 조용히 뒤를 밟아 모험가 길드 안으로 들어갔다.

곰 옷차림을 한 여자아이가 들어간 것 때문에 길드 안이 소란스러웠고, 아무도 내가 길드 안으로 들어왔다는 걸 알아차리지 못했다.

나는 구석 자리에 숨듯 앉아 상황을 지켜봤다.

주위에서 여자아이를 무시하거나 웃는 소리가 들렸다.

그만뒀으면 좋겠다.

끼어들어서 막아야 할지 고민이 되었다.

하지만 여자아이는 신경 쓰는 기색이 없었다.

그때, 모험가 길드 안으로 남자가 들어왔다.

모험가가 아닌 평범한 남자였다.

남자는 접수대로 향하더니 접수대 아가씨에게 말을 걸었다.

의뢰 상황을 확인하러 온 모양이었다.

마을에 카마이타치가 나타나 토벌을 의뢰하러 왔다고 했다. 하지만 아무도 의뢰를 받고 있지 않은 모양이었다.

카마이타치는 움직임이 빠르고 공격도 성가신 편이라 나름대로 실력이 없으면 토벌할 수가 없다.

접수대 담당인 스미레 씨는 주위를 보고 할 수 있는 사람은 없다고 전달했다.

위험했어. 기둥 뒤에 있던 덕분에 들키지 않았다.

내 실력이라면 토벌할 수 있다. 그러나 지금은 미안하지만, 의뢰를 받을 시간은 없었다.

지금은 곰 옷차림을 한 여자아이의 정보 수집이 임무다.

이 나라의 운명이 걸렸다. 그러니 받아들일 수는 없었다.

내가 미안하다고 생각하고 있는데 곰 옷차림을 한 여자아이가 남자에게 말을 걸었다.

"제가 의뢰를 받을까요?"

싸울 수 있는 거야?

아니지, 사쿠라 님의 꿈에 나오는 희망의 빛이라면 싸우는 정도는 할 수 있을 거다.

이건 여자아이의 실력을 확인하기에 딱 적당했다.

그렇게 생각했지만, 남자는 곰 옷차림을 한 여자아이에게 토벌이 가능할 리가 없다며 화를 냈다.

그 마음은 이해가 가지만, 그러면 안 되지.

이대로라면 여자아이가 받아들여 주지 않을 거다.

나는 생각했다.

반대로 생각하면 다가갈 좋은 기회다.

나는 자리에서 일어나 남자 쪽이 있는 접수대로 향했다.

"그러면 저도 같이 갈까요?"

여자아이와 함께 행동한다면 어떤 인물일지 알 수가 있을 것이고, 가까이에서 카마이타치와 싸우는 모습을 볼 수도 있다.

참 좋은 방법을 생각해냈다.

다만 내 존재가 알려져 버린다는 건 문제인데, 어차피 언젠가는 접촉해야 했다.

이 타이밍이 제일 좋다.

접수대 아가씨 스미레 씨도 내 등장에 남자를 안심시켰다.

나는 이래 봬도 모험가로서는 우수하다. 스미레 씨가 첨언을 해준다면 같이 카마이타치 토벌을 하러 갈 수 있을 것이다.

이대로 카마이타치 토벌 의뢰를 받아주는 흐름으로 가는가 싶더니 내가 혼자서 받게 되는 흐름으로 되어갔다.

곰 옷차림을 한 여자아이도 「그럼, 저는 필요 없는 거네요」라는 말을 하곤 떠나려 했다.

그건 의미가 없다.

이대로는 곤란하다.

나는 머리를 굴려 나름대로 이유를 붙여 여자아이와 함께 토벌하러 갈 수 있도록 말을 진행 시켰다.

"그게, 이대로라면 제가 의뢰를 가로챈 느낌이 되잖아요."

도중에 의뢰를 뺏는 건 미움을 사는 행동이다.

하지만 여자아이는「딱히 저는 상관없는데요」라고 말했다.

그러면 안 되는데.

나는 여러 이유를 대며 어떻게든 여자아이와 함께 카마이타치 토벌을 하러 가게 했다.

위험했다.

그래도 곰 옷차림을 한 여자아이의 정보를 여러 가지로 얻을 수 있었다.

여자아이의 이름은 유나. 모험가 랭크는 C.

이 나이에 C는 대단하다. 그런데 봉인된 오로치를 무찌를 수 있는 랭크는 아니다.

그래도 이름과 랭크를 알아낸 것만으로도 수확은 있었다.

나머진 유나가 어떤 인물인지, 실력은 어떤지 알아봐야 했다.

토벌은 내일 아침 일찍 출발하기로 되었고, 유나는 모험가 길드를 나갔다. 나는 유나의 뒤를 따라갔다.

유나는 어제와 같은 여관에 머물 모양인 것 같았다.

같은 의뢰를 받고 토벌을 하러 가는 거라면 같은 여관에 머물러도 문제는 없다. 오늘은 밖에서 망을 볼 법한 일은 생기지 않고 끝날 모양이다.

유나는 혼자임에도 불구하고 방에 온천이 딸린 넓은 방에 머물고 있었다.

부자네.

나는 작은 방에 머물기로 했다.

바깥보다는 훨씬 좋다.

그리고 식사를 대접받고 어제와 달리 따뜻한 이불에서 잠을 잘 수 있을 것 같다.

하지만 느긋하게 방에 있을 수는 없다. 조금이라도 유나의 정보를 얻어야 했다. 나는 유나의 방으로 향했다.

나는 발소리를 내지 않고 유나가 빌린 방으로 다가갔다.

알아차리지 못하도록 접근하는 건 특기다.

무언가 소리가 들리진 않는지 문에 다가가 안의 상태를 확인한 순간, 갑자기 문이 열린다. 문 앞에는 유나가 서 있었다.

"뭐지?"

알아차렸어?

어떻게?

소리도 안 내고 접근한 건데.

어떤 기색도 내지 않았다.

문 너머에서 들킬 만한 행동은 하지 않았다.

몸속에서 기분 나쁜 땀이 흘렀다.

의심을 산다면 큰일이다.

"저기, 내일에 대한 상담을 할까 해서요."

유나가 의심스러운 눈초리로 보기에 나는 웃으며 넘겼다.

수상하게 여겨지고 있어.

유나는 만일의 상황엔 내게 맡기겠다고 했다.

스미레 씨의 설명 탓에 내 실력이 높게 취급되고 있는 모양이다.

이대로 이야기하는 건 어렵다.

하지만 이것만큼은 확인해야 한다.

"제가 왔다는 걸 알고 계셨어요?"

이건 직업상 알아놔야 했다.

"발소리가 컸던 게 아닐까?"

유나는 적당히 대답한다.

그건 아니다. 내가 얼마나 수행을 해왔을 거라고 생각하는가. 세심하게 주의를 기울이며 방으로 접근했다. 알아차릴 리가 없다.

분명히 유나는 무언가를 숨기고 있다.

하지만 유나는 그 이유를 일절 가르쳐주지 않았다.

궁금했지만, 이 이상 추궁해도 알려줄 것 같지 않았기에 포기하고 방으로 돌아갔다.

방으로 돌아온 나는 사쿠라 님과 국왕님께 오늘 하루의 보고서를 적어 연락책의 남자에게 전달하며 오늘 업무를 마쳤다.

그날 밤은 오랜만에 느긋하게 잘 수가 있었다.

## 곰과의 조우 시노부 편 2

다음 날, 아침을 먹은 나는 유나와 만나기로 약속한 여관 현관으로 향했다. 그곳에선 여관 종업원인 코노하가 청소를 하고 있었다.

"외출하시나요?"

나를 발견하고 말을 건넸다.

"유나와 만나기로 했거든요. 유나는 아직 안 나왔죠?"

"네, 아직 보지 못했어요."

아주 조금 유나의 정보를 얻기로 했다.

"코노하 씨가 봤을 때 유나는 어떤 사람이에요?"

내 질문에 코노하는 생각에 잠긴다.

"두 분은 아는 사이 아니셨나요?"

"유나와는 어제 막 만난 거거든요. 그래도 오늘은 같이 외출할 예정인데 조금이라도 유나에 대해 알아두면 좋을 것 같아서요."

"그렇군요. 우선, 복장에 관해선 질문을 받기 싫어하시니까 묻지 않는 편이 좋을 거예요."

역시 안 되나.

유나가 어째서 곰 옷차림을 하고 있는지 굉장히 궁금했었다.

사쿠라 님의 꿈에 따르면 나 이외의 사람이 만나려고 하면 짐

승을 탄 희망의 빛은 동쪽 바다로 사라져갔다고 했다.

어쩌면 다른 사람들은 유나를 만나고 곰 옷차림을 묻는 등의 행동을 해서 유나가 나라를 떠났을 가능성도 있다.

"하지만, 어째서 곰 옷차림을 하고 있는지 궁금하긴 해요."

아마도 유나의 복장을 본 자라면 누구나 그렇게 생각할 거다.

"그래도 여관에 머무를 때 맨 처음에 「대답 안 할 거야」라고 말하셔서—."

물어보려고 했구나.

거부 반응을 나타냈다고 하니 그 곰 옷에 관해 묻는 건 관두는 편이 좋을 것 같다.

자칫 잘못해서 물어보고 기분을 상하게 만들어 돌아가게 되면 큰일이다.

그런 뒤 유나가 올 때까지 코노하와 이런저런 이야기를 나누며 유나의 정보를 수집하고 있는데 구석 통로에서 유나가 다가오는 게 보였다.

오늘도 곰 옷을 입고 있었다.

귀엽네.

이런 귀여운 여자아이가 나라를 구해줄 희망의 빛이라고는 도저히 생각되지 않았다.

그리고 카마이타치에게 공격당하고 있는 마을로 가기 위해 유나와 마을 밖까지 나갔다.

유나가 어떻게 마을까지 갈 건지 물었다. 유나가 곰을 소환할 수 있다는 건 알고 있다. 하지만 유나의 곰에 대해 알고 있는 건 바다 위를 달려 찾아오는 장면을 본 사람뿐이다.

그러니 내 입으로 꺼낼 수는 없었다.

그렇기에 내가 소환으로 말을 꺼낸다면 유나도 곰을 소환할 가능성이 컸다. 만일 숨기려고 한다면 내 말에 유나를 태우면 된다고 생각했다.

그런 걱정을 뒤로하고 내가 말인 하야테마루를 소환하자 유나도 숨기는 일 없이 검은 곰을 소환했다.

이름은 곰돌이.

곰에 어울리지 않는 귀여운 이름이다. 흰 곰도 궁금했지만, 소환하지 않았기에 물어볼 수는 없었다.

그리고 말과 곰을 탄 나와 유나는 카마이타치가 나타난 마을로 향했다.

달리면서 이제부터 토벌할 카마이타치의 이야기를 했다. 정말로 유나는 카마이타치에 대해 아무것도 모르는 모양이었다. 그런데 이 여유는 뭐지.

그만큼 자신의 실력에 자신이 있다는 건가.

아니면 자신감 과잉일 뿐인 걸까.
그것도 전부 카마이타치와의 전투를 본다면 알게 될 일이다.

마을에 도착하자 모험가 길드로 의뢰하러 왔던 남자가 찾아왔다.
우리를 보더니 불안해했다.
여자 모험가 두 명. 두 사람 모두 10대 중반으로 한쪽은 귀여운 곰 옷차림을 입고 있었다. 나라도 불안할 것 같다.
나와 유나는 남자의 안내로 카마이타치가 나타난 장소로 향했다.
도착한 곳은 초원지대로 이루어져 있었고, 소가 많이 있었다. 그리고 숲 근처 떨어진 곳에 딱 한 마리의 소가 있었다.
유나가 궁금했는지 소에 대해 물었다. 그 소는 카마이타치의 희생양이라고 했다.
다수를 살리기 위해 소수를 죽인다.
자주 듣는 말이다. 소수를 살리려고 한다면 더 큰 피해가 생기고 다수를 잃는다. 비정할지도 모르지만, 살아가기 위해서는 필요한 것이다.
그때 유나의 곰이 울었다.
그와 동시에 유나가 떨어진 소를 향해 달려갔다. 반응이 빠르다. 나는 곧장 유나의 뒤를 쫓았다.
빨라.
나는 쫓아가기에 바빴다.

저런 움직이기 어려워 보이는 복장을 하고 있으면서 어떻게 그렇게 빠르게 달릴 수 있는 거지?!

소가 쓰러졌다.

한발 늦었다.

그 쓰러진 소 근처에 카마이타치가 몇 마리 있었다.

우리가 다가가자 카마이타치는 두 갈래로 나뉘었다.

앞을 달리는 유나를 양옆에서 공격할 속셈일지도 모른다.

원래는 유나의 실력을 확인하고 싶지만, 신뢰를 얻는 것도 중요했다.

나는 유나의 뒤에서 외쳤다.

"오른쪽은 제가 갈게요!"

내 의도를 곧바로 파악하고 유나는 왼쪽으로 달려갔다.

두뇌 회전이 빠르다.

나는 곁눈질로 유나의 싸움을 보면서 카마이타치를 상대했다.

두 마리의 카마이타치가 내 주위를 이동하기 시작했다. 불규칙적으로 움직이지만, 타이밍을 맞춰 세 자루의 쿠나이를 날렸다.

나이프와 달리 잘 부러지지 않고, 사용하기 편리한 무기다. 그 세 자루의 쿠나이가 한 마리의 카마이타치에 꽂혔다.

우선, 한 마리.

유나도 바람 마법으로 카마이타치를 무찌르고 있었다.

바람 마법을 쓰는구나.

빠르게 돌아다니는 카마이타치에게 마법을 맞추는 건 어렵다. 그만큼 실력이 뛰어나다는 걸 알 수 있었다. 그렇다고 해서 오로치를 무찌를 정도의 실력이냐 물으면, 모르겠다고 밖에 말 못 하겠지만.

유나와 내가 한 마리씩 카마이타치를 무찌르자 나머지 카마이타치는 이길 방도가 없다고 생각한 것인지 숲으로 도망쳤다.

나와 유나는 이제부터의 대책에 관해 이야기했다. 일반적으로 생각한다면 초원에서 대기하고 카마이타치가 소를 공격해 오는 것을 무찌르는 게 제일이다.

장점은 시야가 트인 장소에서 싸울 수 있다는 것. 단점은 언제 올지 모르기에 시간이 걸린다는 것이다.

유나도 같은 생각을 했는지 기다리는 게 귀찮으니 숲속에서 카마이타치를 무찌르겠다고 했다.

일반적으로 생각한다면 있을 수 없는 일이다.

숲속은 카마이타치의 영역이다. 풀숲과 나무들의 그림자에서부터 공격을 가해올 수 있다.

우리 쪽이 압도적으로 불리한 전장이다.

하지만 유나는 소환한 곰이 카마이타치가 있는 장소를 알려줄 테니 괜찮다고 했다.

아니, 곰이 그걸 할 수 있다고 해도, 곰의 말을 이해한다고?

유나는 혼자서라도 가겠다고 했다.

유나 혼자서 가게 둘 수는 없었기에 나도 따라갔다.

곰돌이 덕분에 숨어있는 카마이타치의 장소를 확실하게 발견해 낸 유나는 카마이타치를 무찔러 나갔다.

이대로 간다면 카마이타치를 전부 무찌를 수 있을 거라고 생각했을 무렵, 은색 털을 가진 카마이타치가 나타났다. 그것도 두 마리.

은색 털을 가진 카마이타치는 일반 카마이타치와 달리 속도도 공격력도 몇 단계 위다.

어떻게 해야 하지.

유나의 실력을 확인하기엔 딱 좋지만, 두 마리는 위험하다. 나는 생각하고 한 마리를 맡기로 했다.

그리고 유나는 일반 카마이타치의 토벌을 곰돌이에게 부탁했다.

그건 고맙군. 은색 카마이타치를 상대하면서 일반 카마이타치를 상대하는 건 귀찮다.

유나는 곰돌이만으론 걱정되는지 또 다른 한 마리의 곰, 흰 곰을 소환했다.

이름은 곰순이.

이쪽 곰도 정말이지 귀여운 이름이다.

흰 곰에 관해서 묻고 싶었지만, 시간이 없다.

나는 은색 카마이타치를 상대하며 유나와 곰돌이와 곰순이의 싸움을 관찰했다.

만약 위험할 땐 내가 지키면 된다.

그런 걱정은 기우로 끝났다. 내가 은색 카마이타치를 무찌를 무렵에는 유나도 은색 카마이타치를 쓰러뜨렸고, 곰돌이와 곰순이도 자신들 앞에 나타난 은색 카마이타치를 쓰러뜨렸다. 유나는 곰돌이와 곰순이가 은색 카마이타치와 싸웠다는 사실에 화를 냈지만, 곰돌이와 곰순이는 유나를 지키려 은색 카마이타치와 싸웠다는 것을 알고 있다. 주인을 생각하는 착한 곰들이다.

이번 싸움으로 유나가 실력자이며, 두 마리의 곰도 강하다는 걸을 알 수 있었다.

마법을 다루고, 전투 기술, 담력, 판단력, 빠른 두뇌 회전, 무엇보다 싸움에 익숙했다. 사람은 위험을 느끼면 얼굴이 경직되거나 긴장하고, 숨은 거칠며 심장은 지치기 마련이다. 하지만, 유나의 표정에서 봤을 때 그런 기색은 볼 수 없었다.

이렇게 평온하게 있을 수 있는 건 압도적인 실력의 차이가 있을 때뿐이다.

유나가 강하다는 걸 알았으니 다음 단계로 진행해야 했다.

나는 긴장했다.

유나가 희망의 빛인 최종 확인을 위해 나라에서도 손에 꼽히는 실력자이자 내 사부인 쥬베이와 싸워야 했다.

사부에게 이기지 못하는 자가 봉인된 오로치에게 이길 가능성

은 없다. 사부에게 질 땐 유나를 희망의 빛으로는 인정할 수 없게 된다.

그럴 땐 아무 일도 없었던 일로 하고 자신의 나라로 돌아가게 하기로 되어있다.

그게 유나를 위한 것이기도 했다.

이런 귀여운 곰 옷차림을 한 여자아이를 타국의 문제에 휘말리게 하지 않는 편이 좋다.

그렇지만 만약 사부에게 이길 수 있는 실력자라면, 내 목숨을 바쳐서라도 부탁을 해야 한다.

사쿠라 님을 위해서라면, 이 나라를 위해서라면, 내 목숨 하나쯤은 싼 편이다.

## 곰과의 조우 시노부 편 3

유나는 쥬베이라는 인물이 부모의 원수라는 내 거짓 설명을 믿고 함께 찾아주게 되었다.

착한 유나를 속이고 있다. 마음이 아프다.

만약 유나가 진실을 알게 되고 나를 원망할 거다.

하지만 사쿠라 님을 위해, 나라를 위해 역할을 다 해야 한다.

나는 보고서를 적고 사부와 싸울 준비를 했다.

싸우는 건 이틀 후.

첫날엔 탐색이라는 명목으로 마을 구경을 하게 되었다.

맛있는 걸 먹고, 설탕 공예를 구경했다. 복장을 제외하면 유나는 평범한 여자아이이다.

유나가 자유롭게 마을을 둘러보고 이 나라를 좋아하게 되었으면 좋겠다.

나를 원망해도 좋으니 만약 희망의 빛이라면 이 나라를 지켜주길 바랐다.

그리고 탐색을 시작하고 이틀째.

약속한 대로라면 이 부근에 사부가 있을 것이다.

있다.

예정대로 사부가 걷고 있었다.

사부는 뺨에 난 상처 때문에도 악당의 얼굴로 보인다. 하지만 원래는 친절한 사람이다.

나는 발견했다는 걸 유나에게 알렸다.

유나는 곧바로 붙잡으려 했지만, 이곳에선 안 된다.

통행이 잦은 곳에선 소란으로 이어진다.

사부가 인적이 드문 뒷길로 다다르더니 뒤를 돌아봤다.

이제부터 나와 사부의 목숨을 건 싸움이 시작된다.

나와 사부의 진지한 싸움을 보고 유나가 도망친다면, 오로치와의 목숨을 건 싸움은 무리다. 내 마음속에서 유나가 도망치길 바라는 감정과 도망치지 말고 봐주길 바라는 마음이 혼재했다.

나와 사부는 마음을 다해 싸웠다.

사부가 검을 빼내었고, 나는 소검을 잡았다. 사부는 왼쪽 눈에 안대를 끼고 있었다. 사부의 훈련이기도 하며, 핸디캡이기도 하다.

나는 사부가 안대를 차고 있는 왼쪽 눈 쪽에서부터 공격을 가했다.

안대가 시야를 좁히고 있지만, 그것만으로 이길 수 있을 만큼 사부는 약하지 않다.

사부의 움직임은 몇 번이나 봤지만, 오늘의 사부는 한 단계 더 빠르다. 조금이라도 방심한다면 몸에 칼이 꽂힐 것이다.

나는 마법을 쓰면서 사부에게 대항했다.

그런 싸움을 유나는 놓치지 않고 지켜보고 있었다.

보통의 여자아이라면 무서워서 도망쳤을 것이다. 하지만 유나는 나와 사부의 싸움을 확실하게 보고 있었다.

일반적인 여자아이는 아니라는 뜻이다.

사부와의 싸움은 서서히 내가 밀고 나가기 시작했다.

이대로 간다면 한 방 먹일 수 있으리라 생각이 든 순간, 사부가 안대를 벗었다.

아쉽군.

한 번이라도 공격을 먹인 뒤에 안대를 벗기고 싶었다.

하지만 이것으로 사부는 더욱 강해질 거다.

유나, 제대로 봐줘.

안대를 벗은 사부의 족쇄가 사라지자 공격이 빨라지더니 이쪽의 공격은 먹혀들어 가지 않게 되었다.

유일하게 우위를 점하는 재빠른 몸놀림도 사부의 공격을 피할 때마다 체력을 빼앗겨 움직임이 둔해졌다.

사부가 허리를 숙였다.

이런, 사부의 찌르기가 들이닥친다.

나처럼 사부의 자세에 위험을 느낀 건지 유나가 소리쳤다.

"시노부! 도망쳐!"

어째서, 안 거지?

앞으로 엄청난 속도로 칼이 들이닥쳐 올 거다.

나는 이미 알고 있기에 어떻게든 반응이 가능하다.

나는 쿠나이를 던지며 뒤로 도망쳤다. 사부의 내질러진 칼이 쿠나이를 튕겨냈다. 하지만, 사부의 찌르기는 이것으로 끝나지 않는다. 세 번 온다. 후방으로 도망쳤다. 조금이라도, 종이 한 장만큼이라도 사부의 간격에서 떨어졌다.

나는 두 번째 공격을 손에 들고 있는 쿠나이로 막았다.

하지만 곧장 사부의 세 번째 공격의 찌르기가 들이닥쳤다. 도망칠 수 없다. 칼이 몸에 닿았고, 고통이 전해졌다.

하지만, 치명상은 아니다.

옷 아래에 미스릴 재질의 체인 메일을 입지 않았더라면 위험했을 테지만.

유나가 걱정하며 달려왔다.

하지만 아직 유나가 나설 차례가 아니었다.

사부의 실력을 전부 내보이지 않았다.

내가 소검을 쥐자 사부는 승낙한다는 듯 찌르기 자세를 잡았다.

위험할지도 모르겠어.

사부의 찌르기가 나를 향해 왔다.

분하다. 여기까진가.

마음으로는 움직이고 싶어도, 몸이 움직이지 않았다.

포기한 순간, 유나가 나와 사부 사이로 비집고 들어와 사부의 칼을 막아냈다.

유나의 오른손에는 나이프가 쥐어져 있었다.

사부의 저 찌르기를 막아냈다고?

"유나?"

"교대야."

사부와 나의 싸움을 봐도 그런 소리가 나와?

도망치거나, 무리이니 포기하겠다는 말이 유나에게서 나올 줄 알았다.

하지만, 틀렸다. 「교대야」라는 말이었다.

눈물이 나올 것 같았다.

유나를 속이고 있단 사실에 다시 한 번 마음이 아팠다.

하지만 멈출 수는 없다. 이 나라의 운명이 걸려 있다.

"……유나, 강해요."

사부는 강하다.

"보고 있었으니, 알아."

알고 있다니, 그래도 그런 말을 할 수 있는 거야?

"시노부는 천천히, 쉬고 있어."

유나는 나를 향해 미소를 짓곤 사부 앞에 섰다.

그런 유나의 미소는 희망의 빛, 그 자체로 보였다.

사부와 유나가 대치했다.

유나는 나이프를 쥐고 있었다.

사부 상대로 무기로 대항하는 건 무리다. 나와 사부의 싸움을 보지 않은 거야?!

애초에 유나는 마법을 통한 싸움을 잘하는 모험가가 아니었나.

내 걱정을 뒤로하고 사부와 유나의 공방이 시작되었다.

거기서 믿기지 않는 광경이 펼쳐졌다.

사부의 공격을 그 움직이기 어려워 보이는 곰 옷차림으로 피하곤 칼을 튕겨내고 있었다.

사부의 공격이 보이는 건가?

대부분 사람은 사부와 싸우면 첫 번째 공격으로 끝이 난다. 하지만 그런 사부의 공격을 몇 번이나 피하고, 처리하고 있다.

나는 이제껏 사부와 몇 번이나 싸워왔고, 그 패턴을 알고 있기에 어떻게든 대응할 수가 있었다.

그런데도 한순간만이라도 마음을 놓으면 눈앞에 칼이 들이닥친다.

그러니 유나가 얼마나 대단한 행동을 하고 있는지는 사부와 싸운 나이기에 알 수 있었다.

애초에, 무섭지도 않나?

사람은 검 끝이 향해지면 무섭기 마련이다.

그런데 유나는 사부의 검 끝으로부터 도망치지 않고 정면에서 사부의 공격을 받아냈다.

사부가 웃었다.

사부가 웃는다는 것은 싸움을 즐기고 있다는 뜻이다.

사부는 허리를 숙였다.

삼단 찌르기의 자세다.

자신과 대등하게 싸우는지 아닌지, 유나를 진심으로 확인할 생각이었다.

사부가 움직였다. 다리를 내디딘 동시에 칼이 쭉 뻗었다.

빠르다!

순식간에 유나와의 거리가 좁혀졌다.

유나는 들이닥치는 고속의 찌르기를 정면에서 나이프로 튕겨냈다.

사부가 든 칼이 크게 튕겨 균형을 잃었다.

원래라면 곧장 칼을 빼고 한 번 더 칼을 찌르는 것이 삼단 찌르기다. 하지만 칼이 크게 튕겨 몸이 뒤로 젖혀져 삼단 찌르기를 이어갈 수가 없었다.

유나는 조금 전 삼단 찌르기를 한 번밖에 보지 못했으면서 대처 방법을 생각해내고 칼을 크게 튕겨내 두 번째 공격을 불가능하게 만들었다.

말로 하기엔 간단하지만, 보통은 어렵다.

정확하게 칼을 튕겨내지 않으면 사부가 균형을 잃을 일은 없다.

애초에 고속으로 찔러오는 칼을 튕겨내는 것 자체가 보통은 무리다. 그런데 완전한 타이밍에서 칼을 튕겨내고 사부의 균형을 잃게 할 정도의 힘을 담았다.

사부의 몸이 젖혀진 것으로 인해 사부의 몸은 빈틈을 보이게 됐다. 유나는 사부의 칼을 튕겨낸 나이프를 감아쥔 손을 뒤로 빼며 한 발자국 내디뎠다. 그리고 나이프가 쥐어진 손을 빈틈이 생긴 사부의 배를 향해 뻗었다.

일련의 동작에 낭비가 없었다. 흐르는 듯한 움직임이다.

사부의 배에 나이프가 꽂혔다.

아니, 때렸다.

유나는 나이프를 사용하지 않았다.

나이프를 쥐고 있던 손으로 때리기만 했다.

배를 맞은 사부는 뒤로 튕겼지만, 쓰러지진 않았다. 팔로 유나의 공격을 막았다.

사부도 대단하지만, 그 이상으로 유나가 대단했다.

그 사부와 호각 이상의 싸움을 하고 있었다.

믿기지 않았다.

하지만 사부는 봐준다고 생각했는지, 웃기 시작한다.

유나는 나이프를 쥐고 있던 손으로 때렸던 거다.

만일 그 이상한 곰 장갑이 아니라 나이프를 찔렀더라면…….

사부는 두 번 다시 칼을 잡지 못하게 되었을지도 모른다. 자칫

잘못하면 죽었을 가능성도 있다.

유나는 나와의 약속을 지키기 위해 죽이는 게 아니라 붙잡기 위해 싸우고 있다는 것이 머릿속에 떠올랐다.

또다시 마음이 아파졌다.

사부가 소도를 꺼냈다.

진심이다. 사부가 진심이 되었다.

두 자루의 칼을 든 사부는 강하다. 어디서부터 공격을 해올지 모른다. 한쪽으로 시선이 치우쳐져 양쪽 칼의 궤도를 보는 건 어렵다.

반대로 말하자면 다루는 것도 힘들다.

하지만 그것에 대항하듯 유나는 나이프를 한 자루 더 꺼내 양손에 나이프를 들었다.

정말로 믿을 수 없는 행동을 한다.

사부의 이도류를 흉내 내는 자도 있었지만, 간단하게 할 수 있는 일이 아니다.

사부가 입가에 미소를 보인 순간, 움직이기 시작했다.

그에 따르듯 유나도 움직였다.

유나는 양옆에서 공격해 오는 칼이 보였다. 피하고, 대응하고, 흘려보내고 있다. 압도적으로 막아내는 쪽이 불리하다.

그런데 유나는 사부가 든 양손의 칼을 피하고 맞버티고 있었다.

사부와 이렇게까지 대등하게 싸울 수 있는 상대가 얼마나 있을까.
사부는 즐거운 모양이다.
그리고 이번엔 유나가 공격하기 시작하자 서서히 사부가 밀렸다.
이 눈으로 보는 광경이 믿기지 않았다.
마법을 쓰지 않고 사부와 같은 조건인 무기로 싸운다. 핸디캡을 짊어지고도 이 강함이라니.

유나가 우세해지기 시작했을 때 사부는 연막을 일으키고 도망쳤다.
하지만 유나는 연막에 놀라지도 않고 나를 곰돌이에게 맡기고 사부의 뒤를 쫓았다.
움직임에 망설임이 없다.
보통은 갑자기 연막이 생기면 놀라고 다음 행동이 늦어진다. 그런데 유나는 즉각적으로 판단했다. 심지어 나를 신경 쓰는 여유도 있다. 눈앞의 일만이 아니라 주위도 보고 있다. 사람은 싸움에 집중하면 주변은 안 보이기 마련이다.
유나에겐 놀랄 일뿐이다.
나는 두 사람을 따라가려 했지만, 곰돌이가 막았다.
"부탁할게. 가야 해."
"크~응."
곰돌이가 고개를 젓는다.

정말로 내 말을 이해하는 것 같았다.

"곰돌이도 유나가 걱정되지 않은 거야. 다가가진 않을 테니까 부탁이야."

손을 마주 잡고 부탁했다.

"크~응."

곰돌이는 내 생각을 알아준 건지 허리를 숙였다.

"태워주는 거야?"

"크~응."

"고마워."

나를 태운 곰돌이는 이미 두 사람의 모습은 보이지도 않는데 헤매지 않고 사부와 유나를 뒤쫓았다.

이게 카마이타치가 있던 장소를 파악했던 힘. 그리고 내가 몰래 유나의 방 동태를 보러 갔을 때 발각됐던 이유.

어쩌면 냄새일지도 모른다.

넓은 공간이 나왔다.

유나와 사부의 공방이 이루어지고 있었다.

사부가 칼에서 바람 마법을 내보낸다. 저 바람의 칼날의 위력은 카마이타치와 견줄 만한 게 아니다. 철제 갑옷조차 잘라낸다.

하지만 그것도 유나는 자신도 마법을 내보이며 상쇄시켰다.

정말로 강하다.

그런 싸움 중, 사부가 가볍게 내 쪽을 봤다.

오는 건가.

사부가 곰돌이를 탄 우리에게 바람의 칼날을 날렸다.

유나를 화나도록 만들 생각이다. 하지만 이 공격은 내가 막기로 되어있었다.

하지만 곰돌이는 「크~응」하고 울더니 사부의 바람 마법을 가볍게 피했다.

그래도 유나를 화나도록 만들기엔 충분했다.

사부가 죽을지도 모른다.

그 정도로까지 유나는 화가 나 있었다.

유나가 손을 앞으로 뻗자 사부 주위를 감싸듯 커다란 곰이 출현했다.

사부가 곰 벽에 의해 도망칠 길이 막혔다.

유나가 사부와의 간격을 한순간에 좁혔다.

사부는 맞받아치듯 가장 빠르게 칼을 휘둘러 내리쳤다. 하지만, 유나는 그것조차 튕겨냈다.

대단해.

그리고 빈틈이 생긴 사부의 몸을 쳐서 날려버렸다.

사부에게 이겼다.

믿기지 않는다.

그 사부에게 압도적인 실력 차이로 이겼다.

무기 다루는 것에서도 이기고 마법에서도 압승했다. 그리고 마음도 강하다. 게다가 친절함을 겸비하고 있다.

모두가 유나를 희망의 빛이라고 인정할 것이다.

자, 문제는 지금부터다.

사죄하면, 용서해줄까.

나라의 운명이 나에게 걸려 있다고 생각하면 무겁게 느껴졌다.

목숨을 내놓으라고 해도 거부할 수는 없다.

나 한 사람의 목숨으로 끝난다면, 저렴하다.

하지만 만난 지 며칠인 유나가 그런 걸 원하지 않을 거라고 이미 알고 있다. 이렇게 착하고, 강하고, 신기한 여자아이는 처음이다.

"그럼, 자세한 이야기를 해보실까, 시노부."

유나가 무서운 표정으로 나를 봤다.

귀여운 옷차림을 했는데, 무섭다.

조금 전, 죽지 않을 거라 생각했던 건 부정하겠다.

역시, 죽임을 당할지도 모르겠다.

## ■작가 후기

쿠마나노입니다. 『곰 곰 곰 베어』18권을 구매해 주셔서 감사드립니다.

TV 애니메이션이 방영된 지 벌써 1년이 됐습니다. 불과 얼마 전 방송된 것 같은 느낌이 드네요.

굿즈도 여럿 만들게 되었습니다. 어떤 감사의 말도 부족합니다.

애니메이션 2기에 관해 궁금하신 분도 계시겠지요. 현재, 열심히 제작 중입니다. 작가도 필요한 부분엔 가능한 도움을 드리고 있습니다. 기대해주시며 기다려주신다면 좋겠습니다.

이번 권의 이야기는 새로운 나라, 화의 나라에 관한 이야기입니다. 미릴러 마을이 이곳과 무역하며 간장, 된장 등을 들이고 있었죠. 그런 나라에 우연하게도 움직이는 섬 타르구이가 접근하여 유나는 화의 나라로 가게 됩니다.

유나는 화의 나라의 건물을 보고, 쇼핑하며 관광하는 기분으로 즐깁니다. 그렇게 즐기고 있는 유나에게 닌자복을 입은 수상

한 여자가 다가옵니다. 그런 닌자복을 입은 여자와 유나는 동행하게 되죠.

그리고 닌자복을 입은 여자에게 이 나라를 구해달라는 부탁을 받습니다. 화의 나라에서 유나의 새로운 모험을 기대해주시면 감사하겠습니다.

마지막으로 책을 출판하는 데 힘을 써주신 모든 분께 감사 인사를.

029 선생님께는 언제나 멋진 삽화를 그려주셔서 감사드립니다. 이번에도 귀여운 여자아이들을 그려주셔서 고맙습니다.

편집자님께는 항상 민폐를 끼치고 있습니다. 그리고 『곰 곰 곰 베어』 18권을 출판하는데 연관된 많은 분께 감사드립니다.

여기까지 책을 읽어주신 독자님들께는 감사의 마음을.

그럼, 19권에서 만나 뵐 수 있길 고대하고 있겠습니다.

2021년 12월 좋은 날

쿠마나노

■역자 후기

안녕하세요. 이번에도 곰 곰 곰 베어 18권을 읽어주셔서 감사드립니다. 항상 즐겁고 훈훈하며 느긋한 유나의 일상을 옆에서 훔쳐보는 듯한 느낌이라 재미를 느끼는 일인입니다. 이번엔 화의 나라라는 새로운 곳에 가서 또 다른 모험을 하게 된 유나. 닌자복을 입은 시노부의 출현에 저 또한 유나처럼 수상함을 감지했는데요. 역시나, 닌자답게(?) 뭔가가 있었죠! 그래서 그런지 이번엔 더욱더 흥미진진하게 작업할 수 있었던 것 같습니다. 다음 19권에선 유나가 어떻게 앞으로의 일을 헤쳐나갈지 궁금해지네요. 항상 편집에 수고가 많으신 편집자님께 감사 인사를 드리고, 독자님들께도 항상 고맙다는 말씀 전해드리고 싶습니다.

19권에서도 더욱더 재미있는 이야기로 찾아뵐 수 있길 기대하며, 모두 19권에서 뵐게요! 감사합니다.

2022년 3월 좋은 날

역자 김보라 올림

# 곰 곰 곰 베어 18

초판 1쇄 발행 2022년 6월 10일

지은이_ Kumanano
일러스트_ 029
옮긴이_ 김보라

발행인_ 신현호
편집장_ 김승신
편집진행_ 권세라 · 최혁수 · 김경민 · 최정민
편집디자인_ 양우연
관리 · 영업_ 김민원

펴낸곳_ (주)디앤씨미디어
등록_ 2002년 4월 25일 제20-260호
주소_ 서울시 구로구 디지털로 26길 111 JnK디지털타워 503호
전화_ 02-333-2513(대표)
팩시밀리_ 02-333-2514
이메일_ lnovellove@naver.com
L노벨 공식 카페_ http://cafe.naver.com/lnovel11



ISBN 979-11-278-6470-5 04830
ISBN 979-11-278-3067-0 (세트)

**값 9,500원**

# 신은 유희에 굶주려있다. 1권

사자네 케이 지음 | 토모세 토이로 일러스트 | 김덕진 옮김

한가한 지고의 신들이 만든 궁극의 두뇌 게임「신들의 놀이」.
오랜 잠에서 깨어난 신이었던 소녀 레셰는 눈을 뜨자마자 이렇게 선언했다.
"이 시대에서 게임을 제일 잘하는 인간을 데려와!"
지명된 사람은「이 시대 최고의 루키」로 주목받는 소년 페이.
두 사람이 도전하는「신들의 놀이」는 난이도가 너무 높아 완전 공략한 사람은 제로.
그 이유는, 신들은 변덕쟁이에 불합리하고, 가끔은 이해할 수 없으니까.
그러나 그런 게임이기에 진심으로 즐기지 않으면 아깝다!
여기에 천재 소년과 신이었던 소녀, 그리고 동료들이 펼치는
지고한 신들과의 궁극 두뇌전이 펼쳐진다!

**신과 인류의 두뇌전, 드디어 개막!**